ବଢ଼ି

ବଢ଼ି

ବିଭୂତି ଭୂଷଣ ପ୍ରଧାନ

ବ୍ଲାକ୍ ଈଗଲ୍ ବୁକ୍ସ
ଭୁବନେଶ୍ୱର, ଓଡ଼ିଶା

BLACK EAGLE BOOKS
Dublin, USA

BLACK EAGLE BOOKS

USA address:
7464 Wisdom Lane
Dublin, OH 43016

India address:
E/312, Trident Galaxy, Kalinga Nagar,
Bhubaneswar-751003, Odisha, India

E-mail: info@blackeaglebooks.org
Website: www.blackeaglebooks.org

First International Edition Published by
BLACK EAGLE BOOKS, 2022

BADHI
by **Bibhuti Bhusan Pradhan**

Cover : **Ramakanta Samantaray**
Interior Design: Ezy's Publication

ISBN- 978-1-64560-293-4 (Paperback)

Printed in the United States of America

ନରାଜ ଡେଇଁଲେ ମହାନଦୀ ଯେମିତି ଖିଆଲୀ, ତା'ର ନେଟ୍‌ୱାର୍କ ବି ସେମିତି ବିଚିତ୍ର। କେନ୍ଦ୍ରାପଡ଼ା ଜିଲ୍ଲାର ଦାନପୁର ପାଖରୁ ମହାନଦୀର ଏକ ପ୍ରଶାଖା ଲୁଣାନଈରୁ କରାଣ୍ଡିଆ ବାହାରି କଳପଡ଼ା ପାଖରେ ପୁଣି ମିଶିଯାଇଛି। ମଝିରେ ତେରଖଣ୍ଡ ଧୋଇୟା ଗାଁର ସବୁଜ ମାନଚିତ୍ର। ତାଆରି ଭିତରୁ ସବା ତଳମୁଣ୍ଡ ଗାଁରେ ହେତୁ ପାଇଲା ଦିନୁ ମୁଁ ପ୍ରତିବର୍ଷ ଦେଖିଛି ବନ୍ୟାର ଭୀମକାନ୍ତ ରୂପ।

ହଁ; ଭୀମକାନ୍ତ ହିଁ।

ଅଜସ୍ର ଫେଣ ଚବକେଇ, ଭଉଁରୀ କାଟି ବନ୍ୟା ଯେତେବେଳେ ଆସେ, ଆସେ ସ୍ପର୍ଦ୍ଧିତ ଆବେଗରେ। ମୋତେ ଲାଗେ, ଜଙ୍ଗଲର ରାଜାଧିରାଜ ପାରିଧିରେ ବିଜେ କରୁଛି। ମୁଁ ମୁଗ୍ଧ ଦୃଷ୍ଟିରେ ତାକୁ ଚାହିଁ ରୁହେ।

ପୁଣି ଅଜସ୍ର ଜଞ୍ଜାଳ ପଛରେ ପକେଇ ବନ୍ୟା ଯେତେବେଳେ ଛାଡ଼ି ଯାଏ ନଈର ଝାଉଁଳା ମୁହଁ ଦିଶେ ମଲାଜହ୍ନ ପରି ପାଂଶୁଳ।

ବନ୍ୟା କହିଲେ ବହୁ ସ୍ମୃତି। କାଉଁରିଆ କାଠି ପୋତି ବଢ଼ିପାଣି ମାପିବା,ସ୍କୁଲ୍‌ରୁ ଛୁଟି ମିଳିବାର ଉତ୍ତେଜନା, ଅଳଗା ବାଳିଆ, ମାଛମଞ୍ଜି ଭଜା, କଦଳୀ ଭେଳା, ଜୟ ମା' ରାମଚଣ୍ଡୀ ଡାକି ବଢ଼ିପାଣିଆ ଡଙ୍ଗା କ୍ଷେଣ, ଘାଟିଆର ଲହରିଆ ଡାକରେ ଚହଲି ଉଠୁଥିବା ବଢ଼ିପାଣିଆ ନିଶୂତୀ ରାତି, ସନ୍ତସନ୍ତିଆ କାନ୍ଥ, ବିରାଟ ବିରାଟ ଆକ୍ରାନ୍ତରେ ଧସି ପଡୁଥିବା ନଈ ଅତଡ଼ା, କଳାଘୁମର ପଟୁ ମାଟି, ଉ'ରା, ଆଉ କାମଦାମ ନଥିବା ମୁହଁ ସଞ୍ଜରୁ ରାତି ଅଧଯାଏ, ଆକଶରୁ ତୋଳା ଅଛିଣ୍ଡା, ଅସରନ୍ତି ଗପ ....ବହୁତ....ବହୁତ....ବହୁତ କଥା ସେସବୁ।

ବଢ଼ିପାଣି ଛାଡ଼ିଗଲେ ଲୋକେ ପୁଣି ନୂଆ ଉତ୍ସାହରେ ମାତି ଚିଆରିବାଡ଼ କାନ୍ଥ ଛାଟନ୍ତି, ନଳିତା କିଆରୀରୁ ଡ'ରା ଛଡ଼ାନ୍ତି, ପଟୁମଡ଼ା ନଈ ଅତଡ଼ାରେ ବିରି ବିହନ ଛାଟନ୍ତି,ବଢ଼ିବତୁରା କନ୍ଥା, ମସିଣାକୁ ଖରା ଦିଅନ୍ତି।

ଏ ଉତ୍ସାହ, ଏ ଆବେଗ,ଏ ସ୍ପର୍ଦ୍ଧା ବି ପ୍ରଚଣ୍ଡ। ଜୀବନର ଅପ୍ରତିରୋଧ୍ୟ, ଅବିଶ୍ରାନ୍ତ, ଅକ୍ଲାନ୍ତ ଉଦ୍ୟମ। ବର୍ଷ ପରେ ବର୍ଷ ଧୋୟା ମାଟିରେ ଅଭିନୀତ ହୁଏ ସେହି ଏକା ନାଟକ,ବଂଚି ରହିବାକୁ ପ୍ରକୃତି ସହିତ ମଣିଷର ନିସର୍ତ୍ତ ସଂଗ୍ରାମ।

ମୁଁ ଆଉଥରେ ବିଭୋର ହୋଇଯାଏ।

ଗତବର୍ଷର ମହାପ୍ଲାବନ ଛତିଶଗଡ଼ରେ ବସି ଟି.ଭି.ରେ ଦେଖିଲା ବେଳେ, ମୋତେ ଲାଗୁଥିଲା, ମୁଁ ଠିଆ ହୋଇଛି କରାଣ୍ଡିଆ ନଈ ଅତଡ଼ା ଦାଢ଼ରେ। ମୋ' ଆଗରେ କରାଣ୍ଡିଆର ଅତଳସ୍ପର୍ଶୀ ନୀଳ ଡଅଁର। ପୀତାମ୍ବର ବାବୁ ଏଥର ଉପନ୍ୟାସ ପାଇଁ ଅନୁରୋଧ କଲାବେଳେ ସେହି ଡଅଁର ବୋଧେ ମୋତେ ବାଧ୍ୟ କରି ଟାଣି ନେଇଛି 'ବଢ଼ି' ଆଡ଼େ। ନହେଲେ ପ୍ରକୃତ ଯୋଜନା ଥିଲା ଅନ୍ୟ ଉପନ୍ୟାସ ପାଇଁ।

ଆଉଥରେ ବି ଲେଖିଥିଲି, ବାଘେଇ ଘାଟ କଥା, ବାଲିଘାଇ ଗାଁ କଥା। ବହୁ କୌତୂହଳୀ ପାଠକ ସେତେବେଳେ ପଚାରିଥିଲେ, ବାଘେଇ କେଉଁଠି, କେଉଁଠି ବାଲିଘାଇ ?

କଟକ ତଳହଟୀ ସବୁ ଘାଟ ତ ମୋତେ ଦିଶନ୍ତି ବାଘେଇ ଘାଟ ପରି। ସବୁ ଗାଁ ଲାଗନ୍ତି ବାଲିଘାଇ....ବାଲିଘାଇ....

ମୁଁ ଏବେ କରିବି କଅଣ !

ଇଏ ସେଇ ଧୋଇୟା ଗାଁର ଗପ।

('ପ୍ରତିବେଶୀ' ପୂଜା ସଂଖ୍ୟାରେ ପ୍ରକାଶିତ)

- ବିଭୂତି ଭୂଷଣ ପ୍ରଧାନ

ବଢ଼ି ଆସୁଛି।

ରେଡ଼ୁଅ କହୁଛି, ଜୋର୍‌ରେ ବଢ଼ି ଆସିବ। ଦି ହଜାର ଏକ ମସିହା ବଢ଼ି ଠାରୁ ବଳି ବଡ଼ ବଢ଼ି। ତାକୁ ତ ମହାବନ୍ୟା କହୁଥିଲେ। ୟାକୁ କଅଣ କହିବେ? ପ୍ରଳୟ!

ମନକୁ ମନ ହସିଲା ଉଦ।

ଇରେ, ଅଶିଣ ଯାଇ କାର୍ତ୍ତିକ ଅଧା ହେଲାଣି । ଏ ଦିନେ ବଢ଼ି ପାଣି କୁଆଡୁ ଆସିବ? ଏ ଶଳା ରେଡ଼ୁଅ, ଟିଭି ବାହାରିବା ଦିନୁ ହରେକ ରକମ ଉଡ଼ା ଖବର। ଦି' ତିନି ବର୍ଷ ତଳେ ଟିଭିରେ କହିଲା, କୋଉ ଦେଶରେ ଗାଈଗୋରୁ ସବୁ କାଳେ ସିଧା ସୋର୍ଗକୁ ପଳୋଉଛନ୍ତି। ଗତ ବର୍ଷ କହିଲେ, ଆର ବର୍ଷ ପୃଥ୍ୱୀ ଧଂସ ପାଇବ।

ହାଃ, ଶଳା ତୋ' ମା' ମରୁ! ରେଡ଼ୁଅ, ଟିଭି କ'ଣ ମାଳିକା ହୋଇଛନ୍ତି? ଏ ଯୁଗକୁ ଅଚ୍ୟୁତାନନ୍ଦ ମାଳିକା ତ ମିଛ ହୋଇ ଯାଉଛି। ଆଉ ରେଡ଼ୁଅ, ଟିଭିକଥା ସତ ହେବ!

ବଢ଼ି ଏ ରାଇଜକୁ କୋଉ ନୂଆ କଥା ହୋଇଛି? ତହୁଁ ବଳି ତହୁଁ ବଢ଼ି, ବତାସ ଏ ଦିହ ଭୋଗିଲାଣି। ବଢ଼ିପାଣି ଆଉ ଡରେଇବ କଅଣ? କାର୍ତ୍ତିକ ମାସିଆ ବଢ଼ି। ନଈ ପାଣି ସେଇ ନଈରେ ନଈରେ ଯିବନି ଯେ, ଏତେ ଡର! ସକାଳପହରୁ ଆଉ କିଛି କାମ ନାହିଁ ଯେ, 'ବଢ଼ି ଆସିବ। ଉଚ୍ଚା ଜାଗାକୁ ପଳାଅ।'

ଇରେ, ସେ ବଳେ ଆସିଲେ କିଛି ତ ରହମାନ ପଡ଼ିବନି। ଖୋଦ ବିଷ୍ଣୁ ମହାପୁରୁ ତ ବୈକୋଣ୍ଠ ପୁରରେ ବାସଠାବ ନ ପାଇ ବରପତରରେ ଭାସିଲେ। ଆଉ ଉଚ୍ଚା ଜାଗାକୁ ପଳେଇବୁ କୋଉଠିକି? କେଇଟା ଉଚ୍ଚା ଜାଗା କରି ଥୋଇ ଦେଇଛ? କାର୍ତ୍ତିକ ମାସରେ ଭିକାରୀ ବଳ କି ବାଳକୃଷ୍ଣ ଦାସ ଭଜନ ଦିଇଟା ବଜେଇଲେ ହୁଅନ୍ତାନି? ହଉଥାଉ ସେମିତି ଭଡ଼ଭଡ଼। ବନ୍ଦ କରିଦେଲେ ଏଇକ୍ଷିଣା ଭାରି

ଏକୁଟିଆ ଲାଗିବ। ହାରାମୀ ନକୁଳା ବରାଳ କହୁଥିଲା, ଏଠି ଗୋଟା ସାଇକେଲ ମରାମତି ଦୋକାନ ଖୋଲିବ। କାହିଁ, କହିକହି ଆସି ବର୍ଷେ ଉପରେ ହେଲାଣି। ଖୋଲୁଛି କେଉଁଠି ? ଗାଁରେ ମାଖୁନାକୁ ବୁଲୁଛି। ଦୋକାନଟା ଖୋଲିଲେ ହୁଅନ୍ତାନି ? ବେଂଟି ଚିକଣେଇ ବୁଲିଲେ କ'ଣ ଶୂନ୍ୟରୁ ଫଳିବ ? ଯଦି ସତରେ ଖୋଲିଥା'ନ୍ତା ଦି' ତିନି ହଜାରେ ମାଗିଥିଲେ କ'ଣ ଉଦ ସାହାଯ୍ୟ କରିନଥା'ନ୍ତା ! ମାଗିଖିଆ ଲୋକ କୋଉକାଳେ ଲାଗି ଖାଇଲେଣି ?

ଏଠି ଆଉ ଗୋଟା ଦିଇଟା ଦୋକାନ ହେଲେ କ'ଣ ଏମିତି ନିଛାଟିଆ ଲାଗନ୍ତା ? ଯୁଝେଷ୍ଟି ମାଷ୍ଟ୍ରଙ୍କର ବି ସକାଳୁ କାହିଁକି ଦେଖା ନାହିଁ। ସିଏ ଆସିଲେ ବାରଆଡ଼ୁ ତେର କଥା ପଡ଼ନ୍ତା। ବେଳ ଜଣା ପଡ଼ନ୍ତାନି।

ନକୁଳା ବରପଡ଼ା ବଜାରରେ ନାରଙ୍ଗ ସାଇକେଲ ଦୋକାନରେ ମିସ୍ତ୍ରୀ ଥିଲା। ଭଲ ମିସ୍ତ୍ରୀ ହିସାବରେ ନାଁ ଡାକ ଥିଲା। ଯେତେ ଅସଜ ସାଇକେଲ ହେଉ ପଛେ ନକୁଳା ହାତ ବାଜିଲେ ଥରକେ ସାବାଡ଼। ବାହାସାହା ହେଲାରୁ ମାଇପ କଥାରେ ପଡ଼ି ଗାଁକୁ ପଳେଇ ଆସିଲା। ଦଶ କି ପନ୍ଦର ବର୍ଷ ହେଲାଣି। ଗାଁରେ ଟୋ'ଟୋ' ବୁଲୁଛି। କାମ ଆଉ ମନେ ଅଛି କି ନାହିଁ କେଜାଣି ? ଭାଇମାନେ ଭିନେ କରି ଦେଇଛନ୍ତି। ଅବସ୍ଥା ଏହିକ୍ଷିଣା ଠ'ଠା'ଠି। ହେଲେ ଶଳାଟି ମନରେ କୋଉ ପଶୁଛି ?

ନକୁଳା ଦୋକାନ ଖୋଲିବା କଥାରେ ତା'ର ଲାଭଲୋକସାନି କିସ ? ଖାଲି ପାଖକୁ ଜଣେ ହେଲେ ଗୋଟା ବଡ଼ ହିମତ ତ !

ଏ ବାଘେଇ ଘାଟଟା ବଡ଼ ନିଛାଟିଆ ଜାଗା। ଏ ପଟେ ଶଙ୍ଖିନୀ ତ ସେପଟେ ଚିତ୍ରିଣୀ ନଈ। ଦି ଭଉଣୀ ଭଳିଆ ବହି ଯାଉଛନ୍ତି କାହିଁ କେତେ କାଳୁ। ମଝିରେ ଏ ଗାଁ ବାର ଖଣ୍ଡ। ବାରମଉଜି। ଏଇ ବାଘେଇ ଘାଟ ଟିକେ ଆଗକୁ କୋଳାକୋଳି ହେଲା ଭଳିଆ ପାଖେଇ ଆସିଛନ୍ତି। ମୋଟେ ବାଟ ଦି' ଖୋଜର ଦୂରତା। ସେଠି ନଈବନ୍ଧରେ ଠିଆହେଲେ ଦି' ନଈ ଦିଶନ୍ତି। ମଝିରେ ଏହେ ଉଚ୍ଚର ଏ ନଈ ବନ୍ଧ। ଟିକେ ପରେ ପୁଣି ଚିତଳମାଛ ପେଟ ଭଳିଆ ଠ' ବୁଲି ଯାଇ ଯେ ଯାହା ଜାଗାରେ। ଅତଡ଼ା ଖାଇ ଦି' ନଈ କୋଉଦିନ ଏକାଠି ମିଶି ଯିବେ ବୋଲି ଲୋକେ ପ୍ରମାଦ ଗଣୁଛନ୍ତି। ହେଲେ କାହିଁ କେତେ ପୁରୁଷରୁ ଯିଏ ଯାହା ଜାଗାରେ। ନଈ କ'ଣ ମଣିଷ ହୋଇଛନ୍ତି, ଧର୍ମଛଡ଼ା କାମ କରିବେ ? ପଦିଆ କ'ଣ ନ କଲା ? ଏକା ମା' ପେଟର ଭାଇ ହୋଇ ବଡ଼ଭାଇ ବୋଲି ଟିକେ ଅନେଇଲାନି। ଭିନେଘର ବେଳେ ଛିଦ୍ରମ କରି ସବୁ ଦୋ'ଫସଲୀ ଜମି ତ ଆବୁରା ପଡ଼ି ନେଇଥିଲା। ଉଦିଆ କୋଉ ଜମିବାଡ଼ି ଚିହ୍ନେ ନା ଜାଣେ ? ପିଲାଦିନୁ ବାପ ଜଳଉଦରୀରେ ମରିଥିଲା।

ସେତେବେଳେ ମୁଣ୍ଡ ଉପରେ ଛାଇ ନାହିଁ କି ତଳେ ପାଦ ରଖିବାକୁ ଭୂଇଁ ନାହିଁ। ଘରେ ବାରମାସୀ ଆଂଠୁଗଣ୍ଠି ବାତ ଭୋଗୁଥିବା ମା' ଆଉ ଚାରି ବରଷର ସାନଭାଈ ପଦିଆ। ଘରେ ଦିନେ ଚୁଲି ଜଳିଲେ, ଦି ଦିନ ଖାଡ଼ା ଉପାସ। ମା' କହିଲା, 'କୁଳ ବେଉଷା ଛାଡ଼େନା। ବାପ ଦୋକାନରେ ବସ।' ଦଶବର୍ଷର ଉଦିଆକୁ ସେତେବେଳେ ଡାଲିଚଟୁ ଧରି ଆସେନା। ସେ କି କୁଳ ବେଉଷା ସମ୍ଭାଳିବ? ମା' ବରା, ଗୁଲୁଗୁଲା ଛାଣି ଦିଏ। ସେଇୟାକୁ ଧରି ଆଜି ଏ ହାଟ, କାଲି ସେ ହାଟ ବୁଲେ। ବେପାରରେ ଟିକେ ଚଉଆଖିଆ ହେଲା ବେଳକୁ ଓସ୍ତପୁର ନାଗାଗୁଡ଼ିଆ ମା'କୁ ଆସି ଶିଖେଇଲା, 'ତାକୁ ମୋ' ଦୋକନରେ ବସା ନୂଆଉ'। ଏ ବରା ଗୁଲୁଗୁଲା ବେପାରରେ କେତେ କମେଇବ, ସେଇଥିରେ ଘର ଚଳିବ? ନାଗା ଆଳିଆ ଲେଖାରେ ବାଳିଆ ବନ୍ଧୁ। ହିସାବରେ ପିଇସା ଲେଖା। ଟିକେ ମୁହଁଖର ହେଲେ କ'ଣ ହେଲା, ଗୁଡ଼ିଆ କାମରେ ଦୋରସ୍ତ। ଆଖପାଖ ଦଶଖଣ୍ଡ ମୌଜାରୁ ବାହା ନିମନ୍ତକୁ ଲୋକ ଡାକନ୍ତି। ତାଆରି ପାଖରୁ ଜାଣି ଉଦିଆ ଏ କାମ ଶିଖିଲା। ଶିଖିଲା ବୋଲି ବର୍ଷ ଚାରିଟାରେ ନାଗାଗୁଡ଼ିଆ କାନ କାଟି ଦେଲା ପରି। ସେଇଠୁ ନାଗା କହିଲା, "ଯା ବାପ। ଏଥର ତ କାମ ଶିଖିଲୁ, ବେପାରବଟାର ଗୁମର ଜାଣିଲୁ। ବରପଡ଼ା ବଜାରରେ ନିଜର ଦୋକାନ ଦେ। ମୁଁ ଘର ଠିକଣା କରି ଦେଉଛି। ଦି' ହଜାର, ଚାରି ହଜାର ସାହାଯ୍ୟ ବି କରୁଛି। ତୋର ତ ଡେଣା ଲାଗିଲା ଯା', ଉଡ଼ି ଯା'। ହେଲେ ବାପ, ଧର୍ମକୁ ଜଗିଥିବୁ। ଗରାଖ ଈଶ୍ୱର। ତାଙ୍କୁ କେବେ ଠକିବୁନି। ନିହତ ଲଗେଇ କାମ କରିବୁ। ଗୁଡ଼ିଆ ଦୋକାନୀ ପସରାରେ ଯୋଗୀ, ଭିକାରୀଠାରୁ କାଉ, କୁକୁରଯାଏ ସମସ୍ତଙ୍କର ଆଶା। ତୋ' ସଖ୍ୟ ମତେ ଦେଉଥିବୁ। ନ ଦେଇ ପାରିଲେ 'ବାପଲୋ ଧନଲୋ' କହି ବିଦା କରିବୁ ପଛେ, କାହାକୁ ଦୂର୍‌ଦୂର୍ ମାର୍‌ମାର୍ କରିବୁନି। ଦେଖିବୁ ମା' ଲକ୍ଷ୍ମୀ ସବୁଦିନେ ତୋ କାନ୍ଧରେ ବସିଥିବେ।"

ନାଗା କଥାକୁ ଗୁରୁଜ୍ଞାନ କରି ଉଦିଆ ବରପଡ଼ା ବଜାରରେ ଦୋକାନ ଖୋଲିଲା। ସେଇ ବରପଡ଼ା ବଜାରରେ ଏଠି ସେଠି ଜାଗା ବଦଳେଇ ତିନି ଜାଗାରେ ଦୋକାନ କଲା। ସେତେବେଳକୁ ଉଦିଆ ଛେନାବରା ନାଁକୁ ଲୋକେ ବାଈ। ଯୋଉଠି ଦୋକାନ ଦେଲା ସେଠି ଗହଳି। ଦଶ ପନ୍ଦର ଭାରି ଛେନା ବରା ନିଅଂଟ ପଡ଼େ। ଆଖପାଖ ଦୋକାନୀ ଦେଖି ସହି ପାରନ୍ତିନି। ବାର ଖଳ ପୂରାନ୍ତି। ପୁଣି ନୂଆ ଜାଗା ଖୋଜା। ସେ ବେଳେ ବରପଡ଼ା ବଜାରରେ ଏତେ ଗହଳିଚହଳି ନଥିଲା। ଜାଗା ଯାହାକୁ ଯେତେ। ଖାଲି ନା' ଚାଳିଆ ଘର ଖଣ୍ଡେ ଠିଆ କରି ଦେଲେ ଯଛେଷ୍ଟ। ଏ ଜାଗା, ସେ ଜାଗା ହୋଇ ବସିଲା ତିରିଶ ବର୍ଷ କି ବେଶୀ।

ତାଆରି ଭିତରେ ନିଜ ବାହାଘର ଠାରୁ, ପଦିଆ ବାହାଘର। ତାଆରି ଭିତରେ ନାଗା ମଲା, ମା' ସେପୁରକୁ ଗୋଡ଼ ଟେକିଲା। ତାଆରି ଭିତରେ ଝିଅ, ପୁଅଙ୍କ ଜନମ। ତାଆରି ଭିତରେ ଜମି ଦୁଇ ମାଣ। ତାଆରି ଭିତରେ ଖୁଂଟପକା ନୂଆ ଘର ଖଞ୍ଜାଏ। ତାଆରି ଭିତରେ ବହୁତ କଥା।

ପଦିଆକୁ ସେ ଅଭାବ କ'ଣ ଜାଣିବାକୁ ଦେଇ ନଥିଲା। ଦିଇଦିଇଟା ଟ୍ୟୁସନ୍ ମାଷ୍ଟର ପାଖରେ ପଢ଼ୋଉଥିଲା। ହେଲେ ପଦିଆ ବାତରାମୀ କରି ଏମିତି ନାଁ ପକେଇଲା ଯେ, ହେଡ୍‌ମାଷ୍ଟର ଉଦକୁ ଡାକି ଟିସି ନେଇଯିବାକୁ କହିଲେ। ଖାଲି ତାଙ୍କ ସାଙ୍ଗରେ ଚିହ୍ନା ପରିଚ ଥିବାରୁ ଗୋଡ଼ହାତ ଧରି ପଦିଆକୁ ସ୍କୁଲ୍‌ରେ ରଖେଇଲା। ହେଲେ ପଇସାକର ଲାଭ ମିଳିଲାନି। ପଦିଆ ତିନିତିନି ଥର ମାଟ୍ରିକ୍ ଫେଲ୍ ହୋଇ ଘରେ ବସିଲା। ଘରେ ବସିଥିଲେ କିଛି କଥା ନଥିଲା। ଗାଁ ଟୋକାଙ୍କ ସାଙ୍ଗରେ ମିଶି ରାଜନୀତି କଲା। ଘରୁ ଖାଇ ଘୋଡ଼ା ଆଗରେ ଡେଇଁଲା। ବାର କଳି ଆଣି ଘରେ ପୂରେଇଲା। ହପ୍ତାକୁ ହପ୍ତା ତା' ନାଁରେ ଗାଁରେ ନିଶାପ। ଦୋକାନ କମେଇଦମେଇ କରି ଉଦିଆ ଏବେ କେତେ ଗାଁକୁ ଦୋଉଡ଼ିବ? ମା' ଜିଦି ଧରିଲା, 'ତାକୁ ହାତକୁ ଦି' ହାତ କରିଦେ। କାନ୍ଧରେ ପଡ଼ିଲେ ବଳେ ବଜେଇ ଶିଖିବ।'

ଯାହା କୁହନ୍ତି, କୁକୁର ଲାଙ୍ଗୁଡ଼ ବାର ବରଷ ବାଉଁଶ ନଳୀରେ ପୂରେଇଲେ ଯେଉଁ ବଙ୍କାକୁ ସେହି ବଙ୍କା। ପଦିଆ ସୋଭାବ ଆଉ କୋଉଦିନ ସଳଖ ହେଲାନି। ଓଲଟା ପେଟରେ ଓଦା କନା ଦେଇ ଉଦିଆ ଜମି କିଣିବାକୁ ଯୋଉ ଟଙ୍କା ପଠୋଉଥିଲା, ସେଥିରୁ ଅଧେ ଅଙ୍ଗ ପାଣ୍ଡି କଲା। କଇଆ କୁମ୍ଭାର ପାଖରୁ କିଣିଥିବା ଜମି ଦଶଗୁଣ୍ଠ ଚଂଚକ୍ରେ କରି ନିଜ ନାଁରେ କରିନେଲା। ପୁଣି ମା' ମଲା ବାର ପତର ନ ଉଠୁଣୁ ଭିନେ ହେବାକୁ ଅଡ଼ି ବସିଲା। କାଂଚି ବୋଉ କହିଲା, "ତମେ ତ ଚିର ବିଦେଶୀ। ମୋର ପଦ ସାଙ୍ଗରେ ସକାଳୁ ଉଠିଲେ ଏତେ ତେରିମେରୀ ଲଗେଇବ କିଏ? ସିଏ କହୁଛି ଯଦି ତାକୁ ଭିନେ କରିଦିଅ। ତେଣିକି ମୋ' ପିଲା ପାଇଲେ ଖାଇବେ ନହେଲେ ଉପାସ ରହିବେ।"

ଭିନେ ହେଲା ପରେ ପଦିଆ ଜାଣିଲା, ନଡ଼ିଆର କେଉଁ ଶିରାରେ ପାଣି ଭେଦିଛି। ବନ୍ଦୋବସ୍ତ ବେଳେ ଚକବନ୍ଦୀ ଅଫିସରକୁ ଧରି ପଦିଆ ହତାବାଡ଼ି ବି ତା' ନାଁରେ ପଟ୍ଟା କରେଇ ନେଇଥିଲା। ଉଦିଆ ଜାଣି ଗାଁରୁ ଦା'ବାଡ଼ି ନେଇ ବାହାରି ଆସିଲା। ଗାଁ ଲୋକେ ତା' ନାଁରେ କେଶ୍ କରିବାକୁ କହୁଥିଲେ। କାଂଚି ବୋଉ କହିଲା, "ସେ ପର ଘରଭଙ୍ଗାଙ୍କ ପାଲରେ ମୋଟେ ପଡ଼ନା। ସେଗୁଡାଙ୍କ ଏ ମୁହଁରେ ଉଷୁନା, ସେ ମୁହଁରେ ଅରୁଆ। ସେଇମାନେ ସାକ୍ଷୀ ପଡ଼ି ନଥିଲେ ଚକବନ୍ଦୀ ଅଫିସର

ପଦିଆ ନାଁରେ ମନକୁ ପଙ୍ଗା କାଟିଥା'ନ୍ତା ? ଏଇକ୍ଷିଣା କେଏଶ ନାଁ ଧରିଲେ ଓକିଲ ଝଡ଼େଇବ ତ ମୋହରୀର ଝଡ଼େଇବ। ଇଏ କିଏ ସେତେବେଳେ ପିଠିରେ ପଡିବେ ? ଓଲଟା ସାକ୍ଷୀ ପଡ଼ିବାକୁ ଦିନେ ଓଳିଏ ଡାକିଲେ ବାର ପେଖନା ଦେଖେଇ ପଇସା ଶୋଷିବେ। ପିଠିରେ ଉଷୁନା ଧାନ ଶୁଖେଇ ତମେ ସମ୍ପତ୍ତି କମେଇଥିଲ। ଆମର ଧର୍ମ ଅଛି। ସେଇ ଥିଲେ ଦେଖିବ, ବୁଝିବ।"

ଉଦିଆ କହିଲା, "ଧର୍ମକୁ ଡାକେନା। ଏକା ନାହି ଦି'ଖଣ୍ଡ। ଯେତେହେଲେ ମୋରି ମା' ପେଟର ଭାଇ ତ ! ସିଏ ସୁଖରେ ରହୁ। କାଲି ସକାଳୁ ଛୁଆ ପିଲାଙ୍କୁ ଧରି ମୋ' ସାଙ୍ଗରେ ଚାଲ।"

ସେଇଦିନୁ ଉଦିଆ ଗାଁରୁ ଆସିଛି ତ ଆସିଛି। ଆଉ ଗାଁ ମୁହଁ ଚାହିଁବାକୁ ମନ କରିନି। ପଦିଆ ଜମିବାଡ଼ି ବିକି ବାର ହୀନସ୍ତା ହେଉଛି। ଉଦିଆ ଶୁଣେ। ହେଲେ ଛାଡ଼ି ଆସିଥିବା ଘାଟ କଥା ମନେ ପକେଇ ଆଉ କି ଲାଭ ? ନା ତା' ପାଖରେ କୋଉ ପାଂଚ ଦଶଲକ୍ଷ ଅଛି, ଭାଇ ବୋଲି ଆଖି ବୁଜି ଫୋପାଡ଼ି ଦେବ ? ମୁଣ୍ଡ ଉପରେ ସେତେବେଳକୁ ଝିଅ ବୋଝ। ତାକୁ ଉଠେଇ ସାରିଲା ବେଳକୁ ପୁଅ କଲେଜରେ ନାଁ ଲେଖେଇଲାଣି। ସେତେବେଳକୁ ବରପଡ଼ା ବଜାରରେ ତହୁଁ ବଳି ତହୁଁ ବଳି ଜଳଖିଆ ଦୋକାନ। ଉଦିଆ ତାଙ୍କ ସାଙ୍ଗରେ ପାରି ଉଠି ପାରିଲାନି। ଦିନକୁଦିନ ବେପାର କମୁଛି। ଖାଲି ପୁରୁଣା ଗରାଖଙ୍କ ଯୋଗୁ ନାଁକୁ ଚଳିବା କଥା। ସେଥିରେ ପୁଅ ପାଠପଢ଼ା ଖର୍ଚ୍ଚ। ଖୁଂଟକୁ ପାହୁରାଣୀ ବୁକୋଉଛି।

ଭାରି କଷ୍ଟର ଦିନ ସେତେବେଳେ। ତଥାପି ଉଦିଆ ମାଟି କାମୁଡ଼ି ପଡ଼ିଥାଏ। ତେଲ କଡ଼େଇ ଛାଡ଼ି ଯିବ କୁଆଡ଼େ ? ରୋଜଗାରର ଆଉ କୋଉ ବାଟ ତାକୁ ଜଣା ?

ମଣିଷ ସିନା ଦୟା ଦେଖେଇଲେନି। ଭଗବାନ ଡାକ ଶୁଣିଲେ। ପୁଅ ଓକିଲାତି ପାଶ୍ କଲା ବାସୀ କମ୍ପାନୀ ଚାକିରୀ ପାଇଲା। ପାଖଲୋକ ଓକିଲାତି କରିବାକୁ କହୁଥିଲେ। ପୁଅ ମନା କରି କମ୍ପାନୀ ଚାକିରୀରେ ପଶିଲା। କହିଲା, "ଆଗ ଦଶପନ୍ଦର ବର୍ଷ ଚାକିରି କରି ସାରେ। ଓକିଲାତି କରିବାକୁ ବେଳ କ'ଣ ପଳେଇ ଯାଉଛି ? ଚାକିରି କରି ସାରିଲେ ତେଣିକି ଦେଖିବି। ଆଗ ହେଲା ଅଭିଜ୍ଞତା। ସେତକ ନଥିଲେ କିଏ ବାସୀ ପାଣିରେ ପଚାରିବ ?"

ଉଦିଆ ହୋଓତି ନୋଓତି କିଛି କହିଲାନି। ସେ କି ଜାଣେ ? ପାଠପଢୁଆ ପିଲା। ମୁଣ୍ଡକୁ ହାତ ପାଇଲାଣି। ତା' ଭଲମନ୍ଦ ସିଏ ବୁଝିବ। ପୁଅ ଚାକିରି ପାଇଲା ଏକାଥରେ କଲିକତାରେ। ଖାଇବା ପିଇବାକୁ ହଇରାଣ ହେବାରୁ ମା'କୁ ନେଇ ପାଖରେ ରଖିଲା। ଉଦିଆକୁ ବି ବାରୁବାରୁ କରି ଡାକୁଥିଲା। ଉଦିଆ ମନା କରିଦେଇ

କହିଲା, "ତୋ' ଗୋଡ଼ ଟିକେ ଆଗ ଥୟ ହେଉ। ମୋ' ହାତ ଗୋଡ଼ ତ ଚଳୁଛି। ଏଇ ଦିନୁ ତୋ' ଉପରେ ବୋଝ ହେବି କାହିଁକି?"

ପୁଅ ବାହାଘର ତିନିବର୍ଷ ହେଲା ବଢ଼ିଲାଣି। ପିଲାଛୁଆ କିଛି ହେଇନି। କାଂଚି ବୋଉ କହୁଥିଲା, 'ଛୁଆପିଲା ନ ହେବାକୁ ବୋହୂ ଓଷଦ ଖାଉଛି।' କଥାଟାକୁ ଅବିଶ୍ୱାସ କରି ଉଦିଆ ପଚାରିଲା, "କାହିଁକି?", କାଂଚିବୋଉ ମୁହଁ ମୋଡ଼ି ଦେଇ କହିଲା, "ମଲା ମୁଁ କି ଜାଣେ? ଆଜିକାଲିକା ପିଲାଙ୍କ ବାଗ କିଏ ଜାଣେ ଲୋ ମା'? କରନ୍ତୁ ତାଙ୍କର ଯାହା ଖୁସି।"

ଗୋଟାଏ ଲମ୍ବା ନିଶ୍ୱାସ ପକେଇ ଉଦିଆ କହିଲା, "ଶଳା କି ଯୁଗ ହେଲା? ଛୁଆପିଲା ଏ ଯୁଗକୁ ଗନ୍ଧେଇଲେଣି! କିଏ ସିନା ଛୁଆପିଲା ହେବାକୁ ଓଷଦ ଖାଏ, ଇଏ ଛୁଆ ବନ୍ଦ କରିବାକୁ ଓଷଦ ଖାଉଛନ୍ତି। ହଉ, ତାଙ୍କ ମନ।"

କାଂଚି ବୋଉ ବି ସେଥର ଉଦିଆକୁ ସାଙ୍ଗରେ ଯିବାକୁ ରାଣ ନିୟମ ପକେଇ ଡାକୁଥିଲା। କହିଲା, "କେତେ ଦିନ ଆଉ ତତଲା ତେଲ କଡ଼େଇ ପାଖରେ ବସି ଉଯନ୍ତି ହେଉଥିବ? ସେତେବେଳା ସିନା ଗରଜ ପଡ଼ିଥିଲା। ଠାକୁରଙ୍କ କଇଲାଣରୁ ପୁଅ ତ ଯୋଗା ହେଲା। ବୁଢ଼ା ଦିନେ ଆଉ କାହିଁକି ନିଆଁ ଚୁଲି ପାଖରେ ବସିବ? ପୁଅର ଏହେ ବଡ଼ ବଙ୍ଗଳା ଯେ, ଦି' ଖଞ୍ଜା ଘର ପାସଙ୍ଗରେ ପଡ଼ିବନି। ରହିବାକୁ ଲୋକ ନାହାନ୍ତି। ତମେ ବରପଡ଼ା ବଜାରରେ ଥିଲେ ମୋର ଚିନ୍ତା ନଥିଲ। ଏ ଧୋଇୟା, ଅପନ୍ତରା ଜାଗାରେ ତମକୁ ଏକୁଟିଆ ଛାଡ଼ିଗଲେ ମୋ' ମନ ତ ତେଣେ ସବୁବେଳେ ଦକଦକ ହେବ।"

- "ଆରେ, ହାତ ଗୋଡ଼ ଚଳୁ ଥାଉଥାଉ କାହା ଉପରେ ବୋଝ ହୋଇ ଲଦି ହେବି କାହିଁକି? ଏଠି ପୁଣି ଲୋକବାକ ଘରଦୁଆର କରି ରହୁଛନ୍ତି ନା ନାହିଁ?"

- "ବୋଝ ବୋଲି ସେମାନେ ତମକୁ କହୁଛନ୍ତି ନା ତମ ମନକୁ? ମୋତେ ତ କାହିଁ ଦିନେ ହେଲେ ବୋଝ ବୋଲି ଭାବି ନାହାନ୍ତି।"

କଥା ବାଁରେଇ ଦେବାକୁ ଉଦ କହିଲା, "ତୁ ମାଇପିଲୋକ। ଘର ଭିତରେ ତୋ' ଜୀବନ କଟିଲା। ମୁଁ ପୁରୁଷ ପୁଅ। ବାର ଲୋକଙ୍କ ସାଙ୍ଗରେ ରାତି ପାହିଲେ କଥାବାର୍ତ୍ତା, ସୁଖଦୁଃଖ ଟିକେ ନ ହେଲେ ମୋତେ ଭଲ ଲାଗିବନି।"

କାଂଚିବୋଉ ମୁହଁ ମୋଡ଼ି କହିଲା, "ମଲା ମୋ' ପୁରୁଷ! ଆଉ କ'ଣ ଦୁନିଆରେ ମୁଁ ପୁରୁଷ ଦେଖିଛି?"

ଉଦ ପରିହାସ କଲା, "ହଁ, କଲିକତାରେ ତହୁଁ ବଳି ତହୁଁ ବଳି ପୁରୁଷ। ତୁ ଦେଖିନୁ ବୋଲି କହିବାକୁ ମୋ' ଜିଭରେ ହାଡ଼ ଅଛି?"

ହସଖୁସି ଗମାତରେ ଦିନ ପନ୍ଦରଟା କେମିତି ପାଣି ପରି ଗଡ଼ିଗଲା ମାଲୁମ ପଡ଼ିଲାନି। ଦୋକାନ କାମ ସାରି କାଂଚି ବୋଉ ଆଉ ସେ ନଈପଠାକୁ ରାତି ପହରକୁ ବୁଲିବାକୁ ଯାଆନ୍ତି।

କାଂଚି ବୋଉ କହେ, "ଧୋଇୟା ହେଲେ କ'ଣ ହେଲା, ଜାଗାଟା ଭାରି ନିଛାଟିଆ। ବଢ଼ିଆ ଲାଗୁଛି। କି ସୁଲୁସୁଲିଆ ପବନ! ଲୋକବାକ, ଗହଳିଚହଳି ନାହିଁ କି ଗାଡ଼ି ମଟର ପେଁପାଁ ନାହିଁ। କଲିକତାରେ ଏମିତି ଜାଗା ସାତ ସପନ।"

କାଂଚି ବୋଉ ମନ ଏଠି ଲାଗି ଆସୁଥିଲା। ଦୋକାନ ଚାଲିଛି ଏକରକମ। ଦିଇଟା ପେଟକୁ ଯଥେଷ୍ଟ। ଉଦ ବି ଆଉ ବେଶୀ ଲୋଭ କରେନା। କ'ଣ ହେବ? କଥାରେ କହନ୍ତି, 'ପୁଅ ଯୋଗା ହେଲେ ଧନ କାହିଁ ପାଇଁ ସଂଚୁ, ନା ପୁଅ ଯଦି ଅଯୋଗା ହେଲେ ଧନ କାହିଁ ପାଇଁ ସଂଚୁ?' ଭଗବାନଙ୍କ ଦୟାରୁ ପୁଅ ମୁଣ୍ଡକୁ ହାତ ପାଇଲାଣି। ପାଂଚ ଜଣରେ ଜଣେ ହୋଇ ଠିଆ ହେଲାଣି। କଲିକତା କୁମ୍ପାନୀ ଘର ଚାକିରି। କ'ଣ ଛୋଟିଆ କଥା! ଆଉ ଅଧିକା କ'ଣ ଦରକାର? ଖାଲି ହାତଗୋଡ଼ ଚାଲୁଚାଲୁ ଭଗବାନ ଯଦି ପାଖକୁ ନେଇ ଗଲେ ସେଇ ଯଛେଷ୍ଟ।

ପନ୍ଦର ଦିନ ନ ପୂରୁଣୁ ପୁଅବୋହୂ ଦୁହେଁ ଆସି ପହଂଚିଲେ। ଉଦିଆକୁ ଯିବାକୁ କେତେ ଅନୁନୟ ବିନୟ ହେଲେ। ଉଦ କହିଲା, "ସେ ବେଳ ଆସୁ। ମୁଁ ପଳେଇଲେ ଝିଅଟା ଏଠି ଏକାଟିଆ ପଡ଼ିଯିବ। ଜୁତିବାନ, ସାବିତ୍ରୀ ଅମେଇସାକୁ କେହି ଦୁଆରେ ଠିଆ ହେବାକୁ ନଥିବେ। ଅକ୍ଷେଇଁ ଦିନ ନାତିଟା କାଉଟି ପରି ଅନେଇଥିବ।"

ବୋହୂ କହିଲା, "ଦେଇଙ୍କ ପାଖକୁ ଟଙ୍କା ପଠେଇ ଦେଲେ ହେବନି?"

– "ଯେତେ ଟଙ୍କା ପଠେଇଲେ"...., ଉଦିଆ କଥା ପଦକ ପୂରଣ କରି ପାରିଲାନି। ତା' ଆଖି ଆଗରେ କାଂଚି ଆଖି ଦୋଓଟି ନାଚି ଉଠିଲେ। ଜୁତିବାନ, ସାବିତ୍ରୀକି ଚାତକ ପରିକା ଅନେଇ ବସିଥିବ। ଭାରବେଭାର କି ଟଙ୍କାପଇସା ଲୋଭରେ ନୁହେଁ, ଖାଲି ବାପାକୁ ଥରେ ଦେଖିବ ବୋଲି। ଆସିଲା ବେଳେ, ଦୁଆର ମୁହଁରେ ସେମିତି ଉଦିଆ ମୋଡ଼ ବୁଲିଲା ଯାଏ ଅନେଇ ଠିଆ ହୋଇଥିବ। ଜୋଇଁଟି ଯେମିତି ଗୁଣର ସେମିତି ସୁଧାର। ମାଛିକୁ ମ ବୋଲି କହିବନି। ଘରକୁ ଏକୁଟିଆ। ଦଶବାର ଏକର ଜମିବାଡ଼ି। ପଚାଶ ସରିକି ନଡ଼ିଆ ଗଛ। କୋଉଥିରେ ଅଭାବ ଅସୁବିଧା ନାହିଁ। କାଂଚି କ'ଣ ଟଙ୍କା ପଇସାକୁ ଅନେଇଛି? ଧାଇଁଧାଇଁ ଜୁତିବାନ ବେଳକୁ ସାରୁ,କଖାରୁ ଭାରଟାଏ ନ ହେଲେ ସାବିତ୍ରୀ ବେଳକୁ ଶାଢ଼ି ସାଙ୍ଗକୁ ଆମ୍ବ,ପଣସ ଭାରେ। ନାତିର କ'ଣ ଜାମପେଏଁଟ ଅଭାବ ଅଛି? ହେଲେ ଅକ୍ଷେଇଁ ମାସକ ଆଗରୁ ଚିଠି ଲେଖିବ, 'ଅଜା, ଏଥର ମୋ ପେଇଁ ଜିନ୍‌ପେଏଁଟ, ଟି ସାର୍ଟ

ଆଣିବ।' ଶଳା ଜିନ୍ସ କିଏ, ଉଦିଆ କିଏ? ଧିଅକ କଟିଗଲା ପାଂଚହାତି ଖୋର୍ଦ୍ଧା ଗାମୁଛା ପିନ୍ଧି। ସେ ପାଂଚ ଲୋକଙ୍କୁ ପଚାରି ଜିନ୍ସ ପ୍ୟାଂଟ ସାଙ୍ଗକୁ ଟି ସାର୍ଟ କିଣେ।

ଆଉ ଆଜି ପୁଅବୋହୂଙ୍କ କଥାରେ ପଡ଼ି କଲିକତା ପଳେଇଲେ ହେଇଯିବ?

କାଂଚିବୋଉକୁ ବି ସେମାନଙ୍କ ସାଙ୍ଗରେ ପଡ଼ି ବଡ଼ାଲିଆ ଚଳଣି ଆରେଇ ଗଲାଣି। ଏଠି ଇଲେକ୍ଟ୍ରି ନାହିଁ, ଏଠି ପାଇଖାନା ନାହିଁ, ଏଠି ଅମକ ବୋଲି ସମକ ନାହିଁ। କଥାକଥାକେ ଦିକିସିକି ହୁଏ। ଅନ୍ଧାରରେ ରାତିରେ ଦଶଥର ଝୁଂଟେ।

ଖାଲି ଉଦ ମୁହଁକୁ ଚାହିଁ କି କ'ଣ ଯିବାକୁ କୁହୁକୁହୁ ହେଉଥିଲା। ଉଦ ତାକୁ ଜୋର୍ କରି ପଠେଇଦେଲା। କହିଲା, "ତୁ ଯା', ମୋତେ ଅସୁବିଧା ହେଲେ ମୁଁ ଯାଇ ବଳେ ପହଂଚିବିନି!"

ସବୁ ମାଇପିଙ୍କ ପରି ଗଲା ବେଳକୁ କାଂଚିବୋଉ ଶହେ ରାଣ ନିୟମ ପକେଇ ଦିହମୁଣ୍ଡକୁ ଜଗି ଚଳିବାକୁ, ଠିକ୍ ବେଳରେ ଖାଇବାକୁ କହି ଯାଇଥିଲା। ଉଦିଆ ସେମାନଙ୍କୁ ବରପଡ଼ା ବଜାର ଯାଏ ଗାଡ଼ି ଚଢ଼େଇ ଦେବାକୁ ଯାଇଥିଲା। କାଂଚିବୋଉ ଆହୁରି ବୁଝି ପାରିଲାନି ଯେ, ଗାଡ଼ିରେ ବସି ସାରି କହିଲା, "ପୁଅ ବୋହୂ ଏତେ ଲଗେଇଥିଲେ। ମଝିରେ ମାସେ ପନ୍ଦର ଦିନ ଚାଲୁନା। ତମେ ଗଲେ ମୁଁ ତମ ସାଙ୍ଗରେ ପଳେଇ ଆସନ୍ତି। ତମକୁ ଏଠି ଏକୁଟିଆ ଛାଡ଼ି ଯିବାକୁ ଆତ୍ମା ଡାକୁନି। କଅଣ କହନ୍ତି, ଏଣୁ ମାଇଲେ ଗୋ'ହତ୍ୟା, ତେଣୁ ମାଇଲେ ବ୍ରହ୍ମ ହତ୍ୟା। ତମେ ବାପପୁଅ ଦୁହେଁ ମୋତେ ଦୋ'ଘାଇରେ ଛନ୍ଦିବାନ୍ଧି ପକୋଉଛ।"

ଉଦ ଜାଣେ, ଏ ସବୁ ମନଘେନା ମିଛ କଥା। ଯୁଝେଷ୍ଟି ମାଷ୍ଟ୍ରେ କୁହନ୍ତି, 'ସ୍ତ୍ରୀ ଲୋକଙ୍କ ଚାହାଣି ଘଡ଼ିକିଆ ଜହ୍ନ ଆଲୁଅ ପରିକା। କେତେବେଳେ କୋଉ ପଟେ ଛାଇ ଲେଉଟିବ ଜାଣି ହେବନି। ପିଲାବେଳେ ତାଙ୍କ ଆଖିକୁ ବାପ ବଡ଼ ହୋଇ ଦିଶେ। ସେତେବେଳେ ବାପ ନାଁ ରେ କିଏ ପଦେ କହିଲେ ଠିଆ କାମୁଡ଼ି ପକେଇବେ। ସେ ବେଳ ଗଲେ ଆଉ ଗୋଟା ବଅସ ଆସେ, ଯେତେବେଳେ ସ୍ୱାମୀକି ଆଖି ଅଗରେ ବାନ୍ଧିଥିବେ। ଘଡ଼ିଏ ପହଡ଼େ ଆଡ଼ ବାଙ୍କ ହେବନି। ଛାଡ଼ି ରହିବାକୁ ମନ କରିବା ତ ଦୂରର କଥା। ସେ ବଅସ ଗଲେ ତେଣିକି ଘରସଂସାର ଚିନ୍ତା। ସବୁ ଆଣି କେମିତି ଘର ଭିତରେ ରୁଣ୍ଡେଇଭୁଣ୍ଡେଇ ପୂରେଇବେ। ତା' ପରେ ବଡ଼ ହୋଇ ଦିଶିବେ ପୁଅଝିଅ। ଯେତେ ଓଷାବ୍ରତ, ଯେତେ ପୁନେଇ ପରବ ଖାଲି ସେଇମାନଙ୍କ ଲାଗି। ପଡ଼ନ୍ତ ବେଳକୁ ନାତିନାତୁଣୀ।'

କାଂଚି ବୋଉ ସେ ବୟସ ପାରି ହୋଇ ସାରିଲାଣି। ଏଣିକି ପୁଅ ବୋହୂ ତା' ଆଖିରେ ବଡ଼। ମଝିରେ କେତେଥର କହିଛି, "ବୋହୂ ଯେତେ ପରକାର ଭଲ ରାନ୍ଧି

ଥାଉ ପଛେ ପୁଅର ମୋ' ହାତରନ୍ଧା ଉପରେ ଆଶା। ସୋରିଷ ବାଟଣ ଦେଇ ଚୁନାମାଛ ଚଡ଼ଚଡ଼ି ଟିକେ କି ବଢ଼ିଚୁରା ପକେଇ ଶାଗ ଦିଇଟା ଖରଡ଼ି ଦେଲେ ହାତ ଚାଟି ଖାଇବ।" ପୁଅ କଥା କହିଲା ବେଳକୁ ପାଟିରେ ବାଟୁଳି ବାଜିବନି।

ଆଜି ଗଲା ଆସିଲା ବେଳେ କୋହ ସମ୍ଭାଳି ନ ପାରି ସେମିତି କହୁଛି। ଆଖିରୁ ଅନ୍ତର ହେଲେ ବଳେ ଭୁଲି ଯିବନି! ଦୁନିଆରେ କିଏ କାହକୁ ସବୁଦିନେ ମନେ ରଖି ବସିଥାଏ? ସୋଲିଅପା ପୋଷଣାହାରୀ ପୁଅ ଅଦିନିଆ ଚଡ଼ଚଡ଼ି ପଡ଼ି ମଲା। ସୋଲି ଅପା ଦି'ଦିନ କାଳ ଛୋବଯାଇ ପଡ଼ିଥିଲା। ବୁଢ଼ୀ ଆଉ ଉଠି ବସିବ ବୋଲି କେହି ଆଶା ରଖି ନଥିଲେ। ବର୍ଷେ କାଳ ବାରିଆଡ଼ ପିଣ୍ଡାରେ ବସି ଏକୁଟିଆ କାନ୍ଦେ। ହେଲେ ନାତିନାତୁଣିଙ୍କ ମୁହଁକୁ ଅନେଇ ପୁଣି ସବୁ ଭୁଲି ଗଲାନା ନାହିଁ? ସେମିତି ଆଜି କାଂଚି ବୋଉ । କାଲି ସକାଳୁ କଲିକତା ବଙ୍ଗଳାରେ ପହଂଚିଲେ ଇଲେକ୍ଟ୍ରି ଆଲୁଅରେ ଆଖିଜଳକା ମାରି ଯିବନି ଯେ, ବାଘେଇ ଘାଟ ନିଛାଟିଆ ଦୋକାନ ଘରକୁ ମନେ ପକେଇବ?

ଯୁଝେଷ୍ଟି ମାଷ୍ଟ୍ରେ ଆଜି ଗଲେ କୁଆଡ଼େ? ଘାଟରେ ଆଜି ଲୋକବାକଙ୍କର ବି ସେମିତି ଚଳପ୍ରଚଳ ନାହିଁ। ବରା ଭାରିକ ସେମିତି ଡାଲାରେ ସକାଳ ପହରୁ ପଡ଼ିଛି। ଏକୁଟିଆ ବସିବାରୁ ବାର କଥା ମୁଣ୍ଡରେ ପଶୁଛି। ପଛ କଥା ଯେତେ ମନେ ପକେଇବ ସେତିକି ବାଇବିଛ ଲାଗିବ।

ମେଘଟା ବି ଘୋରାଘୋରା କରିଛି ଯେ, ମନଟା ବଡ଼ ଉଦାସିଆ ଲାଗୁଛି। ଉଦିଆର ଇଏ ଗୋଟାଏ ବେମାରୀ। ଅଦିନିଆ ମେଘ ଘୋରେଇଲେ ଯେତେକ ଗଲା କଥା, ଯେତେ ମଲା ହଜିଲା ଲୋକଙ୍କ କଥା ମନେ ପଡ଼େ।

ଟିଭି କହୁଥିଲା, କୋଉଠି ହ୍ୟାପ ପୁଣି ଗୋଟାଏ ଲଘୁଚାପ ହୋଇଛି। ଦି' ତିନି ଦିନ ମେଘ ହେବ। ନଈ ଉପର ମୁଣ୍ଡ ବି ଡାକୁଛି। ସତକୁ ସତ ବଢ଼ିପାଣି ଆସିବ କି?

ହେଃ, ଶଳା କାର୍ତ୍ତିକ ଅଧାରେ ବଢ଼ିପାଣି! ଅଭିଲା କଥା!

-୨-

- "ଘର ବୁଡ଼ି ପାଣି ଆଂଠିଏ ହେଲାଣି, ତମ ନିଦ ଭାଙ୍ଗିନି ସାହୁପୁଅ ?", ଡାକିଲେ ଯୁଝେଷ୍ଠି ମାଷ୍ଟ୍ରେ।

ବସୁବସୁ ସେହି କାଠ ବେଂଚ ଉପରେ ଉଦିଆ କେତେବେଳେ ଶୋଇ ପଡ଼ିଥିଲା। ଉଠି ମୁହଁ ଧୋଉଧୋଉ ପଚାରିଲା, "କ'ଣ ହେଲା କି ମାଷ୍ଟ୍ରେ ?"

ମାଷ୍ଟ୍ରେ କହିଲେ, "ହଇହେ ବଢ଼ି ପାଣି ଆସୁଛି ପରା ! ତମେ ନିଶ୍ଚିନ୍ତରେ ଶୋଇ ଘୁଙ୍ଗୁଡ଼ି ମାରୁଛ କ'ଣ ?"

ଚୁଲିରେ ଡାଙ୍ଗ ଦି' ଖଣ୍ଡ ପକେଇ ଫୁଙ୍କ ନଳୀ ଖୋଜିଲା ବେଳେ ଉଦିଆ କହିଲା, "ନଈ ଆସି ଅଧୁଆଣି ହେଲାଣି। କାର୍ତ୍ତିକ ଅଧାରେ କି ବଢ଼ି ପାଣି ! ତମେ ବି ମାଷ୍ଟ୍ରେ ସେ ଶଳା ରେଡୁଅ କଥାକୁ ବିଶ୍ୱାସ କରୁଛ ?"

ଯୁଝେଷ୍ଠି ମାଷ୍ଟ୍ରେ କହିଲେ, "ମାଳିକା ପରା କହିଛି, 'ବୈଶାଖ ମାସରେ ଫାଟିବ ଭୂଇଁ, ଶ୍ରାବଣ ମାସରେ ଫୁଟିବ କଇଁ।' ମାଳିକା କଥା କ'ଣ ମିଛ ହେବ ? ବା'ଷଠୀ ସାଲରେ ମଗୁଶୀର ମାସରେ ବଢ଼ି ପାଣି ହେଇଥିଲା, ତମର ମନେ ନାହିଁ ? ବଉଳା କୁମ୍ଭୀର ମଥାରେ ସିନ୍ଦୂର ନାଇ ଶାରଳା ଠାକୁରାଣୀଙ୍କ ଦର୍ଶନକୁ ଯିବ। ସେ ବେଳ ଆସୁଛି। ବ୍ୟସ୍ତ କାହିଁକି ? ମାଳିକା ବଚନ କ'ଣ ଆଉ ମିଛ ହେବ ?"

ଚୁଲିରେ ଚା' କେଟିଲି ବସେଇ ଦେଇ ଉଦିଆ ପଚାରିଲା, "ମାଳିକା କଥା ସତରେ ଫଳିବ ? ଜଗନ୍ନାଥ,ବଳଭଦ୍ର ସତରେ ବାର ହାତ ଖଣ୍ଡା ଧରି କଲ୍‌କୀ ଅବତାରରେ ବିଜେ କରିବେ ?"

- "ଅଚ୍ୟୁତାନନ୍ଦ ମହାପୁରୁଷ ସିଦ୍ଧ ପୁରୁଷ। ତାଙ୍କ କଥା ମିଛ ହେବ କାହିଁକି ? ଅସଲ କଥା ହେଲା, ଏମିତି ଗୁପ୍ତ ଭାଷାରେ ସେ ସେଇ କଥାଗୁଡ଼ାକ ବୁଲେଇ ବଙ୍କେଇ ଲେଖିଛନ୍ତି, ଆମେ ତମେ ବୁଝିବା କଷ୍ଟ। ସବୁ ପାଠ ତେଢ଼ା। ତାକୁ ସାଧି ପାରିଲେ

ସିଧା ହେବ। ମୁଁ ଘୋଡ଼ାଶାଳରେ ଥିଲା ବେଳେ ଗୋଟେ ଅବଧାନ ଘର ପିଲା ପଢୁଥିଲା ମୋ' ପାଖରେ। ତାକୁ ସେତେବେଳକୁ ବାର କି ଚଉଦ ବର୍ଷ ହେଲାଣି। ଶିଶୁ ଶ୍ରେଣୀ ପିଲାଙ୍କ ସାଙ୍ଗରେ କି ପାଠ ପଢ଼ିବ? ସେହି ଶିଶୁ ଶ୍ରେଣୀରେ ତିନି ବର୍ଷ କାଳ ଘୁଷୁରିଲା। ଅ, ଆ, ଇ କୌଣସି ପ୍ରକାରେ ଲେଖି ଶିଖିଲା। ଦୀର୍ଘ ଈ' ବେଳକୁ ତ ପଡ଼ିଲା ଅଠା କାଠିରେ। ଶେଷକୁ କହିଲା, 'ଏ ଦୀର୍ଘ ଈ'ରେ ଅସାଧ୍ୟ ବାଙ୍କ ଲୋ ବୋପା। ଏ ମୋ' ଦେଇ ହେବନି।' ସେହି ଦୀର୍ଘ ଈ'ରୁ ଗଲା ସ୍କୁଲ୍ ଛାଡ଼ି ଯେ, ଆଉ ସ୍କୁଲ୍ ଦୁଆର ମୁହଁ ମାଡ଼ିବା ନାଁ ଧରିଲାନି।"

ଚା' ଗିଲାସଟା ମାଷ୍ଟ୍ରଙ୍କ ହାତକୁ ବଢ଼େଇ ଦେଇ ଉଦିଆ ପଚାରିଲା, "ସକାଳଓଳି ତମର କାହିଁକି ଦେଖା ନ ଥିଲା? ପେନସନ ଟଙ୍କା ପାଇଁ ଯାଇଥିଲ କି?"

– "ମାସକୁ କେଇଥର ପେନସନ ମିଳିବ କି? ଆଜିରି ବାର ଦିନ ପେନସନ ମିଳିଥିଲା ପରା!"

– "ଆଉ?"

– "ଘର ନେଂଟରା ତ ଛିଣ୍ଡୁନି। ଯିବାକୁ ବେଳ କୁଆଡ଼େ? ନାତି ଖାଂଟି ଦୁଧ ପିଇବ ବୋଲି ପୁଅ ପରା ବୋହୂ କଥାରେ ଗୋବିନ୍ଦା ଗଉଡ଼ ଗୋଠରୁ ବାଛିବାଛି ଗାଈଟାଏ କିଣି ଦେଇ ଯାଇଛି। ବୋହୂ ଦେଖିଲା, ଘରେ ଦିନରାତି ବସୁଛି ତ! ବୁଢ଼ା କାଳେ ଆଉ ଯାଉଛି କୁଆଡ଼େ?"

– "ତମକୁ କ'ଣ ଗାଈ ଖବର ବୁଝିବାକୁ ପୁଅ କହି ଯାଇଛି?"

– "ପୁଅ କହି ନଗଲେ କ'ଣ ହେଲା, ଗୁହାଳ ପୋଛିବାକୁ ନକହି ଆଗରେ ଗୁହାଳ ପୋଛା ଥୋଇ ଦେଇ ଯାଇଛି। ଛାଡ଼, ଘର କଥା କ'ଣ କହିବି?"

– "କାହିଁ ତମକୁ କିଏ ବସେଇ ଖୋଉଛି କି? ହକ୍ ମାସକୁ ମାସ ପେନସନ ପାଉଛ। ମଣିଷ ଚରେଇ ଚରେଇ ବାଳ ପାଚିଲା। ଷାଠିଏ ବର୍ଷରେ ଗାଈ ଚରେଇବାକୁ ଆହୁରି ବାକୀ ଥିଲା?"

ଯୁଧେଷ୍ଠି ମାଷ୍ଟ୍ରେ କହିଲେ, "ଗାଈ ନ ଚରେଇଲେ ଚଳୁଛି କୁଆଡୁ? ଏ ଚା' ଖୋଇଟା ମୋତେ ଯେତକ ଅଡୁଆରେ ପକୋଉଛି। ସକାଳୁ ଉଠିଲେ ଚା' ଟିକେ ନ ହେଲେ ନ ଚଳେ। ବିଦେଶରେ ଥିଲା ବେଳେ ଉଠା ଚୁଲି ଲଗେଇ ଆଗ ଚା' କେଟିଲି ବସେଇବି। ତେଣିକି ଯୋଉ କଥା। ଗାଈ କିଣା ହେବା ଆଗରୁ ବୋହୂ କହୁଥିଲା, 'ଦୁଧ ନାହିଁ। ମୋତେ ନାଲି ଚା' କରି ଆସେନା।' ବାପଘରେ ଘିଅରେ ଖାଇ ଦୁଧରେ କୁଲୁକୁଂଚା କରୁଥିଲା ତ!"

ଟିକେ ରହି ମନକୁ ମନ ପୁଣି କହିଲେ, "ସେଇଥି ପାଇଁ ପୁଅ ଗାଈ କିଣିବା କଥା କହିବାରୁ ମନା କରି ପାରିଲିନି। ଟଙ୍କା ନଘଟ ପଡ଼ିବାରୁ ପେନ୍‌ସନ ଟଙ୍କାରୁ କାଢ଼ି ପନ୍ଦର ଶହ ଦେଲି। ଗୋବିନ୍ଦା ଗଉଡ଼ ଗାଈ ଏ ଓଳି ସେ ଓଳି କରି ପାଂଚ ଲିଟର କ୍ଷୀର ଦେଉଛି। ହେଲେ ସକାଳୁ ଉଠିଲେ ଯେଉଁ ନାହିଁକୁ ସେଇ ନାହିଁ। କୋଉଦିନ ଦୁଧ ବିଲେଇ ପିଇ ଯାଉଛି ତ କୋଉଦିନ ଦୁଧ ଛିଣ୍ଡି ଯାଉଛି।"

- "ତମେ ଅଧ ଲିଟର କ୍ଷୀର ଅଲଗା ରଖି ଦେଉନା? ନ ହେଲେ ଗୋଟା ଅମୁଲ ପାକିଟି ଆଣି ରଖୁନା।"

- "ଅମୁଲ ପ୍ୟାକେଟ୍ ଆଣି ରଖୁ ନଥିଲି କି। ହେଲେ ଅଢ଼େଇଶହ ଟଙ୍କା ଦେଇ ତମେ ଅମୁଲ କିଲେ ଆଣିଲେ ଦିନ ଚାରିଟା ନ ଯାଉଣୁ, ନାହିଁ। ଇରେ, କିଲେ ଅମୁଲ ହେଲା କ'ଣ? ପଚାରିଦେଲେ ତ କଥା ସରିଲା। ଆଉ ଚୁଲି ଚାଳ ରଖିବନି ସେ ମାଗିଖିଆ ଘର ଛୁଆ। ଶଳା କଣ୍ଠ ପରିଡ଼ା ମଧ୍ୟସ୍ଥି କଥାରେ ପଡ଼ି ତ ମୁଁ ସବୁ ସାରିଛି। ଏବେ ଆଉ କହିବି କାହାକୁ? ନ ହେଲେ ଶାମ ବାଲିଆ ଝିଅକୁ ବୋହୂ କରିଥିଲେ ଆଜି ବୁଢ଼ା ଦିନେ ଏ ଅବସ୍ଥା କାହିଁକି ହୁଅନ୍ତି?"

- "ପୁଅ କିଛି କୁହେନା?"

- "ପୁଅ ମାସେ ଦି' ମାସରେ ଦିନେ ଓଳିଏ ପାଇଁ ଘରକୁ ଆସୁଛି। ତାକୁ ଏ ସବୁ କହି ସ୍ୱାମୀ-ସ୍ତ୍ରୀଙ୍କ ଭିତରେ ଝଗଡ଼ା ଲଗେଇବାଟା କ'ଣ ଭଲ ହେବ?"

- "କିଛି ନହେଲେ ତମେ ସକାଳୁ ଉଠି ଇଆଡ଼େ ପଳେଇ ଆସିବ। ନଈରେ ନିତ୍ୟ କାମ ସାରି ଚା' ପିଇ ଯିବ। ତଳଘଟିଆ ମାଛୁଆଙ୍କ ପାଇଁ ତ ମୁଁ ପାହାନ୍ତାରୁ ଉଠି ଚୁଲି ଲଗେଉଛି।"

- "ସେଇୟା କଲେ ହେବ। ସକାଳୁ ଉଠି ଚା' ଟିକକ ସକାଶେ କିଏ ମୋର ଏତେ ତେରିମେରି ହେବ?"

ଶୁକୁଟା ଘାଟିଆ ଡଙ୍ଗା ଏ କୂଳରେ ଲଗେଇ ଘାଟ ଉପରକୁ ଉଠି ଆସିଲା। ତା' ସାଙ୍ଗରେ ଦଶ କୋଡ଼ିଏ ଜଣ ସ୍କୁଲ୍ ପିଲା ଆଉ ଚଇତନ ପାତ୍ର ଦୋକାନୀ। ସାଇକେଲ୍‌ଟାକୁ ଗୋଟାପଟ ଖୁଂଟରେ ଡେରି ଘାଟ ଆଡ଼କୁ ଅନେଇ ଉଲ ମାଷ୍ଟ୍ରାଣୀକୁ ଡାକି କହିଲା, "ମୁହଁ ହାତ ସେତିକି ଧୋଇଥା' ମ ଦିଦି। ମେଘ ଆସୁଛି। ଚଂଚଳ ପଳେଇ ଆସ।"

ତାଙ୍କ ପାଟିରୁ କଥା ସରିଛି କି ନାହିଁ ସତକୁ ସତ ବରକୋଳିଆ ଟୋପା ପଡ଼ିବାକୁ ଲାଗିଲା। ଉଲ ମାଷ୍ଟ୍ରାଣୀର ଟିକେ ଆମ୍ବୁଆଳିଆ ଦିହ। ଜର୍ସି ଗାଈ ଭଳିଆ ନସରପସର ହୋଇ ସେ ଅତଡ଼ା ଉପରକୁ ଉଠି ଆସିଲା।

ଚଇତନ ପାତ୍ର ପଚାରିଲା, "ଚା' ଅଛି ସାହୁଏ ? ନହେଲେ ଜଲଦି ଦି'କପ୍ ଚା' କର। ମେଘ ଛାଡୁଛାଡୁ ଏଇକ୍ଷିଣା କେତେବେଳ। ଆଜି ମଣିଷ କେତେବେଳେ ଘରେ ପହଂଚୁଛି କେଜାଣି ? ସେ ଶଳା ପାଣୁଆ ମାହାଳି ପଚାଶ ଟଙ୍କାର ସଉଦା ନେବାକୁ ଦି ଘଂଟା ଲଗେଇଲା। ନହେଲେ ମୁଁ କେତେବେଳୁ ଦୋକାନ ବନ୍ଦ କରି ଆସନ୍ତିନି।"

ଉଲ କହିଲା, "ଆମ ସ୍କୁଲ୍‌କୁ ଗୋଟା ନୂଆ ହେଡ୍‌ମାଷ୍ଟର ଆସିଛି ଯେ, ଅଧ ଘଂଟା ଆଗରୁ ଛାଡୁନି। ମୁଁ ପାଂଚ ସାତ ମାଇଲ ଦୂରରୁ ଆସୁଛି। ଶେଷ ପିରିୟଡ୍‌ଟା ମତେ ଟିକେ ଛାଡ଼ିଦେଲେ ହୁଅନ୍ତାନି ? ବାଦ ସାଧିଲା ଭଳିଆ ଠେଙ୍ଗା ପକେଇ ଜଗି ବସିଥିବ। କହୁଛି, 'ଏଇ ପାଖରେ ଘର ଭଡ଼ା ନେଇ ରହୁନା।' ଘରଦୁଆର ଛାଡ଼ି ଆମେ ଏଠି ଭଡ଼ାରେ ରହିବୁ ? ଆଗ ହେଡ୍‌ମାଷ୍ଟ୍ରଟା କେତେ ଭଲ ଥିଲା। ଆଠ ଦିନ ସ୍କୁଲ୍‌କୁ ନ ଆସିଲେ ବି କିଛି କହିବନି। ଓଲଟି କହିବ- ମଣିଷ ଚାକିରିବାକିରି କଲା ବୋଲି କ'ଣ କଳିଅକଳି ନାହିଁ।"

ଚଇତନ କହିଲା, "ଏ ଶଳା ତ ଚାରି ଦଉଡ଼ିକଟା ଠେଙ୍ଗଣାଟା। ଘରସଂସାର କଥା ସିଏ ବୁଝିବ କ'ଣ ? ତମେ ତ ସରକାରୀ ଘରେ ଚାକିରି କରିଛ। ଘରେ ଛୁଆ ପିଲା ନେଂଟରା ବି ନାହିଁ। ମୁଁ ଏଠି କି ଦୋକାନ କଲି ଯେ, ଘରକୁ ଫେରିବାକୁ ନିଇତି ଡେରି। କାର୍ତ୍ତିକ ସୋଲା ଧାନ କଟା ହୋଇ ତେଣେ ବିଲରେ ପଡ଼ିଛି। ଏଇକ୍ଷିଣା ବର୍ଷା ନ ଛାଡ଼ିଲେ ବାର ହୀନସ୍ତା।"

ଉଲ କହିଲା, "ସକାଳୁ ଦି ଝାମ୍ପି ବଡ଼ି ପାରି ଛାତ ଉପରେ ଖରାରେ ଥୋଇ ଆସିଥିଲି। ଆଉ କ'ଣ ଅବସ୍ଥାରେ ଥିବ ?"

ଚଇତନ ପାତ୍ର ବ୍ୟାଗ୍‌ରୁ ଗାମୁଛା ଖଣ୍ଡେ କାଢ଼ି ବଢ଼େଇ ଦେଇ କହିଲା, "ନିଅ, ଆଗ ଦିହମୁଣ୍ଡ ପୋଛି ପକା। ବଡ଼ି କଥା ପଛରେ ଭାବିବା।"

ପିଲାଗୁଡ଼ାକ ଗଣ୍ଡାପାଂଚଟା ଲେଖା ବରା ଧରି ନିଶ୍ଚିନ୍ତରେ ଖାଇବାକୁ ପଛପଟ ଚାଳିଆକୁ ପଳେଇଲେ।

ଯୁଝେଷ୍ଟି ମାଷ୍ଟ୍ରେ କହିଲେ, "ବିଦିଆ ଗାଈଟାକୁ ଘରକୁ ଆଣିଲା କି ନାହିଁ କିଏ ଜାଣେ ?"

ଶୁକୁଟା ଘାଟିଆ ପଚାରିଲା, "ଆଉ ବରା ନାହିଁ ଉଦିଆଇ ?"

ଉଦ କହିଲା, "ବରା ଖାଇବା କଥା ଯଦି ଆଗରୁ କହିଲୁନି ? ପିଲା କ'ଣ ଆଉ ବରା ରଖିଛନ୍ତି ? କାହିଁ, ଗାଧୁଆବେଳେ ଘରୁ ଭଲ କରି ଖାଇକରି ଆସି ନ ଥିଲୁ କି ?"

- "ନାଇଁ ମ ଖରାବେଳ ସାରା ଡଙ୍ଗା ତଳି ମାରୁମାରୁ ତ ବେଳ ଗଲା। ଘରକୁ ଆଉ ଖାଇବାକୁ ଗଲି କେତେବେଳେ? ଏ ଡଙ୍ଗା କ'ଣ ଆଉ ଡଙ୍ଗା ବୃତରେ ଅଛି? ଯେତେ ନଡ଼ିଆକତା ଚୁଂଟା ମାରିଲେ କ'ଣ ହେବ? ଘଂଟା ଦି'ଘଂଟାରେ ଅଧ ଡଙ୍ଗା ପାଣି। ଉଝାଳି ଉଝାଳି ଶଳା ଅଂଟାପିଠି ଭକଭକ କରୁଛି। ଗାଁ ଲୋକଙ୍କୁ କହିକହି ପାଟି ଘୋଳି ହେଲାଣି। ସମସ୍ତେ ମୋ' କଥା ଏ କାନରେ ପୂରେଇ ସେ କାନରେ ବାହାର କରି ଦେଉଛନ୍ତି। ଆଉ ଘାଟ ନିଲାମ କଲା ବେଳକୁ ତେଣେ ଶହେ ଦୁଇଶହ ଛାଡ଼ିବାକୁ ଜୀବ ଛାଡ଼ି ଯାଉଛି! ଏ ବର୍ଷ ନୂଆ ଡଙ୍ଗା ନ କିଣିଲେ ଘାଟ ଛାଡ଼ିଦେବି। ଚୁଡ଼ା ବେପାର କଲେ ମୋ' ପଇସା କିଏ ଖାଇବ! ମୁଁ ଯାଉଥିଲି, ଏ ଦଦରା ଡଙ୍ଗାକୁ ନେଇ ବାର ହୀନସ୍ତା ହେବାକୁ? ଶଙ୍ଖିନୀ ନଈ ସୁଅତୋଡ଼ କଥା ତମେ ଜାଣିନା? ଏ ଶହଶହ ଲୋକଙ୍କ ଜୀବନ କଥା ନା, ମୋ' ଘର କଥା?"

ଉଦ କଡ଼େଇରେ ପକୁଡ଼ି ଭାରିଏ ପକେଇ ପଚାରିଲା, "ମେଘ ଛାଡ଼ିଲା ପରି ତ ଲାଗୁନି। ଘରକୁ ଯିବ କେମିତି ମହାଜନେ?"

ଚଇତନ ପାତ୍ର କହିଲା, "ନ ହେଲେ ସାଇକେଲ୍‌ଟା ତମ ପଛ ଚାଳିଆରେ ଥୋଇ ଚାଲିଚାଲି ଯିବି। ତେଣେ ଗାଈଗୋରୁ ବନ୍ଧା ନହୋଇ ବର୍ଷାରେ ସେମିତି ପଦାରେ ଠିଆ ହୋଇଥିବେ। ଚାରିଟା ମୁଲିଆ ଧାନବୁହାରେ ଲାଗିଥିଲେ। ଧାନ ସବୁ ଖଳାକୁ ଆସିଲା କି ନାହିଁ ଠିକଣା ନାହିଁ। ମେଘପବନକୁ ମୋ' ସ୍ତୀର ପୁଣି ଏମିତି ଡର ଯେ, ଘରୁ ପଦାକୁ ଗୋଡ଼ କାଢ଼ିବନି। ଏ ଅଦିନିଆ ମେଘ ହୋଇ ବଡ଼ ଅକଳିଆରେ ମଣିଷକୁ ଚାରିଆଡ଼ୁ ଛନ୍ଦି ବାନ୍ଧି ପକେଇଲା।"

ଉଲ ମାଷ୍ଟ୍ରାଣୀ କହିଲା, "ଚାଲିଚାଲି ମୁଁ ଏତେ ବାଟ ତ ଯାଇ ପାରିବିନି। ମୋ' ଜୀବନ ବାହାରିଯିବ। ସହଜେ ଆଠ ଦିନ ହେଲା ଅଂଟାଟା ଧରିଛି।"

ଚଇତନ ମୁଚୁକୁନ୍ଦିଆ ହସ ହସି କହିଲା, "ତମେ ଟିକେ ଖାଇବା ପିଇବା କମେଇ ଦିହ ଝଡ଼ୋଉନା! କାବେରୀ ମାଡାମ୍ କେମିତି ଛଇଛାଡ଼ିଆ ହେଇଛି ଦେଖୁନା?"

ମୁହଁ ଛିଂଚାଡ଼ି ଉଲ ମାଷ୍ଟ୍ରାଣୀ କହିଲା, "ସେଇ କାବେରୀ ମାଡାମ ତ ଅବିକା ସମସ୍ତଙ୍କୁ ତ୍ରିପୁର ମୋହିନୀ ଭଳିଆ ଦିଶୁଛି। ଆଜି ସେ ହେଡ୍‌ମାଷ୍ଟ୍ର ଧରମଦଣ୍ଡା କହିଲା- କାବେରୀ ମାଡାମ୍ କେମିତି ନୂଆ ମେଥଡ୍‌ରେ ପାଠ ପଢ଼ୋଉଛନ୍ତି ଦେଖନ୍ତୁ। ଆଉ ଏମିତି ଗାଈ ଅଡ଼େଇଲା ଭଳିଆ ଖାଲି ତରତରରେ କୋର୍ସ ସାରିଦେଲେ ହେବ?"

ଚଇତନ ପାତ୍ର ସେ କଥାର କିଛି ଜବାବ ନଦେଇ ଚା' ପିଇବାରେ ମନ ଦେଲା।

ଉଲ ପୁଣି ଛାଁକୁ ଛାଁ କହିଲା, "ଏ ନୂଆ ହେଡ଼୍‌ମାଷ୍ଟର ଆସିବା ଦିନୁ ବାର ହୀନସ୍ତା। ଏଇଟା କର, ସେଇଟା କର କହି ଘଡ଼ିଏ ପହଡ଼େ କୋଉଠି ଶାନ୍ତିରେ ବସେଇ ଦେଉନି।"

– "ମଲା ତାକୁ ଏତେ ଡର କାହିଁକି ପଡ଼ିଚି ? ତମେ ତାଆର ଶହେ ପଚାଶ ଖାଅ ନା ଧାର ? ସିଏ ଯେମିତି ସରକାର ଘରେ ମୁଣ୍ଡ ବିକିଛି, ତମେ ବି ସେମିତି ମୁଣ୍ଡ ବିକିଛ। ସିଏ ଆଜି ହେଡ଼୍‌ମାଷ୍ଟ୍ର ହୋଇଛି, କାଲି ତମେ ହେବ। ଏତେ ଡର କ'ଣ ?"

– "ଛାଡ଼ବା ସେ ଅଲଣା କଥା। ଘରକୁ କେମିତି ଯିବା ଚିନ୍ତା କର।"

– ମେଘ ଛାଡ଼ିଲେ ତ। ଏ ବର୍ଷାରେ ତ ମୁହଁକୁ ମୁହଁ ଦିଶୁନି। ନା, ଘର କୋଉ ଆଖରେ ପାଖରେ ହୋଇଛି ?"

– "ଆର ବର୍ଷ ଯେମିତି ହେଲେ ମୋ' ଭାଇକୁ କହି ଧରାଧରି କରି ମୁଁ ଜେମାଦେଈପୁର ସ୍କୁଲ୍‌କୁ ବଦଳି ହୋଇଯିବି। ଏତେ ଦୂର, ସେଥିରେ ପୁଣି ଘାଟ ପାରି। କଥାରେ କହନ୍ତି, 'ଏକା ନଈ ସହସ୍ର କୋଶ।' କିଏ ମୋର ନିତି ଅବସ୍ଥା ହୋଇ ମରିବ ? ଯାହା ଯେମିତି ଖର୍ଚ୍ଚ ହେଉ ପଛେ ଏଠୁ ବଦଳି ହୋଇ ଗଲେ ଯାଏ।"

– "ହଁ, ଜେମାଦେଈପୁର ଘରପାଖ। ସେଠି ପୁଣି ଗୋଦାବରୀ ବାବୁ ହେଡ଼୍‌ମାଷ୍ଟ୍ର। ଭାରି ନିର୍ମାୟା ଲୋକଟା ଏକା। ମାଛିକୁ ମ ବୋଲି କହିବନି। ତମର ଯଦି ସତରେ ଜେମାଦେଈପୁର ବଦଳି ହୋଇ ଯାଅନ୍ତା, ମୁଁ ସେଠି ସ୍କୁଲ୍ ଆଗରେଗୋଟେ ତେଜରାତି ଦୋକାନ ଖୋଲି ମୋ' ଶଳାକୁ ଆଣି ବସାନ୍ତି। ସେପଟେ ଦୋକାନବଜାର ନାହିଁ। ଦୋକାନ ଭଲ ଚାଲନ୍ତା।"

ଉଲ କହିଲା, "ଗଛମେଁ ପଣସ, ଓଠମେଁ ଅଠା। ମୋ' ଭାଇ ତ ଆଜି କଟକ ତ କାଲି ଭୁବନେଶ୍ୱର। ତା' ଦେଖା ମିଳିବା କାଠିକର ପାଠ। କ'ଣ ହେଉଛି, ଦେଖାଯାଉ। ଆଗରୁ ଏତେ ବିଲୁଆ ପାଂଚ କାହିଁକି ? ଆଗ ପାଂଚ ବାଘ ନିଏ, ଜାଣିନା ?"

ଚଇତନ କହିଲା, "ତମେ ପୁଣି ଘାଟ ପାରି ହୋଇ ସ୍କୁଲ୍‌କୁ ପଳେଇ ଯା'। ରାତିଟା କଷ୍ଟେମଷ୍ଟେ ହଷ୍ଟେଲରେ କଟେଇ ଦେବ। ମୁଁ ସାହୁପୁଅଙ୍କ ପାଖରୁ ଛତା ଖଣ୍ଡେ ନେଇ ଯାଉଛି। ତେଣିକି ରାତି ଅଧ ହେଉ କି ପାହନ୍ତା ହେଉ।"

ଉଦ କହିଲା, "ମୋ' ପାଖରେ ଛତା କୋଉଠୁ ଆସିବ ? ଖଣ୍ଡେ ବୋଲି ଛତା ଥିଲା। କଳ ଅସଜ ହୋଇ ଗତବର୍ଷରୁ ପଡ଼ିଛି। ବରପଡ଼ା ନେଇ ସଜାଡ଼ି ଆଣିବି ବୋଲି ମନେ ପଡୁନି।"

ଶୁକୁଟା ଘାଟିଆ କହିଲା, "ଏଥିରେ ମୁଁ ଡଙ୍ଗା ଫିଟେଇବାକୁ ଯାଉଥିଲି ? ତଳପାଣି, ଉପର ପାଣି ମିଶି ଡଙ୍ଗା ଅଧୁଆଣି ହେବଣି। ଡଙ୍ଗା କ'ଣ ଆଉ ଡଙ୍ଗା

ଅବସ୍ଥାରେ ଅଛି ଯେ, ଡଙ୍ଗା ନେବାକୁ ମୁଁ ହିମତ ବାନ୍ଧିବି? ଏ ତ ପୁଣି ମାଠିଆ ମୁହଁରେ ମେଘ ଓଜାଡୁଛି। ଉଦିଆଇ ଦୋକାନରୁ ଜଳଖିଆ ଟିକେ ଖାଇ ଦେଇ ରାତିରେ ଏଇ ଘାଟ ଚାଳିଆରେ ଶୋଇ ପଡ଼ିବି।"

ଉଲ ମାଷ୍ଟ୍ରଣୀ କ'ଣ କହି ଆସିଲା ବେଳକୁ ପହଂଚିଲା ଲେଉଟାଣି ମାଛ ଗାଡ଼ି। ଡ୍ରାଇଭର୍, ହେଲପର୍ ସାଙ୍ଗକୁ ମାଛୁଆ ଦଶ ପନ୍ଦର ଜଣ ଓହ୍ଲେଇ ପଡ଼ି ପଚାରିଲେ, "ଜଳଖିଆ କ'ଣ ଅଛି ଉଦିଆଇ?"

ଉଦ କହିଲା, "ବରା, ପକୁଡ଼ି, ଆଳୁଦମ ଅଛି। ଆଉ ଟିକକୁ ଆଳୁଚଅପ ଭାରିକ ଉଠିବ।"

ଡ୍ରାଇଭର୍ ପଚାରିଲା, 'ଛେନାବରା ନାହିଁ?'

- "ଆଜି ତ ବଇଷମ କାହଁକି ଛେନା ଆଣି ଆସିନି। କାଲି ମାଲ୍ ଯଦି କେଇଟା ବଳିଥିବ, ଦେଖୁଛି", କହି ଦେଇ ଉଦ ଘର ଭିତରକୁ ଉଠିଗଲା।

ଉଲ ମାଷ୍ଟ୍ରାଣୀ କହିଲା, "ଏହେ ଛେନାବରା ଥିଲା ବୋଲି ଜାଣିଥିଲେ, ମୁଁ ଅଧ କିଲେ ଘରକୁ ନେଇଥା'ନ୍ତି।"

- "ଆଗେ କେମିତି ଘରେ ପହଂଚିବ ସେ କଥା ଭାବୁନା, ଛେନାବରା କାଲି ନେଲେ ହେବନି?", କହିଲା ଚଇତନ ପାତ୍ର।

ଖିଆପିଆ ସାରି ମାଛୁଆ ଗଲା ବେଳକୁ ସ୍କୁଲ୍ ପିଲା ପଞ୍ଝାକ ଗାଡ଼ି ଡାଲାରେ ତିନ୍ତି ବୁଡ଼ି ଚଢ଼ିଗଲେ।

ଗାଡ଼ି ଛାଡ଼ିଲା ପରେ ଯୁଝେଷ୍ଟି ମାଷ୍ଟ୍ରେ କହିଲେ, "ପିଲାଗୁଡ଼ାକ ଘରେ ପହଂଚିଲା ବେଳକୁ ଆଉ ଅବସ୍ଥାରେ ନ ଥିବେ। ଏ ପୁଣି ଅଦିନିଆ ମେଘ। ଜରସର୍ଦ୍ଦି କାହୁଁକାହୁଁ ଘୋଟି ଆସିବ।"

ଚଇତନ ପାତ୍ର ପଚାରିଲା, "ଜରିଫରି ଖଣ୍ଡେ ନାହିଁ ସାହୁପୁଅ?"

- "ଜରି ଘୋଡ଼େଇ ହେଇ ତମେ ଏତେ ବାଟ ଯିବ?"

- "କ'ଣ କରିବା? ଏ ମେଘ ତ ଦାଉ ସାଧୁଛି। ତେଣେ ଘରେ କିସ କରୁଥିବେ ଟି? ମୁଁ ନ ପହଂଚିଲା ଯାଏ ଖାଲି ମନ ଦକଦକ କରୁଥିବେ ସିନା। କୋଉଠି ତ ଥ'ବାସ ହୋଇ ବସୁ ନଥିବେ।"

- "ପୁରୁଣା ବର୍ଷାତି ଖଣ୍ଡେ ଥିଲା। ଦେଖେ", କହି ଦେଇ ଉଦ ଘର ଭିତରକୁ ଆଉଥରେ ଉଠିଗଲା। ପୁଣି ଫେରି ଆସି କହିଲା, "ରୁହ ଲଣ୍ଠଣଟା ଲଗାଏ। ଅନ୍ଧାରରେ କୋଉଠି କିଛି ଦିଶୁନି।"

ଲଣ୍ଠଣ ଲଗେଇ ଘରୁ ବର୍ଷାତି କାଢ଼ି ଦେଲା ଉଦ। ସାଇକେଲ୍‌ଟା ପଛପଟ ଚାଳିଆରେ ଚାବି ପକେଇ ରଖି ଚଇତନ ପାତ୍ର ବାହାରି ଯାଉଥିଲା। କ'ଣ ଭାବି ଫେରି ଆସି ପଚାରିଲା, "ତମ ଟର୍ଚ୍ଚ ଟିକେ ଦେବ?"

ଉଦ କହିଲା, "ତମକୁ ଟ୍ରର୍ ଦେଲେ ରାତି ବିକାଳି ମୁଁ ଏଠି କ'ଣ କରିବି?"

ଚଇତନ ଆଉ କିଛି ନକହି ଅନ୍ଧାରରେ ଏକମୁହାଁ ବାହାରିଗଲା।

ତା' ଯିବା ବାଟକୁ ଚାହିଁ ଉଲ ମାଷ୍ଟ୍ରାଣୀ କହିଲା, "ସେ ଲୋକ ବାଗ ଦେଖୁଛ ଭାଇ? ତିନି ବର୍ଷ ହେଲା ଏକାଠି ଯିବା ଆସିବା । ଆଜି କେମିତି ମୋତେ ଏଠି ଏକୁଟିଆ ଛାଡ଼ି ଦେଇ ପଳେଇଲେ। ସିଏ ମୋତେ ଲୁନା ଖଣ୍ଡେ କିଣି ଦେବାକୁ କେତେଥର କହିଲେଣି। ମୁଁ କହିଲି, 'ଜଣକ ସାଙ୍ଗରେ ଯିବାଆସିବା ଚଳି ଯାଉଛି ତ! ଆଜିକାଲି ତେଲ ଯୋଉ ଦଅର ହେଲାଣି। ଅଯଥାରେ ପଇସା ଖର୍ଚ୍ଚ କରି ଲାଭ କ'ଣ?' ସେମିତି ହେଲେ କାଲି ସକାଳୁ ଲୁନା କିଣିବି। ତୁ ସେମିତି ଧଁତରା ସାଇକେଲ ପେଲୁଥିବୁ। ଏଇଥିରେ କହୁଛି, ମୋର ବଦଳି ହେଲେ ଜେମାଦେଈପୁରେ ଦୋକାନ ଖୋଲିବ। ଭଲରେ ମନ୍ଦରେ ଯିଏ ସାହା ପକ୍ଷ ନହେଲା ସିଏ କ'ଣ ମଣିଷରେ ସୁମାରି?"

ଉଲ ମାଷ୍ଟ୍ରାଣୀ ପାଟିରୁ କଥା ନସରଣୁ ଆକାଶକୁ ଚିରି ଦେଲା ପରି ଗୋଟାଏ ବିଜୁଳି ମାରିଲା। ତା' ପଛକୁ ମେଦିନୀ କମ୍ପେଇ ଗୋଟାଏ ଘଡ଼ଘଡ଼ି। ଆକାଶରୁ ଫାଳେ କୋଉଠି ଛିଣ୍ଡି ପଡ଼ିଲା କି! ସମସ୍ତଙ୍କ ଆଖି କାନ ତାବ୍‌ଦା ହୋଇଗଲା। ତାଆରି ଭିତରେ ଚଇତନ ପାତ୍ର କେତେବେଳେ ଫେରି ଆସି ବେଂଚ୍ ପାଖରେ ଠିଆ ହୋଇ ବରଡ଼ା ପତର ପରି ଥରୁଥିଲା।

ଟିକକ ଆଗର ରାଗ ଭୁଲି ଉଲ ମାଷ୍ଟ୍ରାଣୀ ମୁରୁକି ହସି କହିଲା, "ତମକୁ ସେଇ ଯୋଗ ସାଥୀ। ଆଜି ଯଦି....", କାଳ କଥାଟା କହିବାକୁ ତା' ଜିଭ ଓଲଟିଲାନି।

ଯୁଝେଷ୍ଟି ମାଷ୍ଟ୍ରେ କହିଲେ , "ଡାକ ଗୋଟାକରେ ମୋ' ଘର। ମୁଁ ଯିବାକୁ ସାହସ କରୁନି। ତମେ ସାତ ମାଇଲ ବାଟ ଯିବାକୁ ସାହସ କରୁଥିଲ କୋଉ ଅକଲରେ ମହାଜନେ? ରାତିଟା ଭିତରେ କ'ଣ ତେଣେ ପ୍ରଳୟ ହୋଇଯିବ? ମଣିଷ ଜୀବନ ବଡ଼ ନା ଗାଈଗୋରୁ, ଧାନ ଅମଳ ବଡ଼?"

ଉଦ କହିଲା, "ରାତିଟା ସମସ୍ତେ ଏଇଠି ରହିଯା'। ତୁ ବି ଶୁକୁଟା ମେଘଅନ୍ଧାର ରାତିରେଏକୁଟିଆ ଘାଟ ଚାଳିଆରେ ଶୋଇବୁ କାହିଁକି? ଦିଦି ଘର ଭିତରେ, ଖଟ ଉପରେ ଶୁଅନ୍ତୁ। ମୁଁ ବେଂଚ୍ ଚାରିଟା ଯୋଡ଼ି କନ୍ଥା ପାରି ଦେବି। ମାଷ୍ଟ୍ରେ ଆଉ ଚଇତନ ବାବୁ ଦୁଆର ମୁହଁକୁ ଆରାମରେ ଶୋଇ ପଡ଼ିବେ। ଆମେ ଦି' ଜଣ ପଛପଟ ଚାଳିଆରେ ଶୋଇବା।"

ଶୁକୁଟା କହିଲା, "ମୁଁ ଡଙ୍ଗାଟା ଟିକେ ଆଉଥରେ ଭଲକରି ବାନ୍ଧି ଦେଇ ଆସେ।"

ଯୁଝେଷ୍ଟି ମାଷ୍ଟ୍ରେ କହିଲେ, "ଏ ବିଜୁଳି ଘଡ଼ଘଡ଼ିକି ଦେଖୁଛୁ ତ? ଘାଟକୁ ଓହ୍ଲେଇ ଡଙ୍ଗା ବାନ୍ଧି ଆସିବା କୋଉ ଏଇକ୍ଷିଣା ଛୋଟିଆ ପାଠ? ଯାହା ହେବାର ଥିବ ହେବ । ବୋଇଲା, 'ଏ ଦେହ ଥିଲେ ସର୍ବ ପାଇ। ଜଳେ ଯେସନେ ଚନ୍ଦ୍ର ଛାଇ।' ତୁ ଡଙ୍ଗା କଥା ଭାବୁଛୁ କିସ?"

ଶୁକୁଟା ଟିକେ କୁନ୍ଥୁକୁନ୍ଥୁ ହେଲା ପରି କହିଲା, "ଯେତେହେଲେ ବୃତ୍ତି ଏ ମୋ' ପୋଷେ କୁଟୁମ୍ବ।"

ଯୁଝେଷ୍ଟି ମାଷ୍ଟ୍ରେ ଚିଡ଼ିଗଲା ପରି କହିଲେ, "ବୃତ୍ତିକି ସମ୍ଭାଳିବୁ ଯାଉନୁ। ତେଣିକି ଜୀବନ ଧରି ଫେରିଲେ ହେଲା।"

ପଛପଟରୁ ଉଦ ଡାକିଲା, "ଶୁକୁଟା, ମୋ' ସାଙ୍ଗରେ ଏ ଗୋଲ୍ କୋଇଲା ବସ୍ତାଟା ଟିକେ ଧରିଲୁ।"

ଶୁକୁଟା ପଚାରିଲା, "କୋଇଲା ବସ୍ତା ଓଦା ହୋଇ ଯାଉଛି କି ଉଦିଆଇ?"

- "ନାଇଁବେ। ଅବିକା ଆଂଚ ନ ଲଗେଇଲେ ରୋଷେଇ ହେବ କେମିତି? ଏ ମେଘ ପବନରେ କ'ଣ ଚୁଲି ଜଳିବ?"

ସେମାନେ କୋଇଲା ବସ୍ତା ଆଗ ପଟକୁ ଆଣି ସାରିଲା ପରେ ଉଲ ପଚାରିଲା, "ଏତେ ରାତିରେ ରୋଷେଇ କରିବ?"

- "ଆଉ କ'ଣ ଚାରିଚାରି ଜଣ ମଣିଷ ରାତିରେ ଉପାସ ଶୋଇବା? କେତେ ରାତି ହେଲା କି? ମେଘ ଅନ୍ଧାର ଯୋଗୁ ସେମିତି ଜଣା ପଡୁଛି। ମୁଁ ତ ଆହୁରି ଡେରିରେ ହେଟାଡିଆଁ ମାଛୁଆଙ୍କ ପାଇଁ ରୋଷେଇ ବସାଏ। ସେମାନେ ଫେରିଲା ବେଳକୁ କୋଉଦିନ ରାତି ବାରଟା। କୋଉଦିନ ଗୋଟାଏ। ଆଜି ଆଉ ଫେରିଲା ଭଳିଆ ଜଣା ପଡୁନି। ମାଛ ତ ମପେଇ ପାରି ନଥିବେ। ଫେରିବେ କୋଉଠୁ?"

ଉଦ ଆଂଚ ଲଗୋଉଥିଲା ବେଳେ ଶୁକୁଟା କହିଲା, "ଗୋଲ୍ କୋଇଲା ଆଂଚ ଲଗେଇବାକୁ ସିନା ଟିକେ ଡେରି, ନହେଲେ ଥରେ ତାଉ ଧରିଲେ, ଓଳିକ ସାରା ବେଧଡ଼କ। ଖାଲି ତା' ତାଉରେ ରୋଷେଇ ହୋଇଯିବ।"

ଉଦ କହିଲା, "ପରିବାପତ୍ର କଟାକଟି ଜଞ୍ଜାଳରେ କିଏ ପଶୁଛି? ଚିଙ୍ଗୁଡ଼ି ଭଜା ଅଛି। ସେଇଯାକୁ ଝୋଳ କରି ଦେଉଛି। ଚଳିବନି?"

- "ଏତେ ମେଘ ଅନ୍ଧାରରେ ଆମ ପାଇଁ ହଇରାଣ ହୋଇ ରୋଷେଇ

ବସୋଉଛ। ସେଥିରେ ପୁଣି ଚଳିବ କି ନାହିଁ ପଚାରୁଚ? ଭାତ ସାଙ୍ଗକୁ ଚିଙ୍ଗୁଡ଼ି ଝୋଳ। ସେଥିରେ ପୁଣି ଅଚଳ କାହିଁକି ରହିଯାଉଛି?"

ଯୁଝେଷ୍ଟି ମାଷ୍ଟ୍ରେ ପଚାରିଲେ, "ଆଉ ଚଇତନ ବାବୁ, ତମ ଆଡ଼ ଖବର କ'ଣ? ଅନ୍ତ ସାଆନ୍ତରା କେମିତି ଅଛନ୍ତି? ତାଙ୍କ ପୁଅ ଆମେରିକାରୁ ଫେରି ଦିଲ୍ଲୀରେ କୋଉଠି ଆଉ ଗୋଟା ବଡ଼ ଚାକିରି ପାଇଲା ବୋଲି ଶୁଣିଥିଲି।"

ଚଇତନ ପାତ୍ର କହଲା, "ବୁଢ଼ା ପରା ଛ'ମାସ କି ବେଶୀ ହେଲାଣି, ଯାଇ ପୁଅ ପାଖରେ। ବୁଢ଼ା କଥା ତ ଆଜିକାଲି ଆଉ ଚଳୁନି। ଏବକୁ ତହୁଁ ବଳି ତହୁଁ ହାମ୍‌ବଡ଼ା ବାହାରିଲେଣି। ସ୍କୁଲ୍ କଥା ନେଇ ବିରୋଧୀ ଦଳିଆଙ୍କ ସାଙ୍ଗରେ କ'ଣ ମନାନ୍ତର ହେଲା। ବୁଢ଼ା ସେକ୍ରେଟାରୀ ପଦରୁ ରିଜାଇନ୍ ଦେଇ ଏକାଦିନେ ଗାଁ ଛାଡ଼ିଲେ।"

- "ଗୋଦାବରୀ ବାବୁଙ୍କ ଭଳିଆ ହେଡ୍‌ମାଷ୍ଟ୍ର ଥାଉଥାଉ ସ୍କୁଲ୍‌ରେ ରାଜନୀତି ପଶୁଛି?"

- "ସିଏ ବିଚରା କ'ଣ କରିବେ? ସିଏ ପରା ଏଗୁଡ଼ାଙ୍କ ମତିଗତି ଦେଖି ଆବାକାବା ହୋଇଯାଉଛନ୍ତି। ଗଜାନନ ମିଶ୍ର ଭଳିଆ ଲୋକ ସେ ସ୍କୁଲ୍ ସମ୍ଭାଳି ନ ପାରି ବଦଳି ହୋଇ ଯିବଯିବ ବୋଲି ବାଟ ପାଇଲାନି। ସେଠି ଗୋଦାବରୀ ବାବୁ କରିବ କ'ଣ?"

- "ଅନ୍ତ ସାଆନ୍ତରା ଜମିବାଡ଼ି ବିକି ସ୍କୁଲ୍ କରିଥିଲେ। ଶତପଥୀ ବାବୁ ହେଡ୍‌ମାଷ୍ଟ୍ର ଥିଲା ବେଳେ ଲୋକେ ପିଲାଙ୍କୁ ସରକାରୀ ସ୍କୁଲ୍‌ରୁ ନାଁ କଟେଇ ଆଣି ସେ ସ୍କୁଲ୍‌ରେ ଭର୍ତ୍ତି କରୁଥିଲେ। କେତେ ଡାକ୍ତର, ଇଞ୍ଜିନିୟର ସେ ସ୍କୁଲ୍‌ରୁ ବାହାରି ନାହାନ୍ତି! ଅଛ ପଣ୍ଡା ପୁଅ ସେଇ ସ୍କୁଲ୍‌ରେ ପଢ଼ି ଆଇଏଏସ୍ ପାଇଲା। ସେମିତିକା ସ୍କୁଲ୍ ଅବସ୍ଥା ପୁଣି ଏମିତି ହେଲା!"

- "ଆପଣଙ୍କ ଅମଳ କ'ଣ ଆଉ ଅଛି ମଉସା?", କହିଲା ଉଲ। "ଏବକୁ ପିଲାଙ୍କର ଆଉ ସେମିତି ପାଠ ପଢ଼ାରେ ମନ ନାହିଁ ମ। ଖାଲି ତ କ୍ରିକେଟ୍, ଖାଲି ତ ଟିଭି। କି ଟିଭି ବାହାରିଲା କେଜାଣିଲୋ ମା'!"

- "ମାଷ୍ଟ୍ରଙ୍କର କୋଉ ପାଠ ପଢ଼େଇବାରେ ମନ ଅଛି?", କହି ଦେଇ ଯୁଝେଷ୍ଟି ମାଷ୍ଟ୍ରେ ପାନ ଛେପ ପକେଇବାକୁ ପଦାକୁ ଉଠିଗଲେ। ଫେରି ଆସି କହିଲେ, "ଏ ମେଘ ଆଉ ଛାଡ଼ିବନି କି? କ'ଣ ବେଳୁବେଳ ବଢୁଛି!"

ଉଦ କହିଲା, "ରେଡୁଅଟା ସେଇ କାନ୍ଥ ପଟା ଉପରେ ଅଛି। ଟିକେ ଲଗୋଉନା ମାଷ୍ଟ୍ରେ, କ'ଣ ଖବର କହୁଛି ଶୁଣନ୍ତେ।"

ଯୁଝେଷ୍ଠି ମାଷ୍ଟ୍ରେ ପଟା ଉପରୁ ରେଡିଓ ଆଣି ମୋଡ଼ାମୋଡ଼ି କରି ଲଗେଇବାକୁ ଚେଷ୍ଟା କଲେ। ଖାଲି ସଁସଁ ଶବ୍ଦ ବ୍ୟତୀତ ଆଉ କିଛି ନ ଶୁଭିବାରୁ ବନ୍ଦ କରି ଦେଇ କହିଲେ, "ରେଡିଓ ସେଂଟରରୁ ଲାଇନ୍ କଟି ଯାଇଛି କି କଅଣ।"

ତା'ପରେ ବସି ନିଜନିଜ ଚିନ୍ତାରେ ବୁଡ଼ିଯିବା ଛଡ଼ା କାହା ହାତରେ ଆଉ କିଛି କାମ ନଥିଲା। ଉଦ ବି ଆଂଚ ଉପରେ ତରକାରି କଡ଼େଇ ବସେଇ ଦେଇ ଘଡ଼ିଏ ପଦାକୁ ତ ଘଡ଼ିଏ କଡ଼େଇକୁ ଚାହୁଁଥାଏ।

ସତରେ ବଢ଼ି ପାଣି ଆସିବ କି?

ସଞ୍ଜ ବେଳୁ ଯେତିକି ମେଘ ହେଲାଣି, ସେଥିରେ ତ ବିଲବାଡ଼ି ବୁଡ଼ି ଏକାକାର ହେବ। ଆଉ ବଢ଼ି ପାଣି ହେଲେ ଅଧିକଟା କ'ଣ ହେବ?

-୩-

ଖାଇପିଇ ସାରି ସମସ୍ତେ ଶୋଇଲେଣି। ମେଘ ଟିକେ କମିଛି।

ଗୁଡ଼ାଖୁ ଟିକେ ଧରି ଉଦ ପଦାକୁ ଆସିଲା। ବନ୍ଧତଳି ଜମି ସବୁ ଚିଲିକାମୟ ଦିଶୁଛି। କେତେ ବର୍ଷା ହେଲା ସତରେ! ଛେଳିଆ ପାଟିଆ ବେଙ୍ଗଟା ବନ୍ଧତଳେ କେଉଁଠୁ ବୋବେଇବାରେ ଲାଗିଛି। ସେପଟ ତାଳଗଛ ଦିଇଟା କଳାହାଣ୍ଡିଆ ମେଘ ମୁଣ୍ଡେଇ ଦିଶୁଛନ୍ତି ଦିଇଟା ଭୂତ ପରି। ଦୋକାନପଛ ବରଗଛ ଗଛରୁ ପାଣି ପଡୁଛି ଥପ୍ ଥପ୍। ବରଗଛଟା ଜାଣି ମା' ପରି ତା ଦୋକାନକୁ ଖରା ବର୍ଷାରୁ ଆପଟ କରି ରଖିଛି। ନ ହେଲେ ଏ ବର୍ଷ ଯୋଉ ଗରମ ପଡିଥିଲା! ତାକୁ ବାଧିଛି? ଖରାଦିନେ ସେ ଗଛ ତଳେ ଘଡ଼ିଏ ପହଡ଼େ ବସିଗଲେ କି ଆରାମ! ଏ ଗଛ ନଥିଲେ ସଞ୍ଜ ପହରୁ ଯେତେ ପାଣି ଓଜାଡ଼ିଲାଣି ତା' ଦୋକାନ ଥାଆନ୍ତା! ସହଜେ ନା'ଚାଳିଆ ଘର। ସେଥିକି ପୁଣି ଏ ବର୍ଷ ଠାପୁଆ ରଥ ବେହେରା ଏମିତି ଛପର କରିଛି ଯେ, ଜାଗାଜାଗା ପାଣି ଗଳୁଛି। ଶଳାଟାକୁ ଏଇ ବୁଦ୍ଧିରୁ କିଛି ଗୋଡ଼ୋଉନି। ପରଘରେ ମୂଲ ଲାଗି ତା' ଧିଅକ ଗଲା। ଖାଲି କର୍ମ ଅବଳକୁ ଲୋକ ନ ମିଳିବାରୁ ତାକୁ ଡାକିବା କଥା। ବାହାଂଚୋ ନଇଗଣ୍ଠିଗୁଡ଼ା ହାତକୁ ନ ଲାଗିଲା ପରି ଏମିତି ହୁଗୁଳା କରି ଭିଡ଼ିଛି ଯେ, ଛଣ ଉଲୁରି ପଡୁଛି। ଉପରେ ପାଣିବତା କେଇଖଣ୍ଡ ପକେଇଦେବ ବୋଲି ଶହେ ଟଙ୍କା ଆଡଭାନ୍ସ ନେଇଗଲା। ସେଇଦିନୁ ଆଉ ଧରାଛୁଆଁ ଦେଉନି।

ବନ୍ଧ କଡ଼ ଚାକୁଣ୍ଡା ଗଛ କୋରଡ଼ରୁ କଟକଟିଆ ନାଗଟା ଘଡ଼ିଏ ପହଡ଼କେ କଟକଟ ଡାକୁଛି।

ଏଇ ବାଘେଇ ଘାଟ କୂଳ ବରଗଛ ତଳେ କାଳେ ବିଲମ୍ବନ ଋଷି ତପସ୍ୟା କରୁଥିଲେ। ଗଛ ମୂଳେ ତାଙ୍କ ଖଡ଼ମ ହଳକ ପୂଜା ପାଉଛି। ଅଗିରା ପୁନେଇ ଦିନ ବାରମଉଜି ଲୋକ ଆସି ମେଳା କରନ୍ତି। ସେପାରି କେଉଟ ସାଇଆ ବିଲମ୍ବନ ଋଷିଙ୍କ

ଭକ୍ତ। ଚାନ୍ଦା ଆଦା କରି ବାଦୀ ପାଲା କରାନ୍ତି। ସେଦିନ ଦୋକାନ କାମରେ ଉଦକୁ ଫୁର୍ସତ ମିଳେନା।

ବରପଡ଼ା ବଜାରରୁ ବିଦା ହୋଇ ଆସି ଏଠି ଦୋକାନ ଦେଲା ବେଳକୁ, ଉଦ ଦୋକାନ ଚାଲିବ କି ନାହିଁ ଭାବୁଥିଲା। ଠାକୁରଙ୍କ କଲ୍ୟାଣରୁ ଦୋକାନ ଚାଲିଛି ଏକ ପ୍ରକାରେ। ସେଇ ଦୋକାନ ଟଙ୍କାରୁ କାଂଚି ବୋଉ ହାତକୁ ସୁନା କାଚ ଆଠପଟ, ରୁଲି ଦି'ପଟ କରିଛି। ଗୋଟାଏ ବିଛୁମାଳିଆ ହାର ପାଇଁ ଟଙ୍କା ବଇନା ଦେଇଛି। ଏବକୁ ସୁନା ଦର ଯାହା, ଆହୁରି କେତେ ଲାଗିବ କିଏ ଜାଣେ! ଏ ବର୍ଷ ଖରାଦିନକୁ ଯେମିତି ହେଉ ଯୋଗାଡ଼ଯନ୍ତ୍ର କରି ହାରଟା ଆଣିବାକୁ ପଡ଼ିବ। କାଂଚି ବୋଉ ଖରାଦିନ ବେଳକୁ ଆସିବାକୁ କହିଛି ତ। ଦେଖାଯାଉ।

ତେଣିକି ଆଉ କିଛି କଳପଣା ନାହିଁ। ଖାଲି କାଂଚି ବୋଉକୁ ସାଙ୍ଗରେ ନେଇ ଥରେ ପୁରୀ ଯାଇ ବଡ଼ଠାକୁରଙ୍କୁ ଆଖି ପୂରେଇ ଦେଖି ଆସିବ। ଠାକୁର ତାକୁ ଜୀବନରେ ଏତେ ଦେଇଛନ୍ତି। ମଲା ଆଗରୁ ତାଙ୍କୁ ଥରେ ଆଖି ପୂରେଇ ଦେଖିବନି! ଆରଥରକୁ ପୁଣି ମଣିଷ ଜନମ ପାଇବ କି ନାହିଁ କିଏ ଜାଣେ? କାଂଚି ବୋଉ ଗଲା ଆଗରୁ ଢାଉ, କଳା, ହଳଦୀରେ ଦୋକାନ କାନ୍ଥରେ ବଡ଼ ଠାକୁରଙ୍କ ଛବି ଆଙ୍କି ଦେଇ ଯାଇଛି। ତା' ହାତଟି ଭଲ। ଠାକୁରଙ୍କ ଆଖି ଯେମିତି କଥା କୁହେ।

ଏମିତି କଥାକୁହା ଛବି କେମିତି ଆଙ୍କେ କେଜାଣି? ବରପଡ଼ାରେ ପାଖରେ ରହୁଥିଲା। ପ୍ରତିବର୍ଷ ଜଗନ୍ନାଥଙ୍କ ଛବି ଆଙ୍କି ଢାଉ କଳାରେ ନୂଆ ରଙ୍ଗ ଦେଉଥିଲା। ଆଉ କେଇଟା ବର୍ଷର ଜୀବନ। ଆସି ପାଖରେ ରହିଲେ ହୁଅନ୍ତାନି? ଆଉ କ'ଣ ମଣିଷ ଜନମ ମିଳିବ? ମିଳିଲେ ଦିହେଁ ପୁଣି ଏକାଠି ହେବେ କି ନାହିଁ, କିଏ ଜାଣେ? ହଉ, ଥାଉ ଯେଉଁଠି ତା' ଖୁସି। ଭଲରେ ଥାଉ।

କଲିକତା ପଟକୁ ମେଘ ହେଉଥିବ? ମେଘ ଘଡ଼ଘଡ଼ିକୁ ଚଇତନ ମହାଜନ ସ୍ତ୍ରୀ ପରିକା କାଂଚି ବୋଉର ବି ଭାରି ଡର। ଘଡ଼ଘଡ଼ି ମାରିଲେ ଘରେ କବାଟ କିଳି ପଶେ। ଯୋଉଠି ଯେତେ କାମ ଥାଉ, ପଦାକୁ ଛାଡ଼େନା। ହଅ, ପୁଅର ତ ବଙ୍ଗଳା ଘର। କୋଉ ଏ ଭଳିଆ ନା' ଚାଳିଆ ହୋଇଛି କି? ଡର କଅଣ?

– "ଉଦ ଭାଇ ନିଦ ହେଉନି କି?", ପଚାରି ଦେଇ ଶୁକୁଟା ପଦାକୁ ଉଠି ଆସିଲା। ଆକାଶକୁ ଅନେଇ କହିଲା, "ମେଘ ତ ଛାଡ଼ି ଗଲାଣି। ମୁଁ ଯାଉଛି ଡଙ୍ଗାଟାକୁ ଟିକେ ଅନେଇ ଦେଇ ଆସେ।"

ଉଦ କହିଲା, "ରହ, ମୁଁ ବି ତୋ' ସାଙ୍ଗରେ ଯିବି। ରାତି ବିକାଳି ଏକୁଟିଆ କାହିଁକି ଯିବୁ? ମୁଁ ଟ୍ରଚ ଦେଖେଇବି।"

ନଈ ବାଲିକି ଗଡ଼ି ସେମାନେ ଦେଖିଲେ, ପାଣି ଅତଡ଼ା ପାଖକୁ ଛୁଁଇଲାଣି। ଡଙ୍ଗା ଯାଇ ପେଟେ ପାଣିରେ। ଗାମୁଛା ବଦଳି ଶୁକୁଟା ଡଙ୍ଗା ଫିଟେଇ ଆଣି କୂଳରେ ବାନ୍ଧିବାକୁ ଜାଗା ଖୋଜିଲା। କିଛି ନପାଇ କହିଲା, "ଏହେ ଖୁଂଟଟା ଯାଇ ଏତେ ପାଣି ଭିତରେ ରହିଲା।"

ଉଦ କହିଲା, "ରାତି ତ ଆସି ପାହାନ୍ତା ପହର ହେଲାଣି। ଏଇ ବରଗଛ ସିଅରେ ବାନ୍ଧି ଦେଉନୁ। ସକାଳୁ ଦେଖିବୁ।"

ଶୁକୁଟା କହିଲା, "ଗଣ୍ଡିଆ କଂଟି ବାଉଁଶ ମୂଳି ହାଣି ଖୁଂଟି କରିଥିଲି। ସୁଅ ତୋଡ଼ କ'ଣ ସକାଳକୁ ରଖିବ ?"

ଉଦ ଚିଡ଼ି ଯାଇ କହିଲା, "ଯାଉନୁ, ପାଣି ଭିତରେ ପଶି ଉଣ୍ଡାଳିବୁ।"

ବରଗଛ ସିଅରେ ଡଙ୍ଗା ଖଟେଇ ଶୁକୁଟା ପଚାରିଲା, "ଏ ଚଇତନ ଦୋକାନୀ ସାଙ୍ଗରେ ସେ ମାଷ୍ଟ୍ରଣୀର ସଅଟ ଅଛି କି ?"

- "କାହିଁ, କଅଣ ହେଲାକି ?"

- "ନାଇଁ; କିଛି ନାହିଁ।"

- "ମଲା, କଅଣ ଯଦି ଜାଣିଛୁ, କହୁନୁ।"

- "ଛାଡ଼ ମ ! ପର କଥାରୁ ଆମକୁ କିସ ମିଳିବ ?"

ଉଦ ଆଉ କିଛି ନ ପଚାରି ଚୁପ୍ ରହିବାରୁ ଶୁକୁଟା ମନକୁ ମନ କହିଲା, "ଗାଁରେ ସବୁ ଟୁପୁରୁଟାପର ହେଉଛନ୍ତି। ଇସ୍କୁଲପିଲା ବି କାଳେ ଜାଣିଛନ୍ତି। ହେଡ଼୍‌ମାଷ୍ଟର ପରା ସେଇଥିପାଇଁ ଏ ମାଷ୍ଟ୍ରାଣୀକୁ ବଦଳି କରିବା ପାଇଁ ଉପରକୁ ନେଖିଚି।"

"ଏଇ ଟିକକ ଆଗରୁ.....", କହିଦେଇ ଶୁକୁଟା ଟିକେ ଏଣିକି ତେଣିକି ଅନେଇ କହିଲା, "ତମେ ତ ବଡ଼ଭାଇ ହିସାବ ହେବ, ସେଗୁଡ଼ା କେମିତି କହିବି".....

ଉଦ ତଥାପି ଚୁପ୍ ରହିବାରୁ କହିଲା, "ମୁଁ ସେ ମାଷ୍ଟ୍ରାଣୀ କାଚ ଝୁମୁଝୁମୁ ଶୁଣିଛି। ଘଡ଼ିକ ବାଆଦେ ଚଇତନିଆ ଘର ଭିତରକୁ ଉଠି ଆସିଲା।"

- "ତୋତେ ଅନ୍ଧାରରେ କେମିତି ସେ ଉଠି ଆସିବା ଦେଖାଗଲା ?"

ଶୁକୁଟା କହିଲା, "ମଲା ତମେ ଘର ସଂସାର କରି ଆସି ବାଳ ପାଚିଲାଣି। ଏଇ କଥା ବୁଝି ପାରୁନା ନା ମୋ' ମୁହଁରୁ ଶୁଣିବାକୁ ଛୋପରା ହେଇ ପଚାରୁଛ ?"

ଉଦ କହିଲା, "ହଉ ତୁ ଯାହା ବୁଝିଲୁ କି ଜାଣିଲୁ ତୋ' ପେଟରେ ରଖ। ସେ ମାଷ୍ଟ୍ରାଣୀ ବାହାସାହା ହେଇ ଘର ସଂସାର କରିଚି। ତା' ଘର ଲୋକ ଜାଣିଲେ ବାର ବେପାର ବାହାରିବ। ଅକଳିରେ ପଡ଼ି ରାତି ବିକାଳି ଏଠି ଟିକେ ଅଟକି ଥିଲା ବୋଲି ଆମେ ତା' ଘର ଭାଙ୍ଗି ଦେବା ?"

ଶୁକୁଟା କହିଲା, "ନାଇଁ ମ; ମନ ସମ୍ଭାଳି ନ ହେବାରୁ ତମକୁ ବିଶ୍ୱାସରେ କହୁଥିଲି ନା, ମୋର କାମ ନ ଥିଲା, ଆଉ କାହାକୁ କହିବାକୁ ଯାଉଥିଲି? ହେଲେ ଉଦିଆଇ; ବାହାସାହା ହୋଇ ଏମିତି କାମ କରିବା କଅଣ ଭଲ କଥା?"

ଉଦ କହିଲା, "ମଣିଷ ମନ ଏ ଶଙ୍ଖିନୀ ନଈ ପରିକାରେ ଶୁକୁଟା। ସେଥିରେ କେତେବେଳେ ଗୋଳିଆ ନଈ ବଢ଼ି ତ ଆଉ କେତେବେଳେ କାଚକେନ୍ଦୁ ଠାରୁ ବଳି ନିରିମଳ ଜଳ। କେତେବେଳେ ବନ୍ଧ ଭାଙ୍ଗି ଘଳିଆ ପଡ଼ିଲାଣି ତ ଆଉ କେତେବେଳେ ଶୁଖି ଠ' ଠା' ଠି। ମନଠାରୁ ବଳି ହାରାମୀ ଆଉ ଜଗତ୍ରରେ ଅଛି? ବୋଇଲା ମନ ତୋହର ନିଜ ଗୁରୁ, ଉଦ୍ଧବ କେତେ ତୁ ପଚାରୁ।"

- "ହଁଅ ବା ସେ କଥା ମୋ' ନିଜ କଥାରୁ ମୁଁ ଜାଣିନି ଯେ, ତମେ ମୋତେ ବୁଝେଇବ? ବୁଝିଲ ଉଦିଆଇ; ଆଜି କଥା ପଡ଼ିବାରୁ କହୁଛି। ସେତେବେଳେ ମୋର ଜବର ଜବାନୀ ବଅସ। ମୋ' ଅଜା କିଣା ବେହେରା....ମନକଲେ ତା' ନାଁ ତେମେ ଶୁଣିଥିବ। ଏହେ,ଏହେ କୋଶଳି ଡଙ୍ଗା ପାଂଚଟା। ଏଣେ ଚୁଡ଼ାହୁରୁମ ବେପାରକୁ ତେଣେ ଡଙ୍ଗା ବେପାର। ସେଥିରେ ପୁଣି ତିନି ଚାରିଟା ମଛିଦିଆ ନିଲାମ ଧରିଥାଏ। କମି ଲୋଭୀ କି ଶଳା? ସେ ବର୍ଷ ପଂଚକୂଳା ମଛିଦିଆ ନିଲାମ ଧରି ମୋ' ଜିମାରେ ଛାଡ଼ିଥାଏ। ସେଇ ପଂଚକୂଳା ଗାଁ ନଈ କୂଳେ ସେ ମାଇକିନିଆ ଘର। ସାକ୍ଷାତ ଦେବୀ ପ୍ରତିମା ପରି ଚେହେରା। ମୁଣ୍ଡରେ ଏଡ଼େ ଗଭା। ସେଥିରେ ଟଙ୍କିକିଆ ମତେ ସୁନ୍ଦର ଟୋପା। ଗୋରା ଯେ, ଗୋରା ଯେ, ଗୋରା, ଟିପ ମାରିଦେଲେ ଲହୁ ଥୋପି ପଡ଼ିବ।"

"ବିଡ଼ିଖଣ୍ଡେ ଟାଣିବ କି ଉଦିଆଇ?", କଥା ମଝିରୁ ଅଟକି ଶୁକୁଟା ପଚାରିଲା। ଉଦ ହାତକୁ ବିଡ଼ି ଖଣ୍ଡେ ବଢ଼େଇ ଦେଇ ନିଜେ ଖଣ୍ଡେ ଲଗେଇଲା। ଦି' କଳ ଧୂଆଁ ଛାଡ଼ି ପଚାରିଲା, "ତମକୁ ନିଦ ଲାଗୁନି ତ?"

ବିଡ଼ି ଲଗେଇ ଉଦ କହିଲା, "କଅଣ ହେଲା ଚଂଚଳ କହୁନୁ,ରାତି ଯାଉଛି ନା ଆସୁଛି?"

ଶୁକୁଟା କହିଲା, "ତା' ଘରବାଲା ଯାଇ କଲିକତା ଚଟକଳରେ ଚାକିରି କରିଥାଏ। ବର୍ଷକେ ଥରେ ଅଧେ ଆସେ। ମାଇକିନିଆର ସେତେବେଳେ ଯାହାକୁ କହନ୍ତି ନହୁଲି ବଅସ। ଦାଉଦାଉ ଯଉବନ ହୁତୁହୁତୁ ଜଳୁଛି। ଯାହା କୁହନ୍ତି, କୁଟା ଖଣ୍ଡେ ପକେଇଲେ ଜାଳି ଭସ୍ମ କରିଦେବ। ସେମିତି ପାବାରବାଲୀ ମାଇକିନିଆ ସେ। ସମ୍ଭାଳ ପଡୁଛି କେତକେ? ନିତି ଆସି ମୋ' ପାଖରୁ ମାଛ ନିଏ। ପଂଚକୂଳିଆ ନଈରେ ତ ପାଣି ପୋଷକୁ ମାଛ ପୋଷେ। ମାଛ କୋଉ ଅଭାବ ହୋଇଛି? ମୁଁ

ବାଛିବାଛି କିଲେ ସରିକି ସେରନ୍ତା ମାଛ ତା' ପାଇଁ ରଖିଥାଏ। ସେଇଠୁ ସେ କହିବ- 'ମୁଁ ତ ଘରେ ଏକୁଟିଆ ମାଇପି ଲୋକ। ଏତେ ମାଛ ନେଇ କଅଣ କରିବି ?'

ମୁଁ କୁହେ- ଭାଜି କାଲିକି ରଖିଦେବ। କାଲିକି ଭଲ ମାଛ ପଡ଼ିବେ କି ନାହିଁ କିଏ ଜାଣେ ?"

ଉଦ କହିଲା, "ଇରେ ଅସଲ କଥା ଉପରକୁ ନ ଆସି ସେଇ କଥାକୁ ଘଡ଼ିଏ ହେଲା ଏତେ ଫଟେଇ ହେଉଛୁ କିଆଁ ? ରାତି ଯାଉଛି ନା ଆସୁଛି ?"

ଶୁକୁଟା କହିଲା, "ଏତେ ବର୍ଷ ଘର ସଂସାର କରି ତମେ ବୁଝି ପାରୁନା ନା ମୋ' ମୁହଁରୁ ଶୁଣିବାକୁ ଶିକିଚିଲିଆ ହେଇ ପଚାରୁଚ ମ ଉଦିଆଇ ?"

- "ଭଲ କଥା କହୁଛୁ ! ଇରେ ତମ ଭିତରେ କଅଣ ହେଲା ନ ହେଲା, ମୁଁ ଜାଣିବି କେମିତି ? ମୁଁ କ'ଣ କାକ ଚରିତ ପଢ଼ିଛି ? କ'ଣ ହେଲା ଯଦି ଜଲଦି କହୁନୁ। ରାତି ଯାଉଛି ନା ଆସୁଛିରେ ଶୁକୁଟା ?"

-"ଦିନାକାତେ ଏମିତି କଥାଭାଷା ହେଉ ହେଉ ମୋତେ ତା' ଘରକୁ ଖାଇବାକୁ ଡାକିଲା।"

- "ଗଲୁ ?"

- "ନ ଯାଇ ଚାରା କୋଉଠି ଥିଲା ? କହିଲି ପରା, ସେତେବେଳେ ମୋର ଜବର ଜବାନୀ ବଅସ। ସେ ବଅସରେ ମହାମହା ମୁନି ଋଷି ତ ଟଳି ପଡ଼ିଛନ୍ତି। ମଣିଷ ଦିହ ଧରି ମୁଁ କେଉଁଠି ରହମାନ ପଡୁଛି ?"

- "ସେଇଠୁ ?"

- "ଖାଇଲା ବେଳେ ଦିନେ କହିଲା- 'ଜାଣିଚନା, ଏ ନିଛାଟିଆ ଖଞ୍ଜାରେ ଦିନଟା ଯେମିତି ହେଲେ ଯାଉଚି। ରାତି ଆସୁନି ଯେ କାଳ ଆସୁଚି। ମୋତେ ତ ଖାଲି ଖଞ୍ଜା ଭିତରଟା ମାଡ଼ିମାଡ଼ି ପଡୁଚି, ମୁଁ କରିବି କଅଣ ? ତମେ ଆସି ପଲା ମାରିବା ଦିନୁ କେତେ ଗୋଟା ହିମତ। ରାତିରେ ବେଶୀ ଡର ମାଡିଲେ, ତମ ପଲା ଆଡ଼କୁ ଅନେଇ ଦି'ଘଡ଼ି ଠିଆ ହୁଏ। ଏତେ ରାତିଯାଏ ନଲଟଣ ଜାଳି ତମେ କଅଣ ପଢ଼ ?'

ମୁଁ କୁହେ- 'ସେ ଆମ ଗୁରୁ ଗାଦୀ ପୋଥି।'

ସେ ପଚାରେ- 'ସେଥିରେ କଅଣ ଲେଖା ହୋଇଚି ?'

ମୁଁ କୁହେ- 'ସେ ସବୁ ଗୁପତ ବିଦ୍ୟା। କହିବାକୁ ମନା।"

ବିଗିଡ଼ି ଯାଇ ଉଦ କହିଲା, "ଆରେ ଅସଲ ଗୁପତ କଥା ନ କହି ପୁଣି ବାଁକାଲିଆ ମାରିଲୁ ? ରାତି ଯାଉଛି ନା ଆସୁଛି ରେ ? ତୋ' ବାଗ ସେମିତି।"

ଆଉ ଖଣ୍ଡେ ବିଡ଼ି ଲଗେଇ ଶୁକୁଟା କହିଲା, "ଜାଲୁଆ ତ ସବୁ ମାଛ ନେଇ ସଞ୍ଜବେଳୁ ପଳାନ୍ତି। ପଲାରେ ମୁଁ ଏକୁଟିଆ। ଭାବିଲି ରାତିରେ ପଲାଟା ଭିତରେ କଅଣ କରିବି? ଜାଲ, ଖାଲେଇ କିଏ ନେଇ ପଳୋଉଚି? ତା' ଘରେ ଶୋଇଲେ ନାଁକରା କଅଣ ହେବ? ଅଜା ତ ମତେ ଭଲ ଭାଲୁ ନାଙ୍ଗୁଡ଼ ହାବୁଡ଼େଇ ଚିତା କାଟିଛି।"

- "ଚାଲ, ଚାଲ। ଦୁଆଚୋର କୋଉଠିକାର! ତୋର ଏଇ ଖୋଇ କାଳକ ଗଲାନି। ଅଯଥାରେ ଓଧ ସାଙ୍ଗରେ ଭୁଆଁ ବିଲେଇ ବାଈ ହୋଇ ଆଜି ରାତି ପାହିଲା।"

- "ଶୁଣୁନା, ବିଛା ମାରିଲା ଭଳିଆ ଏମିତି ବେସ୍ତାପି ହଉଛ କାହିଁକି? ମୁଁ ତ ତା' ଘରେ ରାତିରେ ଶୁଏ। ମୁଁ ଦାଣ୍ଡ ଘରେ। ସିଏ ତା' ଭିତରପଟ ଘରେ। ଦିନେ କାଚ ଝୁମୁଝୁମୁ ଶୁଣି ନିଦ ଭାଙ୍ଗିଲା। ଇରେ ଶଳା ! ଏ ଯନ୍ତୁ କୁଆଡ଼େ? ଏଠିକି କେମିତି ଆସିଲା? କେତେବେଳେ ଆସିଲା? କୋଉ ମତଲବରେ ଆସିଲା? ମୁଁ ଆଖି ବୁଜି ସେମିତି ଘାଲେଇ ପଡ଼ିଥାଏ। କୋଉ ପାଣି କୁଆଡ଼େ ଯାଉଛି ଦେଖାଯାଉ! ଖାଲି ତ ସାପ ପରିକା ସଁସଁ,ଫଁଫଁ ହେଉଥାଏ। ଯେମିତି ତମ୍ପ ସାପ ନିଶ୍ୱାସ କି! ତା'ଠାରୁ ଆହୁରି ତାତିଲା। ମୋ' ଦିହମୁହଁ ପୋଡ଼ି ଯାଉଥାଏ। ଦିହକୁ କାଠପଥର କରି ମୁଁ ମଲା ଗଲା ପରି ପଡିଥାଏ....।"

- "ସାହୁ ପୁଅ? ତମେ ଦିଇଟା ରାତି ଅଧରେ ସେ ଡଙ୍ଗା ଉପରେ ବସି କ'ଣ କରୁଛ?", ଅତଡ଼ା ଉପରୁ ଡାକିଲେ ଯୁଝେଷ୍ଟି ମାଷ୍ଟ୍ରେ।

- "ଡଙ୍ଗା ବାନ୍ଧିବାକୁ ଆସିଥିଲୁ", ବଡ଼ ପାଟିରେ ଜବାବ ଦେଲା ଶୁକୁଟା।

- "ହଉହଉ, ଚଂଚଳ ଆସ। ବଡ଼ ଅସରାଏ ମେଘ ଆସୁଛି। ଜଲଦି ପଳେଇ ଆସ। ନହେଲେ ତିନ୍ତି ଯିବ।"

- "ପାଣି କେତେ ମାଡ଼ିଲାଣି, ଦେଖିଲଣି ମାଷ୍ଟ୍ରେ? କାଲି ସକାଳୁ ବନ୍ଧ କଡ଼କୁ ଡଙ୍ଗା ଲାଗିବ।"

ତା' କଥାର ଜବାବ ଦେବାକୁ ଯୁଝେଷ୍ଟି ମାଷ୍ଟ୍ରେ ନ ଥିଲେ।

ଅନ୍ଧାରରେ ମିଳେଇ ଗଲା ପରି କୁଆଡ଼େ ଶୂନ୍ୟୁ ଉଭାନ ହୋଇ ଯାଇଥିଲେ।

-୪-

ନିଦ ଭାଙ୍ଗିଲା ବେଳକୁ ଖରା ଆସି ମୁହଁରେ ପଡ଼ିଲାଣି। ଉଦିଆ ଆହୁରି ଶୋଇଥା'ନ୍ତା କି କ'ଣ? ଗୋଟେ ଭୟଙ୍କର ସ୍ୱପ୍ନ ଦେଖି ତା' ନିଦ ଭାଙ୍ଗିଗଲା। ଇରେ ବାବାରେ, କେଡ଼େ ବଡ଼ ସାପ! କୋଡ଼ିଏ କି ତିରିଶ ହାତ ଲମ୍ବା। କି ସାପ କେଜାଣି? ସେମିତିକା ସାପ ତ ଉଦ ଜୀବନରେ କେବେ ଦେଖି ନଥିଲା। ଗୋଟା ମଇଁଷି ସାଙ୍ଗରେ ଯୁଝୁଛି। ମଇଁଷି ଶିଙ୍ଗରେ ଭୁଷି ସାପକୁ ଲହୁଲୁହାଣ କରି ପକାଇଲାଣି। ସାପ ମଇଁଷି ଦିହରେ ଗୁଡ଼େଇ ହୋଇ ଚୋଟ ମାରିବାକୁ ଫଁଫଁ ଗର୍ଜୁଛି। ସାପ-ମଇଁଷି ଲଢେଇ? ଯିଏ ଶୁଣିବ ହସିବ। ଯେତକ ଅଜବ କଥା ସବୁ ସପନରେ ଆସି ଦେଖା ଯାଆନ୍ତି।

ଯୁଝେଷ୍ଟି ମାଷ୍ଟ୍ରେ ବସି ରେଡ୍ଉ ଶୁଣୁଛନ୍ତି।

- "ମତେ ଟିକେ ଆଗରୁ ଡାକି ଦେଲନି ମାଷ୍ଟ୍ରେ? କେତେବେଳ ଯାଏ ଶୋଇ ପଡ଼ିଲି।"

- "ପାହାନ୍ତା ପହରକୁ ତ ଯାଇ ଶୋଇଲ। ଉଠି କୋଉ ଦୁନିଆଟା ଓଲଟେଇ ପକେଇଥା'ନ୍ତ? ଚାରିଆଡ଼େ ତ ପାଣି ଘୋଟିଗଲାଣି। ଏଇକ୍ଷିଣା କୋଉ ଦୋକାନକୁ ଲୋକବାକ ଆସିବେ?"

- "ହଁ ବା ! କାଲି ସଞ୍ଜ ବେଳକୁ ନଈ ତଳିରେ ପାଣି ପଡ଼ିଥିଲା। ଆର ମାସକୁ ଲୋକେ ନଈରେ ପଶି ପାରି ହୋଇଥା'ନ୍ତେ। ଆଜି ସକାଳୁ କେମିତି ପ୍ରଳୟ ଜଳ ଭଳିଆ ବଢ଼ିପାଣି ଦିଗଭାଗ ଭାଙ୍ଗୁଛି ଦେଖୁନା! ଏମିତି ପାଣି ମାଡ଼ିବା ତ ମୁଁ ଜୀବନକାଳରେ କେବେ ଦେଖି ନଥିଲି।"

- "ଏ କାଳକୁ ସବୁ ତ ଓଲଟା ହେଉଛି।"

ଉଦ କହିଲା, "ଚୁଲି ତ ଓଦା ହୋଇ ଯାଇଛି। ମୁଁ ଆଂଚଟା ଲଗେଇ ଦେଉଛି। ତମର ସକାଳୁ ଚା' ଖିଆ ଅଭ୍ୟାସ।"

- "ହଃ, ସକାଳୁ! ବୋହୂ ସାଆନ୍ତାଣୀଙ୍କ ନିଦ ଭାଙ୍ଗୁଭାଙ୍ଗୁ ଦିନ ଆଠଟା। ତମେ ବ୍ୟସ୍ତ ହୁଅନା। ତମେ ତମର ତମ କାମ କର।"

- "କାମ ଆଉ କଅଣ? ଆଜି ତ ଲୋକବାକ ଆସିଲା ଭଳିଆ ଲାଗୁନି। ଖରାବେଳ ପାଇଁ ରୋଷେଇ ଗଣ୍ଡେ କରିବା କଥା।"

ଉଦ ଆଂଚ ଲଗେଇଲା ବେଳେ ପଚାରିଲା, "ଏ ଛତିଶଗଡ଼ ଜେଲାଟା କୁଆଡ଼େ କି ମାଷ୍ଟ୍ରେ? କଲିକତା ଜେଲା ପାଖରେ?"

ବୁଝି ନ ପାରିଲା ଭଳିଆ ମାଷ୍ଟ୍ରେ ତା ଆଡ଼େ ଚାହିଁ ପଚାରିଲେ, "ଛତିଶଗଡ଼?"

- "ଏଇ ଟିକକ ଆଗରୁ ରେଡ଼ୁଅ ଛତଶଗଡ଼ରେ ଭାରି ବର୍ଷା ହେଉଛି ବୋଲି କହୁ ନ ଥିଲା?"

- 'ଓହୋ', କହି ମାଷ୍ଟ୍ରେ ହୋ ହୋ ହସିଲେ।

ଉଦ ପଚାରିଲା, "କଅଣ ହେଲା?"

ମାଷ୍ଟ୍ରେ କହିଲେ, "ଛତିଶଗଡ଼ ଆମ ଓଡ଼ିଶା ପରି ଗୋଟା ରାଜ୍ୟ ହୋ ସାହୁପୁଅ। କଲିକତା ଗୋଟେ ସହର। ସିଏ କୁଆଡ଼େ, ଇଏ କୁଆଡ଼େ। ତମେ କି କଥା ପଚାର ବେଳେବେଳେ?"

- "ମଲା ବରପଡ଼ା ବଜାର ଛାଡ଼ି ମୁଁ ଆଉ ଜୀବନରେ କୁଆଡ଼େ ଯାଇଛି ଯେ, ଜାଣିବି? ପୁରୀ ଟିକେ ଯିବିଯିବି ବୋଲି ଆସି ସେ ପୁରକୁ ଗୋଡ଼ ଟେକିଲିଣି।"

ଅବସୋସରେ ଉଦର ଆଖି ଦୋଓଟି ଉଦାସ ହୋଇଗଲା।

ତା' ମନ ବୁଝେଇବାକୁ ଯୁଝେଷ୍ଠି ମାଷ୍ଟ୍ରେ କହିଲେ, "ପୁଅବୋହୂ ଏତେ ଡାକୁଛନ୍ତି, ଯାଉନା ତାଙ୍କ ପାଖରୁ ଟିକେ ବୁଲି ଆସିବ। ଏ ଦୋକାନଧନ୍ଦାରୁ ଆଉ ବୁଢ଼ା ଦିନେ କଅଣ ମିଳିବ?"

- "ଗୋଟେ ମାୟା ଆସିଗଲଣି ମ ମାଷ୍ଟ୍ରେ। ଯାକୁ ଛାଡ଼ି କୁଆଡ଼େ ଯିବାକୁ ଆତ୍ମା ଡାକୁନି। ଦିନେ ଦି'ଦିନ ବନ୍ଧୁବାନ୍ଧବ ଘରକୁ ଗଲେ କି ଗାଁକୁ ଗଲେ ଦୋକାନ, ତେଲ କଡ଼େଇ ମୋତେ ଡାକନ୍ତି। ଏଇ ତେଲ କଡ଼େଇରୁ ଆଜି ଯାହା କିଛି। ତାଆରି ପାଖରେ ବସୁବସୁ ଠାକୁର ପାଖକୁ ଡାକି ନିଅନ୍ତେ କି!"

- "ସେ କଥା କାହା ହାତରେ ଅଛି ସାହୁପୁଅ? ସବୁ ତାଆରି ଇଚ୍ଛା।" ଦୀର୍ଘଶ୍ୱାସଟାଏ ପକେଇ ଯୁଝେଷ୍ଠି ମାଷ୍ଟ୍ରେ କହିଲେ। କହି ସାରି ଉପରବାଲାଙ୍କ ଉଦ୍ଦେଶ୍ୟରେ ହାତ ଯୋଡ଼ି କପାଳରେ ଲଗେଇଲେ।

- "ଆଜି ବଇଷମ ଆଉ ଆସିଲା ପରି ଦିଶୁନି। ଖସାଡ଼ି ବାଙ୍କ ସେପଟେ କୋଉଠି ଗୋଠ ପକେଇଥିଲା ବୋଲି କହୁଥିଲା। ଏଇକ୍ଷିଣା ତ ଖସାଡ଼ି ବାଙ୍କରେ

ହାରାହାରି ସୁଅ ପଡ଼ିଥିବ। ଯାହା କୁହନ୍ତି, ସାପ ମୁଣ୍ଡ ନବଖଣ୍ଡ। ଗୋଠ ଘିନି ଆସିଲା କି ନାହିଁ କେଜାଣି? ମହା ଦିମାକିଆ ସିଏ। ମୁଁ ଅମୁଲ ଚା' ବସୋଉଛି।"

- "ପାଣି ଏମିତି ମାଡ଼ିଲେ କାଲି ସକାଳୁ ନାଲି ଚା' ଟିକେ ମିଳିବ କି ନାହିଁ ଦେଖ। ଅମୁଲ ଚା' କଥା କ'ଣ ପଚାରୁଛ?"

ଚା' ବସେଇ ଉଦ ଡାକିଲା, "ହେ, ଶୁକୁଟା; ଚା' ପିଇବୁ ଯଦି ଜଲଦି ଆ'।"

ଶୁକୁଟା ଡଙ୍ଗାରୁ ପାଣି ଉଝାଳି ସାରି ଅଂଟା ସଳଖୁଥିଲା। ପାଖକୁ ଆସି କହିଲା, "ଡଙ୍ଗାରେ ଅଧ ଡଙ୍ଗା ପାଣି। ବୋହି ବୋହି ମୋ' ଅଂଟାପିଠି ଭକଭକ ଡାକିଲାଣି। ଏ ବର୍ଷ ଗାଁ'ବାଲା ନୂଆ ଡଙ୍ଗା ନ କିଣିଲେ ଘାଟ ଛାଡ଼ି ଦେବି। ଘାଟରୁ କୋଉ ବାଙ୍ଗୀ ଦେଉଁଛି? ସକାଳୁ ଉଠି ଜାଲ ଦି'ଖେପା ପକାଇଲେ, ସେଇ ପଇସା ଖାଇବାକୁ କୁଟୁମ୍ବ ନାହାନ୍ତି। ଏଠି ମୋର ନିତି ହୀନସ୍ତା ହେବ କିଏ?"

ଉଦିଆ କହିଲା, "କାଲି ସଞ୍ଜ ବେଳେ ଚୁଡ଼ା ବେପାର କରୁଥିଲୁ! ଆଜି ସକାଳେ ପୁଣି ମାଛ ଧରିବାକୁ ବାହାରିଲୁଣି? ଶଳା ମହାପାରକା ତୁ। ତୋତେ କିଏ କଥାରେ ପାରିବ?"

- "ଦୋକାନ ଛାଇରେ ସୁସ୍ଥିରେ ବସିଛ ତ, କହିବନି କାହିଁକି? କଥା କହିବାକୁ କୋଉ ପଇସା ପଡୁଛି?"

ତା' ହାତରେ ଚା' ଗିଲାସଟା ଧରେଇ ଦେଇ ଉଦ କହିଲା, "ନେ ବା, ଚା' ପିଇ। ସକାଳୁ କେତେ ଭଟରଭଟର ହେଉଛୁ? ନୂଆ ପାଣି ପଡ଼ିଛି ବୋଲି ଆଉ ଘଡ଼ିକୁ ଯେତେବେଳେ ବକ୍‌ସିସ୍ ମାଗି ଖୋସଣିରେ ମାରିବୁ?"

- "ଇରେ ସତେତ ଉଦିଆଇ। ଆଜି ଭଲ ଦି' ପଇସା ହେବ। ଆଜି ସଞ୍ଜ ବେଳକୁ ମୁଁ ନବା ସାମଲ ଘରୁ ଗୋଟାଏ ଦେଶୀ ଗଞ୍ଜା ଆଣିବି। ତମେ ମସଲାମସଲି ବାଟି ରଖିଥିବ। ରାତିରେ ଫିଷ୍ଟୀ କରିବା। ମାଷ୍ଟ୍ରେ ବି ରହିବେ। ଦେଶୀ କୁକୁଡ଼ା ଝୋଳ ସାଙ୍ଗକୁ ଭାତ ନ ହେଇ ପରଟା ଦିଖଣ୍ଡ ହେଲେ ବହି ଜମାନ୍ତା।"

- "ଇରେ ନବା ସାମଲ ଘର ଉପରେ ତ ସଞ୍ଜ ବେଳକୁ ଡଙ୍ଗା ଚାଲୁଥିବ। ତୁ ଦେଶୀ ଗଞ୍ଜା ଆଣିବା କଥା କ'ଣ କହୁଛୁ ଶୁକୁଟା?", କହିଲେ ଯୁଝେଷ୍ଟି ମାଷ୍ଟ୍ରେ।

- "ପାଣି ଆଉ ଘଡ଼ିକୁ ଛାଡ଼ି ଯିବନି? କାଲି ବର୍ଷା ଗାଳିଛି ତ। ସେଇ ଫେମ୍ପର ପାଣି ମାଡୁଥିବ। ନହେଲେ କାର୍ତ୍ତିକ ମାସରେ ବଢ଼ି ପାଣି କୁଆଡୁ ଆସିବ? କାହିଁ ପାଣିରେ ତ ସେମିତି ଫେଣ ଭାସୁନି। ବଢ଼ିପାଣି ମାଡ଼ିବା ବେଳେ ପାଣି ପୋଷେକୁ ଫେଣ ପୋଷେ।"

– "ତୋ' ମନକୁ ? ହୀରାକୁଦବାଲା ପରା କାଲି ସଞ୍ଜବେଳେ ସାତଟା ଗେଟ୍ ଖୋଲିଥିଲେ। ଆଜି ସକାଳୁ ଆହୁରି ତିନିଟା ଗେଟ୍ ଖୋଲିଛନ୍ତି। କାଲି ସଞ୍ଜ ପାଣି ଆସି ନରାଜରେ ଆଜି ସଞ୍ଜକୁ ପହଂଚିବ। କାଲି ସକାଳେ ପହଂଚିବ ଆଜି ସକାଳ ପାଣି। ସେ ପାଣି ସବୁ ଆମର ଏଠି ପହଂଚିବାକୁ ନିକୁଛିଆ ଆହୁରି ଦି' ଦିନ ଲାଗିବ। ସେଇଥିରୁ ଭାବ, ପଅରିଦିନ ସଞ୍ଜ କି ଅପୁରି ଦିନ ସକାଳ ଯାଏ ପାଣି ମାଡ଼ିବ। ଉପରମୁଣ୍ଡରେ ବର୍ଷା ନ ଛାଡ଼ିଲେ ହୀରାକୁଦରେ ଆଜି ସଞ୍ଜକୁ ଆହୁରି ପାଂଚଟା ଗେଟ୍ ଖୋଲିବେ ବୋଲି ରେଡିଓ କହୁଛି।"

– "ପୃଥ୍ୱୀ ନାଶ ଯିବା ବେଳ ଆସି ପହଂଚିଲା କି ? ମୋତେ ତ କାହିଁକି ସେମିତିକା ଜଣା ପଡୁଛି", କହିଲା ଉଦା।'

–"ନାଶ ଯିବାକୁ ଆଉ ବାକୀ କ'ଣ ଅଛି ? କେତେ ଭାବିଚିନ୍ତି, କେଡ଼େ ଯତ୍ନରେ ବିଧାତା ପୁରୁଷ ଏ ପୃଥ୍ୱୀ ସର୍ଜିଥିଲା। ମଣିଷ ପାପ ବୁଦ୍ଧିରୁ ସବୁ ଧ୍ୱଂସ ଯିବ। ପଂଚାବନ ସାଲରୁ ଏହା ଭିତରେ କେତେଟା ବନ୍ୟା, କେତେଟା ବାତ୍ୟା ଭୋଗ ହେଲାଣି, ଟିକେ ହିସାବ କରି ଦେଖନି ସାହୁପୁଅ।"

– "ମଣିଷ ହାତରେ କ'ଣ ଅଛି ? ସେ କ'ଣ ବଢ଼ି,ବତାସ ତିଆରି କରୁଛି ?", ଶୁକୁଟା ପଚାରିଲା।

ଯୁଝେଷ୍ଟି ମାଷ୍ଟ୍ରେ କହିଲେ, "ତୁ ଟା ତ ଗଜମୂର୍ଖ। ତୋତେ ବୁଝେଇବି କ'ଣ ? ଖାଲି ଏତିକି ଜାଣେ, ମଣିଷ ହାତରେ ସବୁ ଅଛି। ଗାଁବାଲା ଡଙ୍ଗା ଖର୍ଦ୍ଦିକରି ତୋ' ଜିମାରେ ଯେମିତି ଛାଡ଼ି ଦେଇଛନ୍ତି ପ୍ରକୃତି ସେମିତି ଏ ବସୁଧା ମାତାକୁ ସର୍ଜନା କରି ମଣିଷ ହାତରେ ସଅଁପି ଦେଇଛି। ଡଙ୍ଗା ଭଲମନ୍ଦ ଯେମିତି ତୋର, ପୃଥ୍ୱୀ ଭଲମନ୍ଦ ସେମିତି ମଣିଷର।"

– "ପରକୁତି ? ସେଟା ପୁଣି କିଏ ?"

ଦିକ୍‌ଦାର ହୋଇ ଯୁଝେଷ୍ଟି ମାଷ୍ଟ୍ରେ କହିଲେ, "ଯା'ବେ, ଡଙ୍ଗାରୁ ପାଣି ଉଝାଳିବୁ ଯା'। ମୁଁ ଅବିକା ଯାକୁ ଛୁଆଙ୍କୁ ବୁଝେଇଲା ଭଳିଆ ପ୍ରକୃତି କିଏ ବୁଝେଇବି ! ଗଛ, ନଈ, ନାଳ, ପାହାଡ଼, ଝରଣା, ସୂର୍ଯ୍ୟ, ଚନ୍ଦ୍ର, ନିଆଁ, ପାଣି, ପବନ, ଯାହା ଦେଖୁଛୁ, ସବୁ ହେଲା ପ୍ରକୃତିରେ ଶୁକଦେବ। ତୁ ଖାଲି ଏତିକି ଜାଣିଥା'।"

– "ତାକୁ ପରା ସବୁ ଭଗବାନ ସର୍ଜନା କଲେ ବୋଲି ଶାହାସ୍ତରେ ଲେଖା ହୋଇଛି।"

– "ଶାସ୍ତ୍ରରେ ତ ବହୁତ କଥା ଲେଖା ହୋଇଛି। ଗଛକୁ, ଡଙ୍ଗାକୁ, ପାଣିକୁ, ପବନକୁ, ନିଆଁକୁ, ମଣିଷର ଯିଏ ଉପକାର କଲା, ସମସ୍ତଙ୍କୁ ପୂଜା କରିବାକୁ ବି

ଶାସ୍ତ୍ରରେ ଲେଖା ହୋଇଛି। ମଣିଷ ସେସବୁ କରୁଛି ? ନା କଲା କର୍ମ କରୁଛି ? ଗଛ କାଟିବାକୁ ଶାସ୍ତ୍ରରେ ଲେଖା ହୋଇଛି ? ଗାଡ଼ିମଟର ଚଢ଼ି, କଳକାରଖାନା ବସେଇ, ଧୂଆଁରେ ନାକକାନ ରୁନ୍ଧିବାକୁ ଶାସ୍ତ୍ରରେ ଲେଖା ହୋଇଛି ?"

– "ଗଛ କାଟିଲେ କି ଗାଡ଼ି ମଟର ଚଢ଼ିଲେ ବଢ଼ି, ବତାସ ହେବ କାହିଁକି ?"

– "ସେ ସବୁ ଟିକେ ଟେଢ଼ା ପାଠ ଶୁକୁଟା। ତୋ' ମଗଜରେ ସହଜେ ପଶିବନି। ମହାମହା ପାଠପଢୁଆ ଲୋକ ତ ନ ବୁଝି ଅପକର୍ମ କରୁଛନ୍ତି, ତୋର ଦୋଷ କଅଣ ? ଖାଲି ଏତିକି ଜାଣିଥା', ଗଛବୃଛ ହେଲେ ଅସଲ। ତାକୁ କାଟିବା ମାନେ ନିଜ ତଂଟି କାଟିବା। ଆଗରୁ ତୁ କୋଉ ଦିନ ଅଦିନିଆ ବଢ଼ି ବତାସ ଦେଖିଥିଲୁ ? ଆଗରୁ କେବେ ଏତେ ଗରମ ଭୋଗିଥିଲୁ ? ଆଗରୁ ଏମିତି ଅପାଳକ ପଡୁଥିଲା ? ଗଛ କାଟି ଜଙ୍ଗଲ ଧ୍ୱଂସ କରିବାରୁ ଏ ସବୁ ହେଉଛି। ମଣିଷକୁ ଭସ୍ମାସୁର ବୁଦ୍ଧି ଘୋଟିଛି। ନିଜକୁ ସେ ଜାଳିପୋଡ଼ି ଭସ୍ମ କରିଦେବ।"

ଉଦ ପଚାରିଲା, "ବରା ଛାଣୁଛି। ଦି'ଟା ଖାଇବ କି ମାଷ୍ଟ୍ରେ ?"

ମାଷ୍ଟ୍ରେ କହିଲେ, "ଆଜି ଲୋକବାକ ଚଳାଚଳ ହେଲା ଭଳିଆ ତମକୁ ଲାଗୁଛି ? ଅଯଥାରେ ବରାଗୁଡ଼ା ଛାଣି କାହିଁ ନଷ୍ଟ କରିବ ?"

– "କାଲି ବିରି ବାଟି ରଖିଥିଲି। ଆଉ ଘଡ଼ିକୁ ଗନ୍ଧିଆ ହୋଇଯିବ। ଏ ବାଗେ ନଷ୍ଟି, ସେ ବାଗେ ନଷ୍ଟି। ଛାଣି ରଖିଥାଏ। କାଳେ ଯଦି କିଏ ଭୋକ ବିକଳରେ ପହଂଚିଯାଏ, ସେ କ'ଣ ଖାଲି ଫେରିବ ?"

ଯୁଝେଷ୍ଟି ମାଷ୍ଟ୍ରେ ବରା ନ ଖାଇ ଆଉ ଥରେ ଚା' ପିଇ, ଯିବାକୁ ଉଠିଲେ। କହିଲେ, "ଯାଏ ବୋହୂ, ନାତି ଘରେ କ'ଣ କରୁଛନ୍ତି ଟିକେ ଦେଖେ। ସେମାନେ ପଛେ ମୋ' ମଲାଗଲା ନ ପଚାରନ୍ତୁ। କାଲିଠାରୁ ଆସିଲିଣି। କାହାରି ଟିକେ ଚିନ୍ତାଦକ ଅଛି ? ଡେରି କଲେ ଆଉ ଟିକକୁ ଗାଁ ଭିତରେ ପାଣି ପଶିବ।"

ଗାମୁଛା ବଦଳି ଯୁଝେଷ୍ଟି ମାଷ୍ଟ୍ରେ ଯିବାକୁ ବାହାରିଲେ। ଶୁକୁଟା କହିଲା, "ଆହୁଲା ପକେଇବାକୁ ଲୋକ ମିଳିଲେ ମୁଁ ବି ଗାଁକୁ ଯାଆନ୍ତି। କାଲିଠୁଁ ଆସି ଇଆଡ଼େ। ଜଟିଆମା' ତେଣେ ବିଜ୍ଞାର ହେଉଥିବ। ଏ ଡଙ୍ଗା ପଛରେ ପଡ଼ି ତଳିବିଲ ସାରୁଗୁଡ଼ା ତେଣେ ଖୋଳା ହୋଇନି। ବାଡ଼ିରେ ଦଶକୋଡ଼ିଏ ବୁଦା ଦେଶୀଆଳୁ ହୋଇଛି। ବଢ଼ିଆ ହାତୀଖୋଜିଆ ଆଳୁ। ଗୋଟାକ ପନ୍ଦରକୋଡ଼ିଏ କିଲେ ଲେଖା ହେବ। ମଗରମୁହାଁ ମାହାରା ପଟେ ପଛୁଆଣି ବଢ଼ି ପଶିଲେ ସବୁ ପଚି ଘୋଳ ହୋଇଯିବ। ଡିଙ୍କି ଚାଳିଆଟା ସଜଡ଼ା ହେଇନି। ମୋର ତ ଏ ଡଙ୍ଗା ବେପାର ସରୁନି। ମୁଁ ଏବେ କରିବି କଅଣ !"

ଉଦ କହିଲା, "ଆଉ ଟିକେ ବସ। ଲୋକବାକ କେହି ତ ହେଲେ ଆସିବେ।"

ଯୁଧେଷ୍ଠି ମାଷ୍ଟ୍ରେ ଫୁଟୁଖାଲିଆକୁ ଗଡ଼ି କହିଲେ, "ଇରେ ଥଳ ପାଇଲା ପରି ତ ଲାଗୁନି ରେ ଶୁକୁଟା।"

ଉଦ, ଶକୁଟା ଫୁଟୁଖାଲିଆ କଡ଼କୁ ଯାଇ ଦେଖିଲେ ପାଣି ଜବର ହେଲାଣି। ଉଦ ପଚାରିଲା, "ଯିବ କେମିତି ?"

ମାଷ୍ଟ୍ରେ କୂଳକୁ ଉଠି ଗାମୁଛାଟାକୁ ପାଇକଛା ମାରି ଭିଡ଼ିଲେ। ମୁଣ୍ଡରେ ଧୋତିଟାକୁ ଠେକାପରି ଭିଡୁଭିଡୁ କହିଲେ, "ମଲା ଧୋଇୟା ମୂଳକରେ ଘରକରି ମତେ କ'ଣ ପହଁରା ଆସେନା ? ଏ ଫୁଟୁଖାଲିଆ ପାଣି ମତେ ବୁକେଇବ ?"

ସେ କୂଳକୁ ଉଠି କହିଲେ, "ଦେଖିଲ ତ ସାହୁ ପୁଅ ? ତମ ଉପରମାଲିଆଙ୍କୁ ବେଙ୍ଗ ମୁତିଲେ ଡର। ମୁଁ ଘର ଖବର ବୁଝି ଗାଧୁଆ ବେଳକୁ ଆସିବି। ତମେ ଥିବଟି ?"

ଉଦ ବଡ଼ପାଟିରେ ଜବାବ ଫେରେଇଲା, "ନ ରହି ମୁଁ ଦୋକାନ ଛାଡ଼ି ଯିବି କୁଆଡ଼େ ? ଆସିଲା ବେଳେ ଘରୁ ଗୁଣ୍ଡି ଦି' ପୋଷ ଆଣିଥିବ। ମୋ' ପାଖରୁ ଗୁଣ୍ଡି ସରିଲାଣି।"

ଶୁକୁଟା କହିଲା, "ବନ୍ଧ ଉପରେ ଦି'ଜଣ କିଏ ଆସିଲା ପରି ଦିଶୁଛନ୍ତି। ବିଡ଼ି କଠାଏ ଦେଲ ଉଦିଆଇ, ଜଲଦି କେମିତି ଘରେ ପହଂଚେ। ମୋ' ମନ କାହିଁ ଗୁଡ଼େଇପୁଡ଼େଇ ହେଉଛି। ଏକୁଟିଆ ମାଇପିଟା ଘରେ ତେଣେ କଅଣ କରୁଥିବ !"

– "ତୁ କ'ଣ ଆଜି ଆଉ ଏ ପାରିକୁ ଡଙ୍ଗା ଆଣି ଆସିବୁନି ?"

ବିଡ଼ି ଲଗେଇ ଶୁକୁଟା କହିଲା, "ବଢ଼ିପାଣିଆ କ୍ଷେଣ। ଡଙ୍ଗା ଅବସ୍ଥା ତ ନିଜ ଆଖିରେ ଦେଖୁଛ। ମୋର କ'ଣ ହିମତ କୁଳୋଉଛି ? ଗାଁରେ ଯଦି ସେମିତି କାହାର ଜରୁରୀ ପଡ଼େ ନ ଆସି ଚାରା କଅଣ ? ତେଣିକି ମା' ରାମଚଣ୍ଡୀ ସାହାପକ୍ଷ।"

ଲୋକ ଦି ଜଣ ପାଖରେ ହେବାରୁ ଶୁକୁଟା ଖଣ୍ଡେ ମୁଚୁକୁନ୍ଦିଆ ହସ ହସି, ଦଣ୍ଡବତ ପକେଇ ପଚାରିଲା, "କ'ଣ ଏତେଦିନେ ଆମ କଥା ସବୁ ମନେ ପଡ଼ିଲା ସମୁଦି ?"

ଆସିଥିବା ଲୋକଟି କହିଲା, "ମନେ ପଡ଼ିବନି କାହିଁକି ? ହେଲେ ଆସିବାକୁ ତଅର ମିଳିଲେ ତ ! ଏ ଶଳା କି କାଳ ମହରଗ ଯୁଗ ହେଲା, ଲକ୍ଷେ ଅର୍ଜିଲେ ପକ୍ଷେକୁ ନିଅଂଟ। ମରିବାକୁ ବି ତ ବେଳ ମିଳୁନି। ବନ୍ଧୁବାନ୍ଧବ ଘର ଯିବାକୁ ବେଳ କାହିଁ ?"

ଶୁକୁଟା କହିଲା, "ନଆସି, ନଆସି ତ ଭଲ ବଢ଼ିପାଣିଆ ବେଳରେ ଆସୁଛ। ଆଜି ଝିଅ ଘରେ ରହିବ ନା ଫେରିବ ?"

– "ରହିବାକୁ ବେଳ କାହିଁ? ଫକୀରାବର ପାଖରେ ପରା ରେକ୍ସ ଠିଆ କରି ଦେଇ ଆସିଛି।"

– "କାହିଁ ଝିଅକୁ ସାଙ୍ଗରେ ନେଇ ଯିବ କି?"

– "ହଁ ମ ସମୁଦି, ସେଇଥି ପାଇଁ ତ ଆସିଛି। ଝିଅ ଅବସ୍ଥା ତ ତମେ ଜାଣିଛ। ଆଠ ମାସ ଚାଲିଲାଣି। କେତେବେଳେ କୋଉ କଥା! ଜୋଇଁ ତ ଯାଇ ସୁରଟରେ। ଆଉ ସମୁଦି ଯେମିତି କାଉଳିଆ ମଣିଷ! ରାତି ବିକାଳି ଯଦି କିଛି ଭଲମନ୍ଦ ହୁଏ? ନଇପାରିଆ ଗାଁ। ଆଖରେ ପାଖରେ କୋଉ ଡାକ୍ତରକବିରାଜ ଅଛନ୍ତି? ମନ ଥୟ ଧରିଲାନି। ବଢ଼ିପାଣି କଥା ଶୁଣିଲା ବେଳୁ ତ ତା' ମା' ଖିଆପିଆ ଛାଡ଼ି କାନ୍ଦୁଚି। ମୁଁ ରିକ୍ସା ଧରି ଆସିଛି। ଏଇ ଗୋଡ଼େଗୋଡ଼େ ଫେରିଯିବି।"

– "ରିକ୍ସା ସିଧା ଘାଟକୂଳକୁ ନ ଆଣି ଫକୀରାବର ପାଖରେ ଛାଡ଼ି ଆସିଲ କାହିଁକି? ଅସଜ ଲୋକଟାକୁ କ'ଣ ସେ ଯାଏ ଚଲେଇ ଚଲେଇ ନେବ?"

– "ମଲା ସକାଳୁ ସକାଳୁ ଫକୀରାବର ଘାଇ ଭାଙ୍ଗିଲାଣି ବୋଲି ତମେ ଜାଣିନା କି?"

ଉଦ ପଚାରିଲା, "ଫକୀରାବର ଘାଇ ଭାଙ୍ଗିଲାଣି? ସେଠି ପରା ପଥର ଛାଆ ହେଇଥିଲା?"

– "କି ପଥର ହେ ସାହୁଏ? ଏ ଯୋଉ ସରବଗ୍ରାସୀ ପାଣି ପାହାଡ଼କୁ ତଡ଼ି ଫୋପାଡ଼ିଦେବ। ପଥର ଛାଆ କଥା ପଚାରୁଛ କଅଣ?'

– "ଟିକେ ଚଂଚଳ ଡଙ୍ଗା ଫିଟା ସମୁଦି। ରିକ୍ସାବାଲା ତେଣେ ବ୍ୟସ୍ତ ହେଉଥିବ।"

– "ତମେ ଆହୁଲା ଧରି ପାରିବ ତ?"

– "ହଁଅବା! ମୋ' ଘର ଏମିତି କୋଉ ରାଇଜରେ କି?"

– "ଆଗପଛ ଦି' ଆହୁଲା ନ ଧରିଲେ ତ ହବନି।"

– "ମଲା ସେଇଥି ପାଇଁ ପରା ଅନାମକୁ ସାଙ୍ଗରେ ଡାକି ଆଣିଛି। ମୁଁ ଆଗ ଆହୁଲା ଧରିଲେ ସେ ପଛ ଆହୁଲା ଧରିବ। ଚଳିବନି?"

ଶୁକୁଟା କହିଲା, "ହଉ, ତା'ହେଲେ ଚା' ଟିକେ ପିଅ। ବନ୍ଧୁବାନ୍ଧବ ଲୋକ। ଏତେ ଦିନେ ଦେଖା। ଚା' ଟିକେ ନ ପେଇ ଛାଡ଼ି ଦେବି?"

– "ଏଇଟା କଅଣ ବନ୍ଧୁ ଚରଚା ବେଳ ସମୁଦି? ସହଜ ମାମଲାରେ ଆସିଲେ ଖାଲି ଚା' କାହିଁକ, ଏକାଥରେ ସମୁଦୁଣି ହାତ ପରଷା ଖାଇ ଯିବି।"

ତଥାପି ଶୁକୁଟା ଚା' ଗିଲାସ ଦିଇଟା ନେଇ ଦି' ଜଣଙ୍କୁ ଧରେଇ ଦେଇ କହିଲା, "ମୁଁ ଡଙ୍ଗାରୁ ପାଣି ଉଝାଳିବା ଭିତରେ ତମେ ଚା' ପିଇ ଦିଅ।"

ଶୁକୁଟା ଡଙ୍ଗା ପାଖକୁ ପଳେଇଲା । ଲୋକ ଦି' ଜଣ ତରତରରେ ଚା' ପିଇଲା ବେଳେ ଜଣେ ପଚାରିଲା, "ଏ ପଟ ଗାଁରେ ରିକ୍ସା ମିଳିବନି ?"

ଉଦ କହିଲା, "ହଁ, ଏ ଗାଁରେ ଦି'ଖଣ୍ଡ ରିକ୍ସା ଯେ, ଦି'ଖଣ୍ଡ ଜାକ ବରପଡ଼ା ବଜାରରେ ଚାଲୁଛି ।"

- "ସବାରୀ ?"

- "ରାଉତ ଘର ସବାରୀପାଲିଙ୍କି ଅଛି ଯେ, କାନ୍ଧେଇବାକୁ ଆଜିକାଲି ଲୋକ ମିଳୁଛନ୍ତି କୋଉଠି ?"

- "ବଡ଼ ଅକଳିଆରେ ପଡ଼ିଲା ମଣିଷ । ଏଇକ୍ଷିଣା ଝିଅଟାକୁ ଏତେ ବାଟ ଚଲେଇ ନେବି କେମିତି ? କୋଉ ସହଜମାମଲା ମଣିଷ ହୋଇଛି ?"

ସାଙ୍ଗରେ ଆସିଥିବା ଅନାମ କହିଲା, "ନହେଲେ ଗୋଟେ କାମ କରିବା ମ ଭାଇ । ପଛୁଆଣି ପାଣି ତ ପାଟ ଗହୀର ସାରା ଢିଲେଇ ଥିବ । ହୁଲି ଡଙ୍ଗା ମିଳିଲେ ପାଟେପାଟେ ଯାଇ ଏକାଥରେ ଜଳକୋଟ ପାଖରେ ଘାଟ ପାରି ହେବା ।"

ଅନ୍ୟ ଲୋକଟି କହିଲା, "ହଉ ଚାଲ । ଆଗ ତାଙ୍କ ଘରେ ପହଂଚି ଅବସ୍ଥା ଦେଖି ଯାହା ବେବସ୍ଥା କରିବା ।"

ସେତିକିବେଳେ ଶୁକୁଟା ଡାକିଲା, "ଆସ ସମୁଦି । ମୋ' ପାଣି ଉଝଳା ସରିଲା ।"

ଯିବାକୁ ଉଠି ପକେଟ୍‌ରୁ ପଇସା କାଢ଼ି ଲୋକଟି ପଚାରିଲା, "କେତେ ପଇସା ହେଲା ?"

ଉଦ କହିଲା, "ଚା' ପଇସା ଶୁକୁଟା ଦେଇ ଯାଇଛି ।"

- "ହାଃ ସେ ଆଡ଼ବାୟା ସମୁଦି ବାଗ !", କହି ଦେଇ ତରତରରେ ଡଙ୍ଗା ପାଖକୁ ପଳେଇଲା ଲୋକଟି । ପଛେ ପଛେ ଅନାମ ।

-୪-

ଶୁକୁଟା ଡଙ୍ଗା ଫିଟେଇ କ୍ଷେଣ କଲା ପରେ ଘାଟ କୂଳଟା ନିଛାଟିଆ ପଡ଼ିଗଲା। ଶୁକୁଟାଟା ଆଡ଼ବାୟା ହେଲେ କ'ଣ ହେଲା, ଡଙ୍ଗା ବାହିବାରେ ଧୁରନ୍ଧର। ଆଗେ ତା' ମାମୁଘର ଡଙ୍ଗା ନେଇ ସମୁଦ୍ରବାଟେ ଧାମରା, ଚାନ୍ଦବାଲି ଆଡ଼େ ଶୁଖୁଆ ବେପାର କରୁଥିଲା। ନଈ ମୁହାଣରେ ପୁନେଇ ଘଡ଼ିରେ ବି ଡଙ୍ଗା ବାହିଲା ବାଲା ସେ। କୋଶଳି ଡଙ୍ଗା ନେଇ କଟକ ମାଲ ଗୋଦାମରୁ ବରପଡ଼ା ବେପାରୀଙ୍କ ମାଲପତ୍ର ବି ନେବା ଆଣିବା କରେ। ଏପଟୁ ଚୁଡ଼ା,ଚାଉଳ ନେଇ ଯାଏ। ସେପଟୁ ତେଜରାତି ସଉଦା ଧରି ଫେରେ।

– "ଯିବା ଆସିବା ଝଡ଼ା ପନ୍ଦର ଦିନ। ହେଲେ ନଗଦ ଟଙ୍କା। ସେଇ ଡଙ୍ଗା ବେପାରରୁ ଚାରି ମାଣ ଜମି କିଣିଲି। ଘର କଲି। ନାଇଲନ୍ ଜାଲ ତିନି ମୁଠା କିଣିଲି। ହୁଲି ଡଙ୍ଗା ଦିଇଟା ତଇର କଲି। ଅଜା ମଲା ପାଂଚ ବରଷ ଆଗରୁ ଗୋଟା କୋଶଳି ଡଙ୍ଗା ମୋତେ ଦେବଦେବ ବୋଲି କହୁଥିଲା ଯେ, ହେଲେ ଶଳା ଲୋଭୀର ସତ ବଳିଲାନି କି କଅଣ! ଯାହା ହୋଇଥା'ନ୍ତା ଗଛରୁ ପଡ଼ିଲା ଭଳିଆ ବସିଲାଠେଇଁ ତ ଟଳି ପଡ଼ିଲା। ହେବ କଅଣ? ଛାଡ଼। ନ ଦେଉ ପଛେ ତାକୁ ନିନ୍ଦିବି କାହିଁକି? ନଦେଇ ନଦେଇ ଯଛେଷ୍ଟ ଦେଇଛି ସେ। ତାଆରି ଯୋଗୁ ସିନା ସମ୍ପଉବାଡ଼ି, ଡଙ୍ଗା-ଜାଲ। ନ ହେଲେ ତ ଏଇକ୍ଷିଣା ଫକଡ଼ରାମ ଗିରିଧାରୀ ହୋଇ ବୁଲୁଥାଆନ୍ତି। ଦି' ମାମୁ ଭିନେ ହେଲା ବେଳକୁ ବି ମୋତେ ଡାକି ଗୋଟେ ଡଙ୍ଗା ଦେବାକୁ କହୁଥିଲେ। ଜଟିଆମା' ମନା କଲା। କହିଲା, 'ଆଉ ସେ ଡଙ୍ଗା ବେପାରରେ ଏ ଦିନେ ପଶନା। ହାତରେ ଡଙ୍ଗା ପଡିଲେ ତମେ ଦିଗଭାଗ ମାନିବା ଲୋକ? ଏ ନଈ, ସେ ନଈ କୁଆଡ଼େ ନାହିଁ କୁଆଡ଼େ ବାଁ କାଲିଆ ମାରି ବୁଲିବ। ତମ ଦେଖା ଦରଶନ ମିଳିବା ସାତ ସପନ ହେଇଯିବ। ମୁଁ ଏଣେ ଘରେ ଏକୁଟିଆ ମାଇପିଟା, ବାର ଚିନ୍ତାରେ ଦହଗଞ୍ଜ ହେଇ ମରୁଥିବି'।"

ଲୋକ ନଥିଲା ବେଳେ ଡଙ୍ଗା ବାନ୍ଧି ଦେଇ ଦୋକାନ ପିଣ୍ଡାରେ ବସି ଗପେ ଶୁକୁଟା ।

କାଲି ସଞ୍ଜ ବେଳୁ ଗୋଟେ ପ୍ରକାର ଲାଗୁଥିଲା । ଯୁଝେଷ୍ଟି ମାଷ୍ଟ୍ରେ ଥିଲେ, ଶୁକୁଟା ଥିଲା, ଚଇତନ ଦୋକାନୀ, ଉଲି ମାଷ୍ଟ୍ରାଣୀ ଥିଲେ । ଦୋକାନଟା ଏମିତି ଖାଁଖାଁ ଖାଇ ଗୋଡ଼ୋଉ ନଥିଲା ।

ଏଇକ୍ଷିଣା ଯେଝା ବାଟରେ ଯେଝା । ସମସ୍ତେ ନିଜନିଜ ଘରକୁ ଯିବାକୁ ତରତର । ମୂଷା ଗାତରେ ପାଣି ପଶିଛି କି କଅଣ, ମୂଷାଟା ଚାରି ଥର ଏପଟ ସେପଟ ହୋଇ ନୂଆ ଗାତ ଖୋଳୁଛି । ବାଇ ଚଢ଼େଇଟା ବି ବନ୍ଧ ଉପରକୁ ଉଡ଼ିଆସି ଥରକୁ ଥର ଥଣ୍ଟରେ କ'ଣ ନେଇ ଉଡ଼ି ଯାଉଛି ତାଳଗଛ ବାହୁଙ୍ଗାରୁ ଓହଳିଥିବା ତା' ଟିକି ବସାକୁ । ଫୁଟୁଖାଲିଆ ସେପଟେ ବନ୍ଧା ହୋଇଥିବା ଛେଳିଟା ବଢ଼ିପାଣି ବାସ୍ନା ପାଇ କି କଅଣ ଚରିବା ଛାଡ଼ି ଘରକୁ ଯିବାକୁ ମେଁମେଁ ହେଉଛି । ପୁନ୍ଦାଳ ଗଉଡ଼ ଦି' ଭାଇ, ତଳପଟୁ କୁଆଡୁ ଗୋଠ ଅଡ଼େଇ ଘଡ଼ିକ ଆଗରୁ ଛାଟିପିଟି ହେଲାପରି ପଳେଇଲେ ଘରମୁହାଁ ।

ଘର ନାହିଁ ଖାଲି ଉଦିଆର । ଡାଳିଆମ୍ବ ଗାଁରେ ଯେଉଁ ଘର ଦି' ବଖରା ପଦିଆ ଛିଦ୍ରମରୁ ବଞ୍ଚି ତା' ଭାଗରେ ପଡ଼ିଥିଲା,ଏତେ ବରଷର ବଢ଼ି ବତାସରେ ମାଟିରେ ମିଶି ଯିବଣି । ସେଠି ଅବିକା ଅଙ୍କରାନ୍ତି, ଭୂତିଆରୀ ବଣରେ ସାପବେଙ୍ଗ ରହୁଥିବେ କି, ପଦିଆ ମନ କରିଥିଲେ, ନୂଆ ଘର ଖଣ୍ଡେ ଠିଆ କରି ପ୍ରଚାର କରିଥିବ, 'ଭାଇ ମୋ'ଠାରୁ ଏତେ ନାଇଁ ସେତେ ହଜାର ଟଙ୍କା ନେଇ ସବୁ ଡିହବାଡ଼ି ମୋ' ନାଁରେ କବଲା କରିଦେଲା ।'

ଉଦିଆ ଆଉ ଗାଁ ଖବର ରଖିନି । ରଖି କି ଲାଭ ! ପକେଇଲା ଛେପ ଢୋକିବ ? ଏକା ମା' ପେଟର ଭାଇ ତ ! ଭଲରେ ଥାଉ । ଠାକୁର ତାକୁ ଆଜିଯାଏ ଖାଇବା ପିଇବାରେ କୋଉଦିନ ଅଭାବ ରଖି ନାହାନ୍ତି । ଚଳିଗଲାଣି ଏତେ ଦିନ । ଆଉ କେତେଟା ଦିନ ଚଳିଯିବନି କି ? ଗାଡ଼ିମଟର କି କୋଠାବାଡ଼ିରେ ତା'ର ତ କୋଉ କାଳେ ଲୋଭ ନ ଥିଲା । ଠାକୁରେ ଯାହା ଯେତିକି ଦେଇଛନ୍ତି ଯଛେଷ୍ଟ । ଖାଲି ଥରେ ପୁରୀ ଯିବା ଭାଗ୍ୟରେ ଲେଖି ଥାଆନ୍ତେ କି ! ସେଇ ସେତିକି ହେଲେ ଉଦର ଆଉ କିଛି କଳପଣା ନ ଥିଲା । ହଉ, ତା' ଇଛା ! କାଳିଆ ଡୋରୀ ନ ଲାଗିଲେ କାଳେ ପୁରୀ ଯିବା କଥା ମିଛ । ହଜାରେ ଥିଲେ କିସ ହେବ ? ମହାମହା ଲୋକ ତ ଯାଇ ପାରୁନାହାନ୍ତି । ସିଏ ଅବା କୋଉ ଲୋକରେ ସୁମାରୀ ? ନିଛାଟିଆ ବାଘେଇ ଘାଟକୂଳର ଛାରଛିକର ଚା' ଦୋକାନୀ ଉଦିଆ ଗୁଡ଼ିଆ ତ !

ସେମିତି କହିଲେ, ବରପଡ଼ା ବଜାରରୁ ନିଇତି କଟକକୁ ଦି’ ଚାରିଖଣ୍ଡ ଗାଡ଼ି ଯିବା ଆସିବା କରୁନି କି! କଟକରୁ ପୁରୀ ଏମିତି କେତେ ଦୂର କି!

ହେଃ, ସେ ଏମତି କଅଣ ଭାବୁଛି? ସିଏ ମନ କଲେ ଏକ କୋଶ ସହସ୍ର ଯୋଜନ। ପୁଣି ସେଇ ମନ କଲେ ସହସ୍ର ଯୋଜନ ଆଖି ପାହାନ୍ତାରେ। ହଉ, କେତେଦିନେ ତୋର ନେବାକୁ ଇଚ୍ଛା ଅଛି ତୁ ଜାଣୁ। ନନେଲେ ବା ଉଦିଆ ମନ ଦୁଃଖ କରିବ କାହିଁକି? ସିଏ କ’ଣ ଯିବାକୁ କେତେଥର ପାଂଚିନି? ତା’ ପାଂଚରେ ଅଛି କିସ? ବୋଇଲା, ‘କରି କରାଉଥାଏ ମୁହିଁ।’ ହଉରେ ଦଗାଦିଆ, ତୁ ପରା କାଳେ ସବୁ କରୋଉଛୁ, ତୋର ପରା କାଳେ ସହସ୍ର ଆଖି! ତୁ ପରା କାଳେ ଅନ୍ତରଯାମୀ। ମୋ’ ମନ କଥା ଜାଣୁ ନଥିବୁ କି? ମୁଁ କ’ଣ ଜଗତରୁ ବାହାର? ଯଦି ତୋର ଦରଶନ ଦେବାରେ ଇଚ୍ଛା ନଥିବ ମୁଁ ଯେତେ ବିଲୁଆ ପାଂଚ କଲେ କି ଲାଭ? ମଣିଷ ଜନମ ପାଇ କଳପଣା କାହାର ନାହିଁ? ମୁଁ କଳପଣା କଲି ବୋଲି ମୋର ଦୋଷ?

ଏ ଶଳେ କି ଚଢ଼େଇ ଦକ୍ଷିଣମୁହାଁ ଏମିତି ଏକା ଧ୍ୟାନରେ ଉଡ଼ି ଯାଉଛନ୍ତି? ଏ ଗୁଡ଼ାଙ୍କ ବସାରେ ବଢ଼ି ପାଣି ପଶିଛି କି? ହେତ୍, ଚଢ଼େଇ କୋଉ ମାଟି ଉପରେ ରହିବା ଜୀବ ହୋଇଛନ୍ତି, ତାଙ୍କ ବସାରେ ବଢ଼ିପାଣି ପଶିବ! ବଗଚରା ପାଟରେ ସଲୁରୀ ଚଢ଼େଇ ରୁହନ୍ତି। ବଢ଼ିପାଣି ଆସିବାରୁ ସେଇମାନେ ଉଡ଼ି ଯାଉଥିବେ। ନାଇଁ ମ, ଏଇ କାର୍ତ୍ତିକ, ମଗୁଶୀର ହେଲେ ଦଳଦଳ ଚଢ଼େଇ କୁଆଡୁ ଆସି ଦକ୍ଷିଣମୁହାଁ କୁଆଡ଼େ ଉଡ଼ି ଯାଆନ୍ତି। ପୁଣି ଦି’ ତିନି ମାସ ଗଲେ ଏଇ ବାଟେ ଫେରନ୍ତି। ତାଆରି ଭଳିଆ ଆହାର ଖୋଜି ଏଣେତେଣେ ବୁଲୁଥିବେ।

ଡାଳିଆମ୍ବ ଗାଁରେ ପାଣି ପଶିଥିବ? ପାଣି ପଶିଥିଲେ ଛୁଆପିଲାଙ୍କୁ ଧରି ବିଚରା ପଦିଆଟା ବଡ଼ ହଇରାଣ ହରକତ ହେଉଥିବ। ତାଆର କାଳେ ଝିଅପୁଅ ମିଶି ପାଂଚଟା ପିଲା। କେଡ଼େ କେଡ଼େ ହେବେଣି କିଏ ଜାଣେ? ବଡ଼ଟା କାଳେ କୋଉ କଲେଜରେ ପଢୁଥିଲା। ଫେଲ୍ ହୋଇ ଗାଁରେ ବୁଲୁଛି। ବାର କଳି ଆଣି ଘରେ ପୂରାଏ। ପଦିଆ ପାଟି ଖୋଲିଲେ ହାତ ଉଠାଏ। କେଡ଼େ ଶରଧାରେ ସାନଭାଇ ବୋଲି ସେ ବଢ଼େଇ ଥିଲା। କୋଉଦିନ କୁଟା ଖଣ୍ଡକୁ ଦିଖଣ୍ଡ କରିବାକୁ ଦେଇ ନଥିଲା। ତା’ ଭାଗ୍ୟରେ ପୁଣି ଏମିତି ଅବସ୍ଥା ଥିଲା? ହଅ, ବାପଗୁଣେ ପୁଅ ହୋଇଛି।

ଯା’ ଶଳା ଏକୁଟିଆ ବସିଲେ ଏଇକ୍ଷିଣା ବାର କଥା ମନେ ପଡ଼ିବ। ସେ ଚଇତନ ପାତ୍ର, ଉଲ ମାଷ୍ଟ୍ରଣୀ ଦିଇଟା ହେଲେ ଥାଆନ୍ତେ! ତାଙ୍କ ସାଙ୍ଗରେ ବସି ବେଳ କଟି ଯାଅନ୍ତା। ସକାଳୁ ଉଠି କେତେବେଳେ ଗଲେ, ପଦେ କହି ବି ଗଲେନି। ଶଳା ଆପଣାସ୍ୱାର୍ଥୀ ଦୁନିଆ।

ଶୁକୁଟା ବି କାହିଁ ଆଉ ଡଙ୍ଗା ଆଣି ଏ ପାରିକି ଆସିଲାନି। ସେ ଲୋକ ଦି'ଜଣ ବୋଧେ ହୁଲି ଡଙ୍ଗାରେ ଝିଅକୁ ବସେଇ ପାଟେପାଟେ ଜଳକୋଟ ପାଖରେ ଘାଟ ପାରି ହେବାକୁ ସିଆଡ଼େସିଆଡ଼େ ଗଲେ କି କଅଣ।

ଗାଁ ଭିତରୁ ଟିକେ ବୁଲି ଆସିଲେ ହୁଅନ୍ତା। ଫୁଟୁଖାଲିଆ ପାରି ହୋଇଗଲେ ତେଣିକି ଅଂଟାଏ, ପେଟେ ପାଣି ହେବ। ଡର କ'ଣ? ଉଦିଆକୁ କୋଉ ପହଁରା ଆସେନା? ସେ ପଟେ ଚିତ୍ରିଣୀ ନଈ ଅବସ୍ଥା ବି ଥରେ ଦେଖି ଆସନ୍ତା।

ଫକୀରାବର ଘାଇ ନ ଭାଙ୍ଗିଥିଲେ ବରପଡ଼ା ବଜାରରୁ ବୁଲି ଆସି ଥାଆନ୍ତା। ବୁଲିବାକୁ ବୁଲିବା ହୋଇ ଥାଅନ୍ତା। ଦୋକାନ ସଉଦା କେତେଟା ବି ଆଣିବା ହୋଇଥାଆନ୍ତା। ଶଳା ବରପଡ଼ା ବଜାରରେ ଦିଇଟା ମିଠା ଦୋକାନୀ ବୋଓଡ ଝୁଲେଇଛନ୍ତି,ଏଠି ପ୍ରସିଦ୍ଧ ଉଦସାହୁ ଛେନାବରା ମିଳେ। ଲୋକଙ୍କ ପାଖରୁ ଖବର ପାଇ ଦିନେ ଉଦ ନ ଜାଣିଲା ଭଳିଆ ପହଂଚିଲା ଜଣକ ଦୋକାନରେ। ଚା' ପିଇବା ବାହାନାରେ ପଚାରିଲା, "ଉଦ ସାହୁ ପରା ବଜାର ଛାଡ଼ି ବାଘେଇ ଘାଟରେ କେଉଁଠି ଦୋକାନ ଖୋଲିଛି? ଆଉ ତମେ ଉଦ ସାହୁ ଛେନାବରା ମିଳେ ବୋଲି ବୋଓଡ ଟଙ୍ଗେଇଛ କ'ଣ?"

ଦୋକାନୀ ଆଗ ତୋଡ଼ ଦେଖେଇ କହିଲା, "ସିଏ ସବୁଦିନେ ଏଠିକି ମାଲ୍ ସପ୍ଲାଇ କରେ।"

ଉଦ କହିଲା, "ବାଘେଇ ଘାଟ ତ ଏଠୁ ବହୁତ ବାଟ?"

ସେଇଠୁ ସେ ଦୋକାନୀ ଥଙ୍ଗଙ୍ଗହୋଇ କହିଲା, "ସିଏ ମୋ ଗୁରୁ। ତାଙ୍କ ପାଖରୁ ମୁଁ କାମ ଶିଖିଛି।"

ଠୋ'ଠୋ' ହସି ଉଦିଆ କହିଲା, "ମୁଁ ନିଜେ ପରା ଉଦ ସାହୁ। ମୋ' ପାଖରୁ ତମେ କାମ ଶିଖିଲ କୋଉ ଦିନ?"

କାନ୍ଦୁଣୁମାନ୍ଦୁଣୁ ହୋଇ ଲୋକଟା କହିଲା, "କ'ଣ କରିବି ଆଜ୍ଞା, ଆପଣଙ୍କ ନାଁରେ ଯାହା ସେଇ ଛେନାବରା ବେପାର ଟିକେ ଚାଲୁଛି। ନହେଲେ ଏଇ ଏଡ଼େ ବକଟେ ବଜାରରେ ଏବକୁ କୋଡ଼ିଏଟା କି ବେଶୀ ମିଠା ଦୋକାନ ହେଲାଣି। ସେଥିରେ ପୁଣି ଗୋଟା ଲୋକ ଆସି ଦୋସା, ଇଡିଲି ଦୋକାନ ଦେବାରୁ ଆମେ ସମସ୍ତେ ହାତ ବାନ୍ଧି ବସିଛୁ। ମନେମନେ ଆପଣଙ୍କୁ ଗୁରୁ କରିଛି। କହିବେ ଯଦି ମାସକୁ ପାଁଶହ ଲେଖା ନେଇ ଆପଣଙ୍କୁ ଦେଇ ଆସିବି। ନ ହେଲେ କଥାଟା ଯଦି ଜଣା ପଡ଼େ ଲୋକ ମୋ' ଚୁଲି ଚାଳ ରଖିବେନି।"

– "ଏ ବଜାରରେ ତ ମୋତେ ଗୋଡ଼ି ମାଟି ବି ଚିହ୍ନନ୍ତି। ଜାଣିପାରୁ ନାହାନ୍ତି କେମିତି?"

– "ଆପଣ ମୋ' ଦୋକାନକୁ ମାଲ୍ ସପ୍ଲାଇ କରନ୍ତି ବୋଲି ମିଛରେ କୁହେ।"

ଉଦିଆ ଆଉ କିଛି ନ କହି ତା' ଟେବୁଲ ଉପରେ ଚା' ବାବଦକୁ ତିନି ଟଙ୍କା ଥୋଇ ଉଠି ଆସିଲା।

ଛାଡ଼ ସେ କଥା। ଜୀବନରେ କିଏ କେତେ ଖାଇ ବୁଡ଼େଇଛନ୍ତି। ଇଏ ତା' ନାଁ ବିକି ଯଦି ଦି' ପଇସା କମେଉଛି ତ କମେଉଥାଉ।

ହେଲେ ସେଇ ବରପଡ଼ା ବଜାରକୁ ଯିବାକୁ ଅବିକା ବାଟ ବନ୍ଦ। ଫକୀରାବର ଘାଇ କୋଉଦିନ ବନ୍ଧା ହେବ କିଏ ଜାଣେ ?

ଉଦ ଚାହିଁଲା, ଶଙ୍ଖିନୀ ନଈ ଆଡ଼େ। ବଢ଼ି ପାଣିରେ କି ତେଜରେ ବାବା ! ଯେମିତି ରାମଲୀଳା ରାବଣେଶ୍ୱର ରାଜା। ଖଣ୍ଡା ବୁଲେଇ ବାହାରିଛି, ସବୁ ଦଳିମକଚି ଧୂଳିଧୂସନ କରି ଦେବା ପାଇଁ। ନଈ ଉପରେ ମଳିଚିଆ ଚଦର ଖଣ୍ଡେ କିଏ ଘୋଡ଼ି ଦେଲା ପରିକା ଦିଶୁଛି। ସକାଳ ବେଳା ଡଅଁର ଆଉ ନାହିଁ। ଦି' କୂଳ ବୁଡ଼େଇ ତ ଧାର ଛୁଟିଛି। ଡଅଁର ଆସିବ କୁଆଡୁ ? ବାଘ କାଳେ ଶିକାର ଉପରକୁ ଝାମ୍ପିଲା ଆଗରୁ ଏମିତି ଗୁମସୁମ୍ ମାରେ। ହୋଇଥିବ। ଉଦିଆ କୋଉ ବାଘ ଦେଖିଛି ? ଶଳା ସେଥର କେନ୍ଦରାପଡ଼ା ବଜାରରେ ରେମନ ସର୍କସ ପଡ଼ିଥିଲା। ବରପଡ଼ା ବଜାରରୁ କେତେ ଲୋକ ଦେଖିବା ପାଇଁ ଗଲେ। ଦୋକାନ ଛାଡ଼ି ଉଦ ଯାଇ ପାରିଲାନି। ସେଠି କାଳେ ଗୋଟା ବାଘ ଆଗ ଗୋଡ଼ ଟେକି ପଛ ଦି' ଗୋଡ଼ରେ ଚାଲୁଥିଲା। ଆଉ ଗୋଟା ବାଘ ପିଠିରେ ଛେଳି ବସେଇ ବୁଲୁଥିଲା। ମଣିଷର କେତେ ବୁଦ୍ଧି ! କଥାରେ ସିନା କହନ୍ତି, 'ବାଘ-ବକରୀଙ୍କୁ ଏକା ଘାଟରେ ପାଣି ପେଇବା କଥା।' ସର୍କସରେ ବାଘ ତ ଛେଳିର ବୁଢ଼ୁଚାବୁହା ! ମଣିଷ ଏତେ ଅସାଧ୍ୟ କାମ କରୁଛି, ଆଉ ଏ ନଈ ମୁହଁ ବନ୍ଦ କରି ପାରୁନି ? ଏ କାର୍ତ୍ତିକମାସିଆ ବଢ଼ି ପରେ କି ହୀନସ୍ତା ଯୋଗ ? ରବି ଫସଲ ତ ଗଲା। ପାଚିଲା ଧାନ କିଆରୀ ବି ସଫା ହୋଇଗଲା। କାର୍ତ୍ତିକ ସୋଲା ଧାନ ଗଣ୍ଡାକ ଛାଡ଼ି ଦେଲେ, ବିଲକୁ ଦା' ଯାଇନି। ଏ ବର୍ଷ ଷାଠିଏ ଦିନିଆ ପଛ ପାଳକ। କେଲୁଣୀ ହାତରେ ଅଡ଼ା। ଅଧେ ଧାନ ତ ଏ ଯାଏ ଆଧାର ନେଇନି। ବିଲକୁ ଦା' ଯିବ କୁଆଡୁ ? ଗରିବଗୁରୁବା ଏ ବର୍ଷ ମଲେ। କିଏ ଯିବ କଲିକତା କୁଲିଭୂତି କରି ତ କିଏ ସୁରଟ ସୂତାକଳରେ ଯାଇ ତୁଳା ଭିଣିବ। ଆଉ ଗୋଟେ ନୂଆ ପାଇଟି ଏବକୁ ବାହାରିଛି। ପାଣି ପାଇପ ମିସ୍ତ୍ରୀ। ଏପଟୁ ଅଧେ ଲୋକ ସେଇ କାମ କରି ଡେଲ୍ଲୀ, ବମ୍ବେଇରେ ଢେର୍ ଢେର୍ ପଇସା କମେଉଛନ୍ତି। ଘର ଓଳିତଳ ଛାଡ଼ି ଡେଲ୍ଲୀ ବମ୍ବେଇରେ ଲକ୍ଷେ ଅର୍ଜିଲେ ? ପଦିଆ ପାଇଁ ସିନା ସେ ଗାଁ ଛାଡ଼ି ବୁଲୁଛି। ନହେଲେ ଏ ବୁଢ଼ା କାଳେ ସେ କାହିଁକି ବାପଅଜାଙ୍କ ଭିଟାମାଟି ଛାଡ଼ି ବାର ଦୁଆର ହେଉଥା'ନ୍ତା ? ଯେତେ

ଯାହା ହେଲେ ସେ କ'ଣ ଡାଳିଆମ୍ବ ଗାଁକୁ ଭୁଲି ପାରୁଛି ? ଗାଁରେ ଥିଲେ, ପାଇଥିଲେ ଖାଇଥା'ନ୍ତା ନ ହେଲେ ସେଇଠି ମଲେ ଗାଁ ଲୋକେ ସାହାଡ଼ାକୁଦ ମଶାଣିରେ ନେଇ ଫୋପାଡ଼ି ଦେଇ ଆସିଥାଆନ୍ତେ। ସେଇଠି ପଛେ ଶାଗୁଣା ବିଲୁଆ ଖାଇଥା'ନ୍ତେ । ତା' ଆତ୍ମା ସେଇଠି ବାପଅଜାଙ୍କ ଆତ୍ମା ସାଙ୍ଗରେ ଜଣେ ହୋଇ ଏ ପାଟରୁ ସେ ପାଟ, ଏ ଗହୀରରୁ ସେ ଗହୀର ବୁଲି ଥାଆନ୍ତା। ଏ ଶଙ୍ଖିନୀ ନଈ କିଏ ନା ସେ କିଏ ?

ମନ କଲେ ବେଳ ଆସି କେତେ ନାଇଁ କେତେ ହେବଣି। ଛାଇ ଲେଉଟିବଣି କି କ'ଣ। ମେଘ ଘୋଡ଼େଇ ଥିବାରୁ ଜଣା ପଡୁନି। ହାଣ୍ଡିରେ କାଲି ରାତି ପଖାଳ ଦିଇଟା ବଳିଛି। ଗୁଡ଼ ତେନ୍ତୁଳି ଅଛି। ବାସୀ ଚିଙ୍ଗୁଡ଼ି ଭଜା ଦୋଓଟି ବି ତାଟିଆ ଘୋଡ଼ା ହୋଇ ଥୁଆ ହୋଇଛି। ସକାଳ ଆଂଚ ଆସି ଲିଭିବଣି। ଏତେବେଳେ ପୁଣି ଆଂଚ ଲଗେଇ ଆଉ କି ରୋଷେଇ ? ଗାଁ ବୁଲି ଆସି ସେୟାକୁ ଖାଇ ଦେଲେ ଯିବ।

ଉଦ ଧୋତି ଟେକି ପାଇକଛା ମାରିଲା। ଅଂଟାରେ ଗାମୁଛାଟାକୁ ବାଗେଇ ଭିଡ଼ିଲା। ଗାଁ ଭିତରୁ ଟିକେ ବୁଲି ନ ଆସିଲେ ନ ହୁଏ। ଯେତେହେଲେ ବାଲିଘାଇଆ ତା' ଭାଇ-ବନ୍ଧୁ -କୁଟୁମ୍ବଙ୍କଠାରୁ ବଳି। ପେଟପାଇଁ ଜାଣି ସିଏ ତାଙ୍କ ଓଳିତଳେ ପଡ଼ିଛି। ଏତେ ବଡ଼ ଗାଁ। କେହି ଦିନେ ହୁତ୍ ବୋଲି କହି ନାହାନ୍ତି। ବରଂଚ ବାହାବ୍ରତ, ପୁନେଇ ପରବରେ ସାଇଭାଇ ପରି ଖୋଜିଛନ୍ତି, ଲୋଡ଼ିଛନ୍ତି। ତାଙ୍କ ଏତେ ବଡ଼ ବିପତ୍ତିରେ ସେ ଟିକେ ମୁହଁ ମାରି ଆସିବନି ? ଏଟା କ'ଣ ମଣିଷପଣିଆ ହେବ ? କୋଉ କାହାକୁ ସେ ଶହେ ଷାଠିଏ ଓଜାଡ଼ି ପକୋଉଛି ?

ଦୋକାନରେ ତାଲା ପକେଇ ଉଦ ଚାବି ଚାଳରେ ଖୋସି ଦେଲା। ବନ୍ଧ ତଳକୁ ଗଡ଼ିବା ଆଗରୁ ଆଉ ଥରେ ବୁଲି ପଡ଼ି ଚାହିଁଲା, ନଈ ସେପାରି ବସନ୍ତରା ଗାଁ ଆଡ଼େ। ସତସତିକା ହଳଦୀବସନ୍ତ ଚଢ଼େଇଟି ପରି ଗାଁଟା, ଏପାରିକି ସୁନ୍ଦର ଦିଶେ ! ଆଜି ଘରଦ୍ୱାର, ଗଛବୃଛ କିଛି ଦେଖା ଯାଉନି। ଖାଲି ଏପଟେ ମା'ଜୟଚଣ୍ଡୀଙ୍କ ମନ୍ଦିର ତ ସେପଟେ ମୁକ୍ତେଶ୍ୱର ମହାପୁରୁଙ୍କ ମନ୍ଦିର। ଦି' ମନ୍ଦିରରେ ନେତ ଉଡୁଛି, ବଢ଼ିପାଣିଆ ପବନରେ ହଲି ଦୋହଲି। ସେଇ ଦି'ଜଣ ଗାଁକୁ ରକ୍ଷା କରିବେନି କି ? ମଣିଷ ସିନା ନିର୍ଦ୍ଦୟ ହୁଏ, ଠାକୁରଠାକୁରାଣୀ ବଡ଼ ଦୟାବନ୍ତ। ସେମାନେ ଥାଉଥାଉ ଗାଁର କ'ଣ ହେବ ? କେତେ ପୁରୁଷ ଅମଳର ପୁରୁଣା ଖାନଦାନୀଆ ଗାଁ। କେତେ ବଢ଼ିବଦଳ, ବତାସ ଯାଇଛି। ଯୋଉ ଶିଙ୍ଖିନୀ ନଈ ବାରବୁଲି ସରବଖାଇ ଭଳିଆ ଜିଭ ବୁଲେଇ ସବୁ ଚାଟି ପଦା କରିଛି, ସେଇ ପୁଣି ମା' ଭଳିଆ ଦି ହାତରେ ଦେଇଛି। ଆଜି ସିନା ଗାଁଟା ଅରାଏ ବିଲାତିଦଳ ଭଳିଆ ଶଙ୍ଖିନୀ ନଈ ପାଣିରେ ଭାସୁଛି, ବଢ଼ି ଛାଡ଼େଣି ସେଇ ଗାଁ ପୁଣି ଡାକ୍ତରଖାନା ଫେରନ୍ତା ମଲୁ ଭଳିଆ ଝାଡ଼ିଝୁଡ଼ି

ହୋଇ ବସିବ। ପୁଣି ଦି' ପଟ ମନ୍ଦିରରେ ଶଙ୍ଖଘଂଟା ବାଜିବ। ପୁଣି ମାଇପେ କାର୍ତ୍ତିକ ପୁନେଇ ପାହାନ୍ତିଆରୁ କଦଳୀପାଟୁକା ଡଙ୍ଗୀ ଭସେଇବେ। ସେଦିନ ଏଇ ନଈକୂଳ ହୁଳୁହୁଳିରେ କମ୍ପିବ। ଶୁକୁଟା ଘାଟିଆ ଏଇ ନଈବାଲିରେ ଡଙ୍ଗା ଓଲଟେଇ ଦେଇ ଆଲକାତରା ବୋଳିଲା ବେଳେ କହିବ, "ବୁଝିଲ ଉଦିଆଇ; ଡଙ୍ଗାଟା ସିନା ପୁରୁଣା ହେବାରୁ ତଳି ଫୁଟି ପାଣି ଝରୁଛି। ନହେଲେ ଏମିତିକା ଲକ୍ଷ୍ମୀବନ୍ତ ଡଙ୍ଗା ଲକ୍ଷେକରେ ଗୋଟିଏ ଖୋଜିଲେ ନ ମିଳନ୍ତି। କାଲି ରାତିରେ ରୋଷେଇ କରି ନ ଥିବ। କାଲି ରାମଚଣ୍ଡୀ ମା'ଙ୍କ ପୂଜା। ଡଙ୍ଗା ମଙ୍ଗରେ ମା' ରାମଚଣ୍ଡୀ ଥାଆନ୍ତି ବୋଲି ଜାଣିନା ? ତାଙ୍କୁ ବରଣ ନ କରି ଡଙ୍ଗା ଘାଟକୁ ଫିଟେଇବି ? ବିପଦ ଆପଦରେ ସେଇ ସିନା ମା' ପରିକା କାନି ଘୋରେଇ ରଖିବ। ନହେଲେ ଏ ତଳିଫୁଟା ଡଙ୍ଗାରେ ଅଛି କଅଣ ? ଶଙ୍ଖିନୀ ନଈ ଡଅଁର କାଟି ସିଧା କ୍ଷେଣ ହେବାକୁ ତାଆର କି କ୍ଷେମତା ?"

ଉଦ ବନ୍ଧ ତଳକୁ ଗଡ଼ିଲା। ତଳକୁ ଗଡୁଗଡୁ ବେକେ ପାଣି। ଫୁଟୁଖାଲିଆଟାରେ ବି ପଛୁଆଣୀ ସୁଅ ପଡ଼ିଲାଣି। ଉଦକୁ ପାଣି ତୋଡ଼ ଭସେଇ ନେଲା ଅଛ ଉପର ଆଡ଼କୁ। ଉଦିଆ ହାତ ଆହୁଲେଇ ତୋଡ଼ କାଟିଲା ବେଳକୁ ଗୀତ ବୋଲିଲା, "ସୂରଜ ତନୟା ଉଜାଣି ବହିବ, ମନ ପାରାରେ....", ଯାଃ ଶଳା ଆର ପଦଟା ମନେ ପଡୁନି। ପଦଟା ମନେ ପକେଇ ପହଁରୁପହଁରୁ ସେଇ ପଦଟା ଖାଲି ତା' ପାଟିରେ ଲୋଟଣୀ ପାରା ଭଳିଆ ଲେଉଟପାଉଟ ହେବାକୁ ଲାଗିଲା, 'ସୂରଜ ତନୟା ଉଜାଣି ବହିବ....ସୂରଜ ତନୟା ଉଜାଣି ବୋହିବ.....ସୂରଜ ତନୟା....'

ଉଦିଆ ସେପଟରେ ଉଠି ଅଂଟାରୁ ଗାମୁଛା ଖୋଲି ମୁଣ୍ଡମୁହଁ ପୋଛି ଘଡ଼ିଏ ଦମ୍ ନେଲା।

ଅଂଟାଏ ପାଣିରେ ବାଟ ଠଉରେଇ ତଳକୁ ଖସି ଦୋକାନ ସିଧା ହେଲା ବେଳକୁ ଆଉ ଥରେ ମନେ ପଡୁଥିଲା, 'ସୂରଜ ତନୟା।' ମନକୁମନ ଗୋଟାଏ ଭୁରୁଡ଼ି କାଢ଼ି ସେ କହିଲା, ରହବେ, ବାଟ ଦି'କଡ଼ରୁ ଲୋକ ମାଟି ଖୋଳି ଟୋପ କରି ପକେଇଛନ୍ତି। ଏଇକ୍ଷିଣା ଯଦି ଗଳି ପଡ଼ିବୁ କୋଉ ସୂରୁଜା ନା ବରୁଜା ତନୟା ଆସି ତୋ' ପିଠିରେ ପଡ଼ିବ ? ନା ଓଲଟା ପିଠିରେ ଲାଉ ହୋଇ ପାତାଳଚାପା ଦେବ ?

ଗାଁରେ ବାରପଣ ଲୋକଙ୍କ ଘରେ ପାଣି ପଶିଲାଣି। ଚିଆରବାଡ଼ କାନ୍ଥରୁ ମାଟି ଖସି ଦିଶୁଚି ମଲା ହଡ଼ା ପଞ୍ଜରା କାଠି ପରି।

ବାଡ଼ି ଖଣ୍ଡେ ଆଣିଥିଲେ ଭଲ ହୋଇଥା'ନ୍ତା। ବାଡ଼ି ଖଣ୍ଡେ ଖୋଜି ଉଦିଆ ଚାରିପଟକୁ ଆଖି ପକେଇଲା। ଟିକେ ଦୂରରେ ଚିନ୍ତା ତିଆଡ଼ୀ ବାଇଗଣ ତଳି। ଶଳାଟି ବାହ୍ମଣକୂଳରେ ଜନ୍ମ ପାଇ ବାଇଗଣ ରୋଇବ ! ହାଃ ଶଳା ହେଡ଼ାଖିଆ ! ପାଂଚ ସାତ

ଖଣ୍ଡ ଗାଁ ଯଯମାନୀ କରି ପେଟ ପୂରିଲାନି, ଶଳା ଚାଷ କରୁଛି। ଖାଲି ଯାହା ଲୋକ ଲଜ୍ୟାକୁ ହଳ ଧରୁନି ରକ୍ଷା। ନହେଲେ ଦି' ଗୁଣ୍ଠ ବିଲ ହଳ ବୁଲେଇ ସାରି ତେଣିକି କାଖରେ ପତ୍ରୀ ଜାକି ପିଣ୍ଡ ପକେଇବାକୁ ଯାଆନ୍ତା। କି ଯୁଗ ହେଲା ! ମାଗଣାକୁ କାର୍ତ୍ତିକ ମାସିଆ ବଢ଼ିପାଣି, ମାଗଣାକୁ ସୂରଜ ତନୟା ଉଜାଣି ବହିବ ?

ହାଃରେ, ଶଳା ସୂରଜ ତନୟା ! ଆଚ୍ଛା ତନୟା ହୋଇଛି ଥରେ ପାଟିରେ ପଶିଗଲା ବୋଲି ଛାଡ଼ିବା ନାଁ ଧରୁନି ?

ଉଦିଆ ଚିନ୍ତା ତିଆଡ଼ି ତଳି ବାଡ଼ରୁ ମୂଳିଆ ବାଉଁଶ ଖଣ୍ଡେ ଓଟାରି ବାଟ ଠଉରେଇ ଆଗେଇଲା। ଗାଁ ଆଉ ଟିକେ ଆଗରେ। ଘରଦ୍ୱାର ଦେଖା ଗଲାଣି। ଘରଦ୍ୱାର କଅଣ ? ଚାରିଆଡ଼ ତ ଚିଲିକାମୟ। ଲୋକବାକ କେହି ଦେଖା ଯାଉନାହାନ୍ତି। ସେଠି ସ୍କୁଲ ପିଣ୍ଡାରେ ପାଳଭୂତ ଭଳିଆ ଠିଆ ହୋଇଛି କିଏ ? ଚିନ୍ତା ତିଆଡ଼ି ? ଶଳା ଅପଦଶିଆ ବାହ୍ମୁଣ ଏଇକ୍ଷିଣା ଯଦି ତା' ବାଉଁଶ ଚିହ୍ନି ପକାଏ ତ କଥା ସରିଲା। ସକାଳୁ ଦୋକାନରେ ଠାକୁରଙ୍କୁ ଫୁଲ ଚଢ଼େଇଲା ବେଳେ 'ସର୍ବାରିଷ୍ଟ ଶାନ୍ତି ଭବତୁ' ନ କହି 'ସର୍ବାରିଷ୍ଟ ମରଣ ଭବତୁ' ବୋଲି କହିବ। ତାଆରି ବାଡ଼ି ଫୁଲ ତାଆରି ଠାକୁରଙ୍କୁ ଚଢ଼େଇବାକୁ ଶଳା ମାସକୁ ହାଙ୍କୁଛି ଶହେ କୋଡ଼ିଏ ଟଙ୍କା। ସେଥିରେ ପୁଣି କ୍ୟାସ୍ ବାଙ୍କୁସ ଆଡ଼କୁ ପାଣି ଟିପେ ଛାଟିଦେଇ କହିବ, "ଶହେ କୋଡ଼ିଏରେ ମୋତେ ଆଉ ପୋଷୋଉନିରେ ଉଦ। ସକାଳୁ ଉଠି ଗୀତା ଅଧ୍ୟାୟେ ପଢ଼ିବା ଛାଡ଼ି କିଏ ମୋର ଏତେ ବାଟ ଆସିବ ? ତୁ ଅନ୍ୟ ବାହ୍ମୁଣ ଦେଖ।" ସେଇଠୁ ଗୋଡ଼ ଦିଇଟାକୁ ବେଂଚ ଉପରକୁ ଟେକି ଦେଇ କହିବ- "ଆଉ କ'ଣ ଏ ଦୋକାନ ଫୁଲ ଦିଆ କାମକୁ ବଅସ ଅଛି ନା ଏ କାମ ମୋଓ ଭଳିଆ କର୍ମଣିଆ ପୁରୋହିତଙ୍କର ? ଖାଲି ତୋ' ମୁହଁକୁ ଅନେଇ ଆସିବା କଥା। ଜାଗଯଜ୍ଞ କରିବାକୁ ମତେ ଯେତେ ଡାକରା ଆସୁଛି, ସେତିକି ଆଟେଣ୍ଡ କରିବାକୁ ବେଳ ନାହିଁ। ଏଣେ ଏ ଧୋଇୟା ବାରଖଣ୍ଡି ମଉଜା ଯଯମାନୀ ସମ୍ଭାଳୁ ସମ୍ଭାଳୁ ମୋ' ଫକାଶି ନିକିଳି ଯାଉଛି। ବଳ ବଅସ ଯାଉଛି ନା ଆସୁଛିରେ ଉଦ ? ଏଁ, କହୁନୁ କାହିଁକି ? ବୁଝିଲୁ ଉଦ; ବେଳ ଥିଲା, ଯେତେବେଳେ ଏକା ଓଳିକେ ସାତ ନଈ ତେର କଣ୍ଡିଆ ଖେପୁଥିଲି। ଥରେ କିଅଣ ହେଲା ଜାଣିଛୁ ନା ଉଦ, ଆଳିଆଡୁ ଯଜ୍ଞ ପେଇଁ ଗୋଟେ ଡାକରା ଆସିଲା। ସେପଟ ବାହ୍ମୁଣଙ୍କୁ କାହାକୁ ଷୋଡ଼ଶ ମୂଳାଧାର ପାଠ ଜଣା ନଥାଏ। ଚକ୍ର କାଟିବେ କିଅଣ ନା ପଦ ଡାକିବେ କିଅଣ ? ସିଏ କିଅଣ ଯାଇତାଇ ପିଣ୍ଡପକା ପାଠ ହୋଇଛି, ପଦ ବୋଲି ପଣସପତର ଠୁଙ୍ଗାରେ ଅରୁଆ ଚାଉଳ ଦିଇଟା ବାଡ଼ି ଦେବେ ? ଶହେ ଆଠ ସେର ଘିଅ ପୋଡ଼ା ହେବ। ସେଥିକି ପୁଣି ପାଠ ମାଲୁମ ଥିବା ଦରକାର ନା ନାହିଁ କହୁନୁ ଉଦ ? ସେଇଠୁ ଜମିଦାରଙ୍କ

ପୁରୋହିତ ମୋ' ନାଁ କହିଲେ। କହିଲେ, 'ଏକା ଚିନ୍ତାମଣି ପଣ୍ଡିତ ହେଲେ ଏ ପାଠକୁ ପାରିବେ। ସିଏ ଅଷ୍ଟାଦଶ ପୁରାଣ, ନବ ବ୍ୟାକରଣ, ଷଡ଼ ଉପନିଷଦ, ଚାରି ବେଦ, କର୍ମକାଣ୍ଡ ଆଉ ଜଗତ୍ରରେ ଯେତେ ଯାହା ବିଦ୍ୟା ଅଛି ସବୁ ଘୋଷି ପଣା କରି ପିଇଛନ୍ତି। ତାଙ୍କ ପାଖରୁ ଜାଣି ବିଦ୍ୟା ଘର ଶେଷ। ପୁରୀ ମୁକ୍ତି ମଣ୍ଡପ ପଣ୍ଡିତ ତାଙ୍କ ପାଖକୁ ପାଠ ବୁଝିବାକୁ ଆସନ୍ତି। କଟକରେ ସିଏ କାଶୀର ଦି'ଅଣ୍ଡା ପଣ୍ଡିତଙ୍କୁ ଜାଣି ନାଙ୍ଗୁର ଅଗରେ ବାନ୍ଧି ହଳ ବୁଲେଇ ଥିଲେ।' ସେଇଠୁ ଜମିଦାର ଜାମାଯୋଡ଼, କୁଣ୍ଡଳ ଦେଇ ମୋତେ ବରଣ କରି ନେବାକୁ ପାଲିଙ୍କି ପଠେଇଲେ। ବୁଝିଲୁ ଉଦ...."

ଉଦ ବରା ଭାରିଟା ଛାଣି ପାଚିଆରେ ରଖୁରଖ ପଚାରେ, "ନନା, ବରା ଦିଇଟା ଖାଇବ ?"

– "ଦଉନୁ, ପଚାରୁଚୁ କିଅଣ ? ରାତି ଛେନା ବରା ଥିଲେ ସେଇ ଗିନାରେ ଗଣ୍ଡାଛଅଟା ପକା। ଏ ଶଳା ବିରି ବରା ଆଉ ଦିହରେ ଯାଉନିରେ ଉଦ। ତୋ' ଶରଧା ଭାଙ୍ଗି ନ ପାରି ଖାଇ ଦେଉଛି ସିନା, ସଞ୍ଜ ବେଳକୁ ପେଟ ଭାରି ଫମ୍ପୋଉଛି। ବୁଝିଲୁ ନା ଉଦ; ବଅସ ବେଳେ ପାଏ ଖାଂଟି ଗୁଆ ଘିଅ ନ ହେଲେ ମୁଁ ଠାଆ ପାଖରେ ବସୁ ନ ଥିଲି।"

ବରା, ଛେନାବରା ଖାଇ ଚା' ପିଇଲା ବେଳକୁ ପଚାରିବ, "ଇରେ ସେଇ ବଇଷମ ଗଉଡ଼ କ୍ଷୀରରେ ମୋତେ ଚା' କରି ଦେଲୁ କିରେ ଉଦ ? ତତେ କେତେଥର କହିଲିଣି, ଦେବା କଥା ଯଦି ମତେ ଅମୁଲ ଚା' ଦେବୁ। ହଉ ହେଲା । ଏଥିରେ ଅମୁଲ ଦି' ଚାମଚ ପକା। ଏଗୁଡ଼ା ଶଳା ଗୋରୁ ମୂତ ପିଇଲା ଭଳିଆ ଲାଗୁଛି।"

ଇସ୍କୁଲ ଘର କେତେବେଲୁ ଗଲାଣି। ଖଣ୍ଡେ ବାଉଁଶ ଅଗରେ କନା ଗୁଡ଼େଇ କିଏ ଇସ୍କୁଲ ପିଣ୍ଡାରେ ଡେରି ଥୋଇଛି। ହେଲିକେପେଟରେ ରିଲିଫ ଆଣି ଆସିଲେ ଉପରକୁ ଟେକି ହଲେଇବ। କାହାର କୋଉ ଚିନ୍ତା ନା, ବଢ଼ିପାଣି ଗାଁରେ ନ ପଶୁଣୁ ଖଣ୍ଡିଆ, କରମକୋଢ଼ିଙ୍କର ରିଲିଫି ଚିନ୍ତା।

-୬-

ଗାଁରେ ତ କାଇଁ ଜଣେ ହେଲେ କାହାରି ଦେଖା ନାହିଁ। ଡାଟିକବାଟ କିଳି ସମସ୍ତେ କୁଆଡ଼େ ଶୂନ ଉଭାନ ହୋଇଗଲେ ନା କଅଣ? ଯୁଝେଷ୍ଟି ମାଷ୍ଟ୍ରଙ୍କ ଘର କୋଉ ପଟେ? ପାଣିରେ କଅଣ ଦିଗଭାଗ ବାରି ହେଉଛି?

- "ସମୁଦି?"

ଉଦ ଚାରିଆଡ଼କୁ ବୁଲି ଚାହିଁଲା। କିଏ କାହାକୁ ସମୁଦି ବୋଲି ଡାକୁଛି? ମାଇପି ଲୋକର ପାଟି ପରି ଶୁଭୁଛି ତ?

- "ମୁଁ ଏପଟେ ଡାକୁଛି ପରା!"

କିଏ କୁଆଡ଼େ କାହିଁ? କିଏ କାହାକୁ ଡାକୁଛି?

- "ମଲା, ଏପଟେ। ତେଣେ କୁଆଡ଼େ ଚାହୁଁଛ? ହେଇ ତମ ଡାହାଣ ପଟେ। ଆମ ଘର ଚିହ୍ନି ପାରୁନା? ହେଇ ଏ ପିଣ୍ଡା ଉପରେ।"

ଉଦର ମନେ ପଡ଼ିଲା, ତା' ସମୁଦି ବେଣୁ ସୋଇଁ ଘର ଏଇ ପାଖରେ କୋଉଠି। ସମୁଦି ଯାଇ ଆସାମ ପଟେ କୋଉ ଚା' ବାଗନାରେ ଚାକିରି କରେ। ଦୂର ବାଟ ବୋଲି ବର୍ଷେ ଦି' ବର୍ଷରେ ଥରେ ଅଧେ ଆସିବା କଷ୍ଟ। ଆସିଲେ ଯାଇ ଉଦ ଦୋକାନରେ। କହେ, 'ଗାଁରେ ଖାଲି ତୁଚ୍ଛା ରାଜନୀତି। ମାସେ ପନ୍ଦର ଦିନ ପାଇଁ ଗାଁକୁ ଆସିବା କଥା। ଅଯଥାରେ ସେ କାଦୁଅରେ କିଏ ପଶିବ? ଘରେ ସ୍ତ୍ରୀ ଲୋକଟା ବର୍ଷକ ଆଠକାଳି ବାରମାସି ଏକା। ଶଳେ ମୋ' ରାଗ ତା' ଉପରେ ଝଡ଼େଇବେ। ଏଇ ଦୋକାନ ବେଂଚ ଭଲ।' କାଂଚି ଶାଶୂଘର ଆତ୍ତୁ କୁଆତ୍ତୁ ହିସାବ କରି ସମୁଦି ବୋଲି ଡାକେ। ଆସିଲା ବେଳେ ତା' ପାଇଁ ଭଲ ଚା' ଦି'ଚାରି କିଲେ, କଲିକତି ଗୁଣ୍ଡି ଆଣେ। ଭାରି ଖୋଲାମେଲା ଲୋକଟା। ସିଏ ଗାଁରେ ଥିବା ଯାଏ ନିତି ରାତିରେ ଫିଷ୍ଟି। ଦିନେଦିନେ ଯୁଝେଷ୍ଟି ମାଷ୍ଟ୍ରେ ନହେଲେ ଶୁକୁଟା ଘାଟିଆ ବି ତାଙ୍କ ସାଙ୍ଗେ

ମିଶନ୍ତି । କୋଉ ଦିନ ଶଙ୍ଖିନୀ ନଈ ଚିଙ୍ଗୁଡ଼ି ତ କୋଉଦିନ ଦେଶୀ କୁକୁଡ଼ା । ଗଲା ଦିନ ଉଦ ତାକୁ ଗାଡ଼ି ଚଢ଼େଇ ଦେବାକୁ ବରପଡ଼ା ବଜାରଯାକେ ଯାଏ । ଅକଳିଆରେ ପଡ଼ି ତା' ସ୍ତ୍ରୀ ଡାକୁଛି କି ? ସମୁଦୁଣୀ ସହ ଉଦର ଅବଶ୍ୟ ବେଶୀ ଚିହ୍ନା ପରିଚ ନାହିଁ । ବରପଡ଼ା ବଜାରକୁ ଗଲା ବେଳେ ଥରେ ଦି'ଥର ଦୋକାନରେ ଅଟକି ଥିବ । ଉଦକୁ ସମୁଦି ଥରେ ଅଧେ ତା' ଘରକୁ ଡାକିଥିବ । ବେଣୁ ସୋଇଁ ଆସିଲେ ସମୁଦୁଣୀ ଘରେ ଭଲମନ୍ଦ କଲେ ତା' ପାଇଁ ପଠାଏ । ଉଦ ବି ଛେନା ବରା ଛାଣିଲେ ତାଙ୍କ ଘରେ ନିଜେ ନେଇ ଦେଇ ଆସେ । ଆଜି ଅକଳିଆରେ ପଡ଼ି ସେଇ ସମୁଦୁଣୀ ଡାକୁଛି କି ? ସେ ଡାହାଣ ପଟକୁ ବୁଲି ଚାହିଁଲା । ଉଚ ପିଣ୍ଡାରେ ଅଧା ଓଢ଼ଣା ଟାଣି ଠିଆ ହୋଇଛି ସମୁଦୁଣୀ ।

ପାଖକୁ ଗଲାରୁ କହିଲା, "ଘର ଭିତରେ ଏହେ ବଡ଼ ସାପ । ଚେକା ମାଡ଼ି ଶୋଇଛି । ତାକୁ ଦେଖିଲା ବେଳୁ ମୋ' ଦିହ ଖାଲି ବରଡ଼ା ପତର ଭଳିଆ ଥରୁଛି ।"

ଉଦ ଦୁଆର ମୁହଁକୁ ଯାଇ ଦେଖିଲା ସତକୁ ସତ ଦଶବାର ହାତ ଲମ୍ବାର ସାପଟାଏ ଚେକା ମାରି ଶୋଇଛି । ଛାଇ ପଡ଼ିବାରୁ ଫଣା ଟେକି ଫଁଫଁ ଗର୍ଜିଲା । ବୋପା ଲୋ; ଏଇଟା ତ ଅଜଗର କି ଅହିରାଜ ହେବ । ପାହାଡ଼ିଆ ସାପ । ବଢ଼ି ପାଣିରେ ଭାସି ଆସିଥିବ । ଉଦ ହାତରେ ବେକାଏ ମୋଟର ପାଂଚ ହାତି ବାଉଁଶ । ସେଥିରେ କୋଉ ସାପକୁ ବାଡ଼େଇ ହେବ ?

ସମୁଦୁଣୀ କହିଲା, "ଖାଲି ଦୁଆରଟା କେମିତି କୋଳପ ଦେଇ ହୁଅନ୍ତା କି ମୁଁ ତମ ସାଙ୍ଗରେ ଦୋକାନ ଘରକୁ ପଳାନ୍ତି । ଗାଁରେ ତ ଆଉ ବିଲେଇ ଛୁଆ ବକଟେ ବି ନାହାନ୍ତି । ମୋତେ ଭାରି ଡର ମାଡୁଛି ।"

ଉଦ କହିଲା, "ଗାଁ ରାସ୍ତାରେ ତ ପାଣି କୋଉଠି ଅଂଟାଏ ତ କୋଉଠି ବେକେ । ଫୁଟୁଖାଲିଆରେ ତ ଥଳ ପାଉନି । ସେଥରେ ପୁଣି ହାରାହାରି ସୁଅ ପଡ଼ିଛି । ତମକୁ ସାଙ୍ଗରେ ନେଇ ଯିବି କେମିତି ? ମଦନ ଘର ଗଲେ କୁଆଡ଼େ ?"

– "ତାଙ୍କର ସବୁ ଧୂନିଜଳା କୁଦକୁ ପଳେଇଲେ । ଗାଁ ଗୋଟାକ ତ ଯାଇ ସେଇଠି ।"

– "ତମେ ତାଙ୍କ ସାଙ୍ଗରେ ଗଲନି ?", ଉଦ ପଚାରିଲା ।

– "ମଦନ ହୁଲିପଟେ କୋଉଠୁ ଯୋଗାଡ଼ କରି ଆଣିଥିଲେ । ସେଥିରେ ଆଉ ଜାଗାଯୁଗତ ନ ଥିଲା । ତା' ଭାର୍ଯ୍ୟା କଥା ଜାଣୁନା ! ରୁଣ୍ଡେଇପୁଣ୍ଡେଇ ଗରା, ମାଠିଆଠାରୁ ଭାତହାଣ୍ଡି ଯାଏ ସବୁ ନଦିଲା । ଗଲା ବେଳକୁ ପୁଣି ବେଲଜ୍ୟା ମୁହଁରେ କହିଯାଉଛି- ଅପା ଟିକେ ଘର ଉପରେ ନଜର ରଖିଥିବ ।"

- "ମଦନା ତୁମକୁ ଡାକିଲାନି ?"

- "ମୋ' ସାଙ୍ଗରେ ତାଙ୍କର କ'ଣ ଦି ବର୍ଷ ହେଲାଣି କଥାଭାଷା ଅଛି ?"

- "ତା' ବୋଇଲେ...."

କଥାଟା ଉଦ ପାଟିରେ ଅଛି, ସାପଟା ଘର ଭିତରୁ ପଦାକୁ ବାହାରି ଦାଣ୍ଡ ପାହାଚ ପାଖରେ ଘଡ଼ିଏ ଅଟକି ଏଣେତେଣେ ଫଣା ବୁଲେଇ କ'ଣ ଖୋଜିଲା ଭଳିଆ ଚାହିଁଲା। କଥା ନହସରେ ଉଦ ଏ ଯାଏ ତା' ଉପରେ ନଜର ରଖି ପାରି ନଥିଲା। ସାପଟା କ'ଣ ମନ କଲା କେଜାଣି, ହୁଦସ୍ତ ପଦାକୁ ବାହାରିପଡ଼ି ପାଣି ଭିତରେ ସରସର ପହଁରି ସେପଟ ଚାକୁଣ୍ଡା ଗଛ ଉପରକୁ ଚଢ଼ିଗଲା।

- "ଯାଇଛି ଶଳା। ତମେ ଏଥର ଘର ଭିତରକୁ ଯାଆ।"

- "ଜମା.... ମୋତେ ବାଡ଼େଇ ପକେଇଲେ ତ ସେ ଘର ଭିତରକୁ ଯିବିନି। କାନ୍ଥ ଠଣାରେ କୋଲପଚାବି ଥୁଆ ହୋଇଛି। ତମେ ଦୁଆରେ କୋଲପ ପକେଇ ଦିଅ। ମୁଁ ତମ ସାଙ୍ଗରେ ଯିବି।"

- "ଡଙ୍ଗାଫଙ୍ଗା ତ କିଛି ପାଖରେ ନାହିଁ। ମୁଁ ତମକୁ ସାଙ୍ଗରେ ନେବି କେମିତି ?"

- "ନ ହେଲେ ବଢ଼ିପାଣି ଛାଡ଼ିବା ଯାଏ ଅଖିଆଅପିଆ ଏଇଠି ଠିଆ ହେବି ପଛେ, ଆଉ ସେ ଘର ଭିତରକୁ ନ ଯାଏ। ଚାକୁଣ୍ଡା ଗଛରୁ ଓହ୍ଲେଇ ପୁଣି ଯଦି କୋଉ ଛଟକରେ ଘରେ ପଶେ ? ରାତି ବିକାଳି ମୁଁ ଏକୁଟିଆ ମାଇପି ଲୋକ କରେ କଅଣ ? ପାଣି ତ ହୁ'ହୁ' ମାଡୁଛି। ଯଦି ରାତିରେ ଘର ଭିତରେ ପଶେ ?"

ଉଦ କହିଲା, "ସେ କଥା ସତ ଯେ, ତମେ ଦୋକାନ ଯାଏ ଏବେ ଯିବ କେମିତି ?"

କ'ଣ ଭାବି ଉଦ ପଚାରିଲା, "ଘରେ କଟୁରୀ ଅଛି ?"

- "ହଁ, ସେଇ ଦାଣ୍ଡଘର ଖଟ ତଳେ ଥୁଆ ହୋଇଛି। କଟୁରୀ କ'ଣ କରିବ ?"

ତା' କଥାର ଜବାବ ନ ଦେଇ ଉଦ ଘର ଭିତରୁ କଟୁରୀ ଆଣି ପଚାରିଲା, "ପଛପଟ କଦଳୀ ବାରି କାହାର ? ତମର ନା ମଦନା ଭାଗରେ ପଡ଼ିଛି ?"

- "ଡିହ ବାଡ଼ି କ'ଣ ବାଂଟକୁଂଟ ହେଲାଣି ? ଇଜିମାଇଲିରେ ଅଛି।"

ଉଦ ଆଠଟା କଦଳୀ ଗଛ କାଟି ପଚାରିଲା, "ଦଉଡ଼ି ନାହିଁ ?"

- "ଘର ଛାଆ ବେଳେ ନଡ଼ିଆ କତା ବଳିଥିଲା କ'ଣ। ଘର ଭାଡ଼ି ଉପରେ ଥୁଆ ହୋଇଛି। ଲୁଗାଶୁଖା ପ୍ଲାଷ୍ଟିକ ରସି ଦି'ଖଣ୍ଡ ବି ତାଆରି ପାଖରେ ଅଛି।"

- "ଜଲଦି ନେଇ ଆସ। ଆଉ ଟିକକୁ ଅନ୍ଧାର ମାଡ଼ି ଆସିବ।"

କୁହୁକୁହୁ ହେଇ ସମୁଦୁଣୀ ଡାକିଲା, "ତମେ ଟିକେ ମୋ' ସାଙ୍ଗରେ ଆସୁନା।"

ଘର ଭିତରୁ ନଡ଼ିଆ କତା, ପ୍ଲାଷ୍ଟିକ ରସି ସାଙ୍ଗରେ ଖଣ୍ଡେ ତାର ଆଣି ଭେଳା ତିଆରି କଲା ବେଳକୁ ଉଦ ଭାବିଲା, କଅଣ ଭାବି ସେ ଗାଁ ଭିତକୁ ଆସିଥିଲା ବୋଲି ସିନା। ନହେଲେ ରାତି ବିକାଳି ସ୍ତ୍ରୀ ଲୋକଟା ଏକୁଟିଆ ସତରେ କଅଣ କରି ଥାଆନ୍ତା ? ସମୁଦି ଶୁଣି ବି କଅଣ ନ ଭାବି ଥାଆନ୍ତା ! ଗଲାବେଳେ ଫି'ଥର ବରପଡ଼ା ବଜାରରେ ଗାଡ଼ିରେ ବସି, ଘର ଆଡ଼େ ଟିକେ ନଜର ରଖିବାକୁ ବାରୁବାରୁ କହିଯାଏ। ଦୋକାନ ଜଞ୍ଜାଳରେ ସେ ଆସି ପାରେନା ସିନା !

ଭେଳା ତିଆରି ସରିଲା ବେଳକୁ ସମୁଦୁଣୀ ଗୋଟେ ଛୋଟିଆ ହାତବାକ୍ସ ସାଙ୍ଗରେ, ଦି' ଚାରିଖଣ୍ଡ ଲୁଗାପଟା ଆଉ ଗୋଟେ ଟିଫିନି କେରିୟରରେ କ'ଣ ପୂରେଇ ଦୁଆରେ କୋଳପ ଲଗେଇ ପିଣ୍ଡାରେ ଠିଆ ହୋଇଥିଲା।

ଭେଳାରେ ଚଢ଼ି ଉଦ କହିଲା, "ଏ ବାଉଁଶଟା ଫୁଟୁଖାଲିଆରେ ପାଉଛି କି ନାହିଁ କେଜାଣି ? ହଉ ସେଠିକି ଗଲେ ଦେଖା ଯିବ। ବାଟ ଦି'ଖୋଜ ତ। ନହେଲେ ମୁଁ ପହଁରି ଟାଣି ନେଇ ଯିବି।"

ବାଟରେ ସମୁଦୁଣୀ କହିଲା, "ଇଲୋ ମୋ' ଟ୍ରଚଟା ଆଣିବାକୁ ଭୁଲିଗଲି।"

ଉଦ କହିଲା, "ଦୋକାନରେ ଦିଇଟା ଟ୍ରଚ ଅଛି। ସେଥିକୁ ବ୍ୟସ୍ତ ନାହିଁ ଯେ, ତମର ଗଦୀ ବିଛଣାରେ ଶୋଇବା ଅଭ୍ୟାସ। ମୋ' ପାଖରେ ତ ଖାଲି କନ୍ଥା ଦି' ଖଣ୍ଡ। ତମେ ରାତିରେ ଶୋଇବ କେମିତି କେଜାଣି ?"

- "ମଲା ତମ ଯୋଗୁ ଜୀବନ ବଂଚିଲା। ଆହୁରି ଗଦୀ ବିଛଣା ଖୋଜା ହେଉଛି ? ଧୁନୀଜଳା କୁଦରେ ଲୋକ ଛୁଆପିଲା ଧରି କି ନାଁକରା ଅବସ୍ଥା ହେଉଥିବେଟି ?"

- "ଶଳା ମଦନଟା କେଡ଼େ ବେଅକଲି ମ ! ଏତେ ବଡ଼ ବିପତ୍ତି ବେଳେ ମୁହଁକୁ ଚାହିଁଲାନି ?"

- "ତା' ଆପଣାସାର୍ଥିକା କଥା କ'ଣ ଆଜି ନୂଆ ଜାଣିଲ ? ସବୁଦିନେ ସେଟାର ସେଇ ଖୋଇ। ବେଳ ପଡ଼ିଲେ ନିଜ ଛୁଆ ମାଇପଙ୍କ ମୁହଁକୁ ଅନେଇବନି। ଆଉ ମୁଁ ତ ସହଜେ ଭଗାରୀ। ମୁଁ ମଲେ କି ଗଲେ ତା'ର କି ଯାଏ ?"

ଟିକେ ରହି କ'ଣ ମନେ ପଡିଲା ପରି ପଚାରିଲା, "ସେ ସାପ ଗଛରୁ ଓହ୍ଲେଇ ପୁଣି ଘରେ ପଶିବ କି ?"

କାତ ମାରୁମାରୁ ଅନ୍ୟମନସ୍କ ହୋଇ ଉଦ କହିଲା, "କେଜାଣି ?"

- "ମଲା, ଏମିତି ଦିହକୁ ନ ଲାଗିଲା ଭଳିଆ କ'ଣ କହୁଛ ମ ! ମୁଁ ପୁଣି ସେ ଘରେ ଏକୁଟିଆ ରାତି ବିକାଳି ଚଳେ କେମିତି ?"

- "ଘୋଡ଼ାଦଣ୍ଡା ଅରକ୍ଷିତ ଗୁଣିଆକୁ ସାପ ଧରା ପଦ ମାଲୁମ। ତାକୁ ଡାକିଲେ ଏମିତି ପଦ ବୋଲିବ ଯେ, ଯେତେ ବଡ଼ ସାପ ହେଉ, ଫଣା ନୁଆଇଁ କେମିତି ଆସି ପେଡ଼ୀରେ ପଶିବ ବୋଲି ବାଟ ପାଇବନି।"

ଫୁଟୁଖାଲିଆ ପାଖରେ ପହଂଚି ହଠାତ୍ ମନେ ପଡ଼ିଲା ପରି ଉଦ କହିଲା, "ଏହେ, ଭେଳା ତ ଥିଲା। ଯୁଝେଷ୍ଠି ମାଷ୍ଟ୍ରଙ୍କ ଘରୁ ଟିକେ ମୁହଁ ମାରି ଆସିଥିଲେ ହୋଇଥା'ନ୍ତା। ବୁଢ଼ାଟା କ'ଣ କରୁଥିବ କେଜାଣି ?'

ସମୁଦୁଣୀ କହିଲା, "ତାଙ୍କ ବୋହୂ ବାପଘର ବାଲା ପରା କଅଁଳ ଗାଧୁଆବେଳେ ଆସି ବଡ଼ ଡଙ୍ଗା ଧରି ପହଞ୍ଚିଥିଲେ। ତାଙ୍କର ସେଇଥିରେ ଗଲେ। ତାଙ୍କ ବୋହୂଟା ଭାରି ମୁହଁଖୋର। ବୁଢ଼ା ତା' ପାଖରେ କେମିତି ଚଳୁଛନ୍ତି କେଜାଣି ?"

ଉଦ ଭେଳାରୁ ଓହ୍ଲେଇ ପ୍ଲାଷ୍ଟିକ ରସି ବାନ୍ଧୁ ବାନ୍ଧୁ କହିଲା, "ନ ଚଳି ଆଉ ଚାରା କଅଣ ?"

-୭-

- "କାଲି ଏତେବେଳକୁ ଯୋଉ ମେଘ! ଯେମିତି ସରଗ ଛିଣ୍ଡି ପଡ଼ିବ କି!", କୋଇଲା ଆଞ୍ଚରେ ଭାତ ବସେଇ ଦେଇ ଗୋଡ଼ ଲମ୍ବେଇ ବସି କହିଲା କୁମ ସମୁଦୁଣୀ।

ଦୋକାନ ଆଗ ଓସାରିଆ ଦାଣ୍ଡରେ ଉଦ ଖଣ୍ଡେ ଦଉଡ଼ିଆ ଖଟିଆ ପକେଇ ବସି କୁମ ଦେଇଥିବା ଭଜା ମଣ୍ଡା ଚାରିଟା ଖାଉଥିଲା। ସେପାରି ବସନ୍ତରା ଗାଁ ଉପରେ କିଏ ଯେମିତି ହାଣ୍ଡି କଳା ନେସି ଦେଇଛି! ଆଲୁଅଫାଲୁଅ କାହିଁ କୋଉଠି କିଛି ଦିଶୁନି। ଗାଁ ଲୋକ ସବୁ ଗଲେ କୁଆଡ଼େ? ବଗଚରା ସେପଟ ଘେରି ବନ୍ଧ ଆଡ଼ିକି ପଳେଇଲେ କି?

କୁମ କହିଲା, "ଘରେ ପରିବାଗୁଡ଼ା ଥୁଆ ହୋଇଛି। ସବୁ ପଚିବ। ସାଙ୍ଗରେ ଆଣିବାକୁ ମନ ପଡ଼ିଲାନି। ତରକାରୀ କରିବି କଅଣ? ଭାତ କ'ଣ ତୁଚ୍ଛା ଖାଇବା?

ଉଦ କହିଲା, "ଭାତ ଗାଳି ତମେ ଖଟ ଉପରେ ଗଡ଼ପଡ଼ ହେଉଥା'। ପରିବାପତ୍ର କ'ଣ ପଡ଼ିଥିବ ମୁଁ ଦେଖୁଛି। ନ ହେଲେ ବାଡ଼ିରେ ବନ୍ତଳ କଦଳୀ ଅଛି। ଆଳୁ, ମୁଗଜାଇ ବି ଅଛି। ନଡ଼ିଆ ଗୋଟାଏ ଭାଙ୍ଗି କୋରି ପକେଇ ଦେଲେ ବଢ଼ିଆ ଡାଲମାଟାଏ ହେବ।"

- "ଏ ରାତି ଅନ୍ଧାରରେ ଆଉ ବାଡ଼ି ଭିତରକୁ କାହିଁକି ଯିବ? ବଢ଼ିପାଣିଆ ବେଳେ ବାର ଜନ୍ତୁଜନ୍ତା। ଆମ ଘରେ ଦେଖିଲନି? ସେଇ ଆଳୁ, ମୁଗଜାଇ ଡାଲମା କରି ଦେଉଛି। ସକାଳକୁ ଦେଖିବା।"

ଉଦ କହିଲା, "ଟ୍ରଚ ଅଛି ଡର କଅଣ? ଇଏ ବିଲମ୍ବନ ଋଷିଙ୍କ ଆଥାନ। ସେଗୁଡ଼ାଙ୍କୁ ଋଷିଙ୍କ ଶାପ୍ୟ ଅଛି। ସେମାନେ ଏ ଆଖପାଖ ମାଡ଼ିବେନି। ମାଡ଼ିଲେ ନିଆଁ ଲାଗିଲା ଭଳିଆ ଦିହ ଖାଲି ପୋଡ଼ିବ।"

– "ସତରେ? ମୁଁ ତ କାହିଁ ଏତେ ବର୍ଷ ହେଲାଣି ଏ ଗାଁକୁ ବୋହୂ ହୋଇ ଆସିଲେଣି, ଶୁଣିନି।"

– "ସେ ସବୁ ଗୁପତ ବିଦ୍ୟା। ପୋଥିରେ ଲେଖା ହୋଇ ବସନ୍ତରା ଗାଁ କେଉଟସାଇ ଗାଦୀରେ ପୂଜା ପାଉଛି। ତମେ, ଆମେ ଜାଣିବା କୁଆଡ୍ରୁ? ଗଞ୍ଜେଇ ଭୋଳରେ ଶୁକୁଟା ମୋତେ ଦିନେ କହି ଦେଲା ବୋଲି ସିନା! ନ ହେଲେ ମୁଁ ବା କେମିତି ଜାଣିଥା'ନ୍ତି?"

– "କୋଉ ଶୁକୁଟା? ଶୁକୁଟା ଘାଟିଆ? ଗଞ୍ଜେଇ ଟାଣିଟାଣି ସେଟା ଆଡ଼ବାୟା। ତାଆରି କଥାକୁ ତମେ ବିଶ୍ୱାସ କରୁଚ?"

– "ଆଡ଼ବାୟା ହେଲେ କଅଣ ହେବ? ଅସଲ ଗୁରୁଘର ପାଠ ତାକୁ ଜଣା। ବହୁତ ପୋଥି ପୁରାଣ ପଢ଼ି ସାଧିଛି।"

– "ତା' ମାଇପ ତ କହେ, ତା' ଆଖିକି ନ ହେବା କଥା ଦେଖାଯାଏ, କାନକୁ ନ ଥିବା କଥା ଶୁଣା ଯାଏ। ସିଏ ଏମିତି ସର୍ବସିଦ୍ଧ୍ୟା ବିଦ୍ୟା ଜାଣିଛି, ତମେ ତା' କଥାକୁ ପରତେ ଯାଉଛ?", କୁମ ହସିଲା।

– "ହେଃ, ତା ଭାର୍ଯା ମାଇପି ଲୋକ। ଚୁଡ଼ା କୁଟିକୁଟି ତା' ବେଳ ଯାଉଛି। ସେ ଏ ସବୁ ପାଠ ଜାଣିବ କେମିତି?"

– "ନାଇଁ ସିଏ ଜାଣିବ କୁଆଡ୍ରୁ? ତମେ ସବୁ ଜାଣିଛ। କାଇଁ, ସଞ୍ଜବେଳେ ତମକୁ ଗଞ୍ଜେଇ ଚିଲମ ହାବୁଡ଼ୋଉଛି କି?"

– "କ'ଣ କହୁଥିଲା ତା' ଭାର୍ଯା?"

– "ସିଏ କ'ଣ ଏକା? ସେ ବିଲୁଆମୁହାଁ କଥା ଏ ପାଂଚଖଣ୍ଡି ମଉଜାରେ କିଏ ନ ଜାଣେ? ବାହାଘର ପାଂଚସାତ ବରଷ ପରେ ପିଲାଛୁଆ ନ ହେବାରୁ ଖାଲି କହିଲା- 'ତୁ ରାତିରେ ଆଉ କୋଉ ପୁରୁଷକୁ ଆଣି ଘରେ ପୂରୋଉଛୁ। କାଲି ରାତିରେ ମୁଁ ତୋ' କାଚ ଝୁମୁଝୁମୁ ଶୁଣିଛି।' ଥବ ଥବ କହିବ- ହେଇ ତ ଘର ଭିତରୁ କିଏ ଗୋଟାଏ ବାହାରି ପଦାକୁ ପଳେଇଲା।"

ଉଦର ମନେ ପଡ଼ିଲା, କାଲି ରାତିରେ ବି ଶୁକୁଟା କହୁଥିଲା, ପଂଚକୂଳା ମାଇକିନିଆ କାଚ ଝୁମୁଝୁମୁ କଥା। ଉଲ ମାଷ୍ଟ୍ରାଣୀ କାଚ ଝୁମୁଝୁମୁ ବି କାଳେ ତା' କାନକୁ ଶୁଣା ଯାଇଥିଲା। ଶଳା ଗଞ୍ଜେଡ଼ ସତକୁ ସତ ବାଇଆଟା କି?

କୁମ କହିଲା, "ତା' ପୁଅ ଜଟିଆ ଜନମ ହେବା ଆଗରୁ ନିତି ଏମିତି ତେରିମେରୀ ଲଗେଇଲା ଯେ, ତା' ମାଇପ ଦିକିଦାରି ହୋଇ ଯାଇ ବାପଘରେ ଦି'

ବରଷ କାଳ ରହିଲା । ପୁଅ ଜନମ ହେଲା ପରେ ଯାଇ ମନ ବୁଝିଲା । ସେଇଠୁ ମାଇପକୁ ଘରକୁ ଆଣିଲା ।"

ଉଦ ଟର୍ଚ୍ଚ ଧରି ବାଡ଼ି ପଟକୁ କଦଳୀ ଆଣିବାକୁ ବାହାରିଲା । କୁମ କହିଲା, "ରହିଥା' ମୁଁ ତମ ସାଙ୍ଗର ଯିବି । ଟ୍ରଚ ଦେଖେଇବି । କେହି କୁଆଡ଼େ ନାହାନ୍ତି, ମତେ ଭାରି ଡର ଲାଗୁଛି ।"

ଉଦ କହିଲା, "ଚାରିଆଡ଼ ତ ଚିଲିକାମୟ । ଚୋରତସ୍କରଙ୍କ ଭୟ ନାହିଁ । ଡର କଅଣ ? ଅଯଥାରେ ତମେ ବାଡ଼ି ପଟକୁ କାହିଁକି ଯିବ ? ଗୁଗୁଚିଆ ଲାଗି ବେକାରଟାରେ ଲୁଗାପଟା ଖରାପ ହେବ ।"

– "ଚୋର ତସ୍କର ନ ଆସିଲେ କ'ଣ ହେଲା ? ରାତିରେ ଏମିତିକା ନିଛାଟିଆ ଜାଗାରେ କାଳବିକାଳ ବୁଲୁଥିବେ ।"

ଉଦ ଆଉ କିଛି ନକହି ଯିବାକୁ ବାହାରିଲା । ତା' ପଛେପଛେ କୁମ ।

– "ଇଲୋ ମା', ଏ ବାଡ଼ି ଏମିତି ଅରମା କରି ପକେଇଛ ? ଲୋକ ଲଗେଇ ଟିକେ ସଫାସଫି କରି ଦେଉନା ?"

ଉଦ କହିଲା, "ଦୋକାନ ଜଞ୍ଜାଳରେ ତ କେତେବେଳେ ବେଳ ମିଳୁନି । ବର୍ଷା ଏଇ କେଇ ଦିନ ହେଲା ଛାଡ଼ିଥିଲା । ବାଡ଼ି ସଫା କରିବାକୁ ତାଙ୍କ ଗାଁରୁ ଲୋକ ଆଣିବାକୁ ଶୁକୁଟାକୁ କହିଥିଲି । ଏ ଅଦିନିଆ ବଢ଼ି ତ ସବୁ ଅଯଥା ଝାମେଲା ଲଗେଇଲା ।"

– "ଗାଧୁଆବେଳୁ ତ ପାଣି ଆଉ ମାଡ଼ିଲା ପରି ଲାଗୁନି ।"

– "କେଜାଣି ! ଯୁଝେଷ୍ଟି ମାଷ୍ଟ୍ରେ ତ କହୁଥିଲେ, କାଲି ଆଡ଼କୁ ପୁଣି ପାଣି ମାଡ଼ିବ । ଦେଖାଯାଉ କ'ଣ ହେଉଛି !"

ଫେଣାଏ କଦଳୀ ଆଣି ଆସିଲା ବେଳେ ଉଦ କହିଲା, "ଭଲ ପାଟକପୁରା କଦଳୀ କାନ୍ଧିଏ ବି ପଡ଼ିଛି । ବନି ଆସିଲାଣି । ଏଇକ୍ଷିଣା କାଟିଲେ ଅଯଥା ନଷ୍ଟ । ଗରାଖ ଜୁଟିବେନି ।"

କୁମ କହିଲା, "ଥାଉ ସେମିତି ଗଛରେ । ବଢ଼ି ଛାଡ଼ିଲେ କାଟିବ ।"

ଦୋକାନ ପିଣ୍ଡାକୁ ଉଠି କୁମ ପଚାରିଲା, "ପନିକି କେଉଁଠି ଅଛି ?"

ଉଦ ଆଉ ଥରେ କହିଲା, "ତମେ ଯାଇ ଖଟ ଉପରେ ଟିକେ ଗଡ଼ପଡ଼ ହେଉନା । ମୁଁ ରୋଷେଇ କରି ଦେବିନି ? ଦିନେ ନାହିଁ କାଳେ ନାହିଁ, ଅକଳିରେ ପଡ଼ି ରାତିଟା ଆସିଛ ଯେ, ସେଥିରେ ରୋଷେଇ କରିବ ? ମୁଁ ପୁଣି ସବୁଦିନେ ରୋଷଇ କରେ ନା ନାହିଁ ?"

- "ମଲା ମୁଁ କ'ଣ କୁଣିଆ ? ମୁଁ ମାଇପିଟା ଥାଉଥାଉ ତୁମେ ପୁରୁଷ ଲୋକ କି ରୋଷେଇ କରିବ ? ଖାଲି ସମୁଦୁଣୀ ପାଖରେ ନଥିବାରୁ ସିନା ! ନ ହେଲେ ଏ କ'ଣ ପୁରୁଷ ପୁଅଙ୍କ କାମ ?"

ଉଦ ଘର ଭିତରୁ ପନିକି କାଢ଼ି ଆଣି ଦେଇ ଗୋଟାଏ ନଡ଼ିଆ ଭାଙ୍ଗି କୋରିଲା।

କୁମ କହିଲା, "ନଡ଼ିଆ ଯାହା ବଳୁଛି ରଖି ଦେଇଥା'। କାଲିକି ଭଜା ମଣ୍ଡା ଛାଣି ଦେବି। ଭଜାମଣ୍ଡା ଆଠ ଦିନ ରହିଲେ କିଛି ହେବନି। କେତେବେଳେ କେମିତି ମନ ହେଲେ ଖାଇବ।"

ଉଦ ପଚାରିଲା, "ଆଉ ସମୁଦି ଫୋନ କରିଥିଲେ ?"

- "କାଲି ସଞ୍ଜ ବେଳେ ଫୋଅନ କରି ବଢ଼ି ପାଣି କଥା ପଚାରୁଥିଲେ। କୋଉଠୁ ଶୁଣିଛନ୍ତି କି କଅଣ।"

- "ଟିଭି, ରେଡୁଅ ବାହାରିବା ଦିନୁ କୋଉ କଥା ଆଉ କାହାକୁ ଅଛପା ରହୁଛି ? ବରପଡ଼ା ବେପାରୀ ପରା ଟିଭି ଦେଖି ଜିନିଷପତ୍ର ଭାଉ ବଢ଼ୋଉଛନ୍ତି ନ ହେଲେ କମୋଉଛନ୍ତି।"

- "ଆଜି ସକାଳୁ ତ ଆଉ କାହିଁକି ଫୋଅନ ଲାଗୁନି", କହିଲା କୁମ।

ଉଦ କହିଲା, "ମୁଁ ବି ଆଜି ସକାଳୁ ପୁଅ ପାଖକୁ ଦି' ତିନି ଥର ଫୋନ ଲଗେଇଲି, ଜମା ଲାଗିଲାନି।"

- "ଫୋଅନ ଲାଇନି ଭିତରେ ବଢ଼ିପାଣି ପଶିଗଲା ନା କଅଣ ବା ?", କହି ଦେଇ କୁମ ପୁଣି ଥରେ ହସିଲା।

ଠୋ'ଠୋ' ହସି ଉଦ କହିଲା, "ଏ ପରା ବେଲାଇନିଆ ଫୋନ। ଏଥିରେ କ'ଣ ଲାଇନି ଲାଗିଛି ? ଯୁଝେଷ୍ଟି ମାଷ୍ଟ୍ରେ କହୁଥିଲେ, 'ଏ ଶଳା କାଳେ ଶୂନ୍ୟରେ ଖବର ନେବା ଆଣିବା କରେ।' ଆଜିକାଲି ମଣିଷ ବୁଦ୍ଧି ଖର୍ଚ୍ଚ କରି କି କି ଯନ୍ତ୍ର ତଇର ନ କରୁଛି !"

- "ମଣିଷ ଏତେ କଥା କାଢୁଛି ଆଉ ଏ ବଢ଼ିପାଣି ବନ୍ଦ କରିବାକୁ ଗୋଟେ ଯନ୍ତ୍ର କାଢୁନି ? ଆମେ ସବୁ ବାର ହୀନସ୍ତା ହେଉଛୁ। ଅବିକା କେଇ ଦିନ ପାଣି ପୂରେଇ ରଖିବ କିଏ ଜାଣେ ?"

ଉଦ କହିଲା, "ପୁନେଇ ଘଡ଼ି। ମୁହାଣମୁହଁ ଡିଲେଇଥିବ। ପାଣି କ'ଣ ସହଜେ ଛାଡ଼ିବ ?"

- "ସେଇ କଥା କହୁନା। ମୁଁ କହୁଛି ଗାଧୁଆ ବେଲୁ ପାଣି ସେମିତି ଥନ୍ତେଇ କରି ଅଛି କାହିଁକି ? ମୁଁ ବାରୁବାରୁ ମନା କରୁଛି। ରେଡୁଅ କହୁଚି, ବଢ଼ି ପାଣି

ଆସିବ। ସେ ଧରମଦଣ୍ଡା ବାଉରୀ ଦାସ କ'ଣ ମୋ' କଥା ଶୁଣିଲା ? ପାଂଚ ଗଉଣୀ ବିରି ନେଇ ଘଡ଼ିଆଳୀ ଚକରେ ବିଞ୍ଚିଦେଇ ଆସିଲା। ଏଇକ୍ଷିଣା ଘରେ ଆଉ ପୋଷେ ବିହନ ନାଇଁ।"

ଟିକେ ରହି ମନକୁ ମନ କହିଲା, "ନାଇଁ, ଏ ବରଷ ତା' ପାଖରୁ ଜମି ଛଡ଼େଇ ଆଉ କାହାକୁ ନ ଦେଲେ ନ ଚଳେ। ସେଟା ଭାରି ମନମୋଟିଆ ଧରିଲାଣି। ରଘୁତମ ଚକ ଧାନ ପାଚିଥିଲା। ମୁଁ କହୁଚି, ଜଲଦି କାଟି ଆଣ। ମୋ' କଥା କାନରେ ପୂରେଇଲାନି। ଏଇକ୍ଷିଣା ଖାଉଥା'। ତମ ସମୁଦିଙ୍କ ବୁଦ୍ଧି ସେମିତି। ଯିଏ ଟେକିଟାକି କରି ପଦେ କହିଦେଲା, ଗଲା ତ ଆଉ! ଗୋଟିପଣେ ତାଆର। ତିନି ବରଷ କି ବେଶୀ ହେଲାଣି, ମୁଁ ବାଉରୀଆ ପାଖରୁ ଜମି କାଢ଼ି ଆଣିବାକୁ କହୁଛି। ମୋ' କଥା ସିଏ କାଇଁକି ପାସଙ୍ଗରେ ପକେଇବାକୁ ଯିବେ ? ମୁଁ କେମିତି ସେ ଧରମଦଣ୍ଡା, ପୋଡ଼ାମୁହାଁ, ବାନ୍ଦର ସାଙ୍ଗରେ ଘାଂଟିଚକଟି ହୋଇ ମରୁଛି, ସେ କ'ଣ ରହୁଛନ୍ତି ନା ଜାଣୁଛନ୍ତି ?"

- "ସବୁ ଭାଗୁଆ ସେମିତି। ଶାହାସ୍ତ୍ର କହିଛି- ଆପେ ବଣିଜ, ପୁତେ ଚାଷ। ସମୁଦି ଯାଇ ଏତେ ଦୂରରେ। କ'ଣ ଆଉ କରାଯାଏ ?"

- "କାଇଁ ମୁଁ କହୁଛି, ସେ ଚାକିରି ଆମର ଦରକାର ନାହିଁ। ଖାଲି ହଡ଼ିମୁଣ୍ଡରେ ଜଗି ବସିଲେ, ଆମ ସମ୍ପତ୍ତି କିଏ ଖାଇବ ? ସେ ଚାକିରିରେ କି ରସ ପଶିଛି ଲୋ ମା' ରାଣୀ ? ସେଟା ତ କାଉଁରୀ କାମକ୍ଷା ରାଇଜ। ସେଠି କାଳେ ମାଇପେ ପୁରୁଷ ପୁଅଙ୍କୁ ଦିନରେ ମେଣ୍ଢା କରି ଲୁଚେଇ ରଖନ୍ତି। ରାତିକି ଭେଣ୍ଡା କରି ଭୋଗନ୍ତି। ସେମିତି କିଏ ଗୁଣିଗାରେଡ଼ି କରିଛି କି କଅଣ !"

- "ତମେ ସେମିତିକା ଦିଇଟା ମେଣ୍ଢା ପାଳୁନା। ଡବଲ ଭୋଗନ୍ତ। କାଳବିକାଳ ବି ତମକୁ ଆଉ ରାତିରେ ଡରାନ୍ତେନି !", କହିଦେଇ ଉଦ ହସିଲା।

କଥାଟା ତା' ଉପରକୁ ଏମିତି ଓଲଟି ପଡ଼ିବା ଦେଖି ଲାଜରା ହୋଇ କଥା ବାଁରେଇବାକୁ କୁମ କହିଲା, "ଏ ମାଛମଞ୍ଜି ଭଳିଆ ଗୋଲାଲୁ କେଉଁଠୁ ଆଣୁଛ ମ ସମୁଦି ? ତଇ ଲେଙ୍କା ଦୋକାନରେ ଖାଲି କାଠୁଆ ନାଲି ଆଳୁ। ଚୁଲିରେ ଓଳିଏ କାଳ ବସେଇଲେ ବି ଶିଝୁନି। ଏ ଆଳୁ ତ ବାମ୍ଫ ବୁଲୁବୁଲୁ ମାଛ ବିହନ ଭଳିଆ ଫିଟି ପଡ଼ିଲାଣି।"

- ଉଦ କହିଲା, "ଆଷାଢ଼ମାସିଆ ବଢ଼ି ହୋଇଥିଲେ ଅଲଗା ବାଳିଆ ମରିଥାଆନ୍ତେ। ଅଲଗା ବାଳିଆ ବିହନ ଭଜା ଖାଇଛ ?"

- "ହଁଅ ବା। ଏ ବର୍ଷ ମଦନ ଦିଇଟା ଏଡ଼େଏଡ଼େ ଅଲଗା ବାଳିଆ ମାରିଥିଲେ।

ମୋ' ପାଖକୁ ମାଛ ଦି' ଚାରିଖଣ୍ଡ, ବିହନ ଟିକେ ପଠେଇଥିଲେ। ତା' ମାଇପ ସେଥିପାଇଁ ପଛରେ କମି ଉଘେଇଛି ?"

- "ସେଟା ମଣିଷ ନୁହେଁ କି ?"

- "ତମେ ତା' କଥା ଜାଣିନା ସମୁଦି। ସେଟା କଥା ଶୁଣିଲେ ଋଷି ଜଟା ଛିଣ୍ଡେଇ ମରିବେ। ଖାଲି ମୋ' ଭଳିଆ ଲୋକ ବୋଲି ସହି ସମ୍ଭାଳି ମୁହଁ ମାଡ଼ି ପଡ଼ିଛି। କ'ଣ କରିବି ? ମୋ' ହାମସାରୀ ତ ଯାଇ ବିଦେଶରେ ପର ଘରେ ମୁଣ୍ଡ ବିକିଛି। ମୋର ତ କର୍ମ ଅସରଣ ପଡ଼ିଛି। ନ ସହି ଯିବି କୁଆଡ଼େ ? ମୁଁ କୋଉ କାଳରୁ ଲଗେଇଛି, ରଙ୍ଗିଟିଆ ଡିହରେ ମାଟି ପକେଇ ଉଠିଯିବା। ମୁଁ ସେ ସବାଖାଇ, କଳିହୁଡ଼ୀ ମୁହଁ ଚାହିଁବିନି। ମୋ' କଥା ଶୁଣିଲେ ତ ?"

ଡାଲମା ହାଣ୍ଡି ତଳକୁ ଓହ୍ଲେଇ କୁମ ପଚାରିଲା, "ଚିଙ୍ଗୁଡ଼ି ଭଜା କୋଉଠି ରଖିଥିଲ ବୋଲି କହୁଥିଲ। କୋଉଠି ରଖିଛ କହୁନା। ମୁଁ ଆଣି ଆଉ ଟିକେ କଡ଼େଇରେ ପକେଇ ଦିଏ। ଖାଲି ଡାଲମା ଲଗେଇ କେମିତି ଖାଇବ ?"

ଉଦ କହିଲା, "ସେଇ ଭିତରପଟ ଶିକାରେ ତାଟିଆ ଘୋଡ଼ା ହୋଇ ଥୁଆ ହୋଇଛି। ରାତିରେ ଆଉ କାହିଁକି ଏତେ ନୋ' ନଅଟ ହେଉଛ ? ସେମିତି ଖାଇ ଦେଲେ ହେବନି ?"

- "ମଲା, ନୋ' ନଅଟ କ'ଣ ବା ? ଘରେ ଥିଲେ କ'ଣ ନାହିରେ ତେଲ ଦେଇ ଶୋଇ ଥାଆନ୍ତି ?"

କୁମ ଚିଙ୍ଗୁଡ଼ି ଆଣିବାକୁ ଭିତରକୁ ପଳେଇଲା।

ଖାଇପିଇ ସାରି କୁମ ପଛ ପଟେ ବାସନ ଧୋଇଲା ବେଳେ ଡାକ ପକେଇଲା, "ଟ୍ରଚ ଆଣି ଟିକେ ଚଂଚଳ ଆସିଲ ସମୁଦି।"

ଉଦ ପହଂଚିଲା ବେଳକୁ କୁମ ବାସନ ଛାଡ଼ି ଠିଆ ହୋଇ ଗୋଟିପଣେ ଥରୁଛି।

- "କ'ଣ ହେଲା ?" , ପଚାରିଲା ଉଦ।

ଭୟରେ କିଛି କହି ନ ପାରି କୁମ ଅନ୍ଧାର ଆଡ଼କୁ ଠାରି ଦେଲା। ଅନ୍ଧାର ଭିତରେ ପୁରୁଷେ ଉଂଚର କଳା ଧୁମୂଷା ହୋଇ କ'ଣ ଗୋଟାଏ ଠିଆ ହୋଇଥିଲା। ତା' ଦିହସାରା ରୁମ ସାଲୁବାଲୁ। ଉଦ ଟର୍ଚ୍ଚ ପକେଇ ଦେବା କ୍ଷଣି ସେ ଅନ୍ଧାରରେ ଦି' ଖେପା ମାରି ପାଣି ଭିତରକୁ ଡେଇଁ ପଡିଲା। ଚମକି ପଡ଼ି ଉଦ କହିଲା, "ରାମରାମ।"

କୁମ ଛାତିକୁ ଥୁକଲ ପକେଇ ବାସନଗୁଡ଼ା ଚଂଚଳ ଧୋଇବାରେ ଲାଗିଲା। ବସିବାକୁ ତା'ର ବୋଧେ ଆଉ ସାହସ ପାଉ ନଥିଲା। ନଇଁ ପଡ଼ି ବାସନତକ ବିଛୁଳେଇ

ପକେଇ ସେ କେମିତି ଦୋକାନ ପିଣ୍ଡାରେ ପହଂଚିବ, ତାକୁ ତର ସହୁ ନଥିଲା। ଘରେ ଭିତରେ ବାସନ ରଖିବାକୁ ଯିବା ଆଗରୁ ଦୁଆର ମୁହଁରେ ଠିଆ ହୋଇ ସେ କହିଲା, "ଟିକେ ଟ୍ରଚ ପକୋଉନା।"

ଘର ଭିତରେ ଗୋଟେ ଡିବି ଆଉ ପିଣ୍ଡାରେ ଲଣ୍ଠଣଟି ଜଳୁଥିଲା।

ତା' ହାତରୁ ବାସନତକ ନେଇ ଉଦ ଘର ଭିତର ରଖି ଆସି କହିଲା, "ସତରେ ତୁମେ ଡରିଗଲନା ? ମୁଁ ମନା କରୁଛି, ବାସନ ଥାଉ, ସକାଳୁ ଧୁଆ ହେବ।"

କୁମ କହିଲା, "ଲକ୍ଷ୍ମୀ ଦୋକାନରେ ଅଇଁଠା ବାସନ ରାତି ସାରା ଥୁଆ ହୋଇ ଥାଅନ୍ତା ? ସେଥିରେ ପୁଣି ଆଇଁଷ ଖିଆ ହେଇଚି। ଭାରି ଭଲ କଥା। କହୁଥିଲ ! ମୁଁ କେମିତି ଜାଣିବି, ସେ ବାଡ଼ିପଡ଼ା ମୋ' ପଛରେ ଗୋଡ଼େଇଗୋଡ଼େଇ ଏତେ ବାଟ ଆସିଚି ?"

- "କିଏ ?", ବୁଝି ନ ପାରି ଆଶ୍ଚର୍ଯ୍ୟରେ ଉଦ ପଚାରିଲା।

- "କିଏ ବୋଲି ଆହୁରି ପଚାରୁଚ ? ସେଇ ଅକାଳମଉତିଆ ବିଘିନା ପରା !"

- "ବିଘିନା ? କୋଉ ବିଘିନା ? ବିଘିନା ଲେଙ୍କା ? ସିଏ ପରା ଦି' ବର୍ଷ ହେଲାଣି ମଲାଣି !"

- "ମଲେ କ'ଣ ମଣିଷର ଗୁହଖିଆ ଖୋଇ ତୁଟି ଯାଉଛି ? ଯୋଗଣୀଖିଆ ଜୀଅନ୍ତାରେ ଯେମିତି, ମଲେ ବି ସେମିତି। ଦିଇ ଦିଇଟା ମାଇକିନିଆ ବାହା ହୋଇ ଗାତପଶା ଖୋଇ ମେଣ୍ଟିଲାନି, ଆହୁରି ପର ମାଇକିନିଆଙ୍କୁ କଟାସ ଭଳିଆ ଗଳି ପଶି ଚାହିଁବ।"

- "ସତରେ ?"

- "ସତରେ ନୁହଁ କ'ଣ, ଆଉ ମିଛରେ ? ଆଡ଼ି ଗଡ଼ିଆ ସେପଟେ ତା' ଘର। ଯେମିତି ମୁଁ ତୁଠକୁ ଗଡ଼ିବି, କୋଉ ଛଟକରେ ସେ ହଇଜାପଶା ଲୁଚିଛପି ଅନେଇବ। ସେ ଯୋଗଣୀଖିଆ ଚିଲାଖିଆ ଆଖି ଦିଇଟା କେମିତି ତମ୍ଭାଟିଆ ଦେଖିନା ? ଆଖି ନୁହଁ ତ, ଯେମିତି ଦିଇଟା ମୁନିଆ ଛୁଞ୍ଚି। ଦିହରେ ଗଳିଯିବ କି ଆଉ ? ସେ ନଈଶୁଆ ଯୋଉ ଦିନ ରସି ଦେଇ ମଲା, ମୁଁ କହିଲି- ଯା' ହେଉ ଗୋଟା କଣ୍ଟା ଗଲା। ମୋ' ମନ କାହିଁ ଟିକେ ଦୁଃଖିତ ହେବାକୁ ଯାଉଥିଲା ? ହେଲେ ମଲା ମାସେ ଦି' ମାସ ଯାଇଛି କି ନାଇଁ, କେତେ ରୂପଭେକ ବଦଳେଇ ଆସି ଠିଆ ହେବ। କୋଉ ଦିନ କଳାକିଟିକିଟି ଭୂଆଁ ବିଲେଇ ତ ଆଉ କୋଉ ଦିନ କଟାସ। ଦିନେ ଦିନେ ଗାଧେଇ ଗଲା ବେଳକୁ ମାଟିଆ ଚିଲ ହେଇ ଆକାଶରେ ଚକର ମାରୁଥିବ। ଆଉ କୋଉ ଦିନ ହନୁ ମାଙ୍କଡ଼ ରୂପ ହୋଇ ଗଛ ଉପରେ ବସି ଘୁମୁରୁ ଥିବ।"

– "ସେଇଠୁ ?"

– "ସେଇଠୁ ଆଉ କଅଣ ? ଗଡ଼ିଆକୁ ଗାଧୋଇ ଯିବା ଅଭ୍ୟାସ ଛାଡ଼ିଲି। ଦୁଆରେ କୂଅରୁ ପାଣି ଆଣି ଖାଲି ସେଇ ବାଡ଼ିପଡ଼ା ପେଇଁ ଟେକା ପାଣିରେ ଗାଧେଇଲି। ତେଣିକି ବୟାରୀଖିଆ ଆସି ମୋ' ଶୋଇବା ଘରେ ପଶିଲା। କୋଉ ଦିନ ବିଲେଇ ହେଇ ତ ଆଉ କୋଉଦିନ ଚେମଣିଆ ହେଇ। ଦିହରୁ ମୁଣ୍ଡରୁ ଟିକେ ଲୁଗା ଖସିଲେ, ଯୋଗଣୀଖୀଆ କିଛି ନ ହେଲେ ଝିଟିପିଟି ହୋଇ କାନ୍ଥରେ ଚଢ଼ି ମିଟିମିଟି ଅନେଇଥିବ। ନ ହେଲେ ଅସରପା ହେଇ ଦିହରେ ଚଢ଼ି ସଲସଲ କରିବ। ହାଃ, ଡଙ୍କୁଣୀଖିଆ, ତୋ' ଅଇଁଠା ପତରଚଟା କୁକୁର ପରକୁତି। ସେଇ କୁତୁରିପିଆ ଯୋଗଣୀଖିଆ ଆଜି ସାପ ଛିଦ୍ରମରେ ଆସିଥିଲା କି କଅଣ ? ନହେଲେ ଦେଖୁନା, ଫଣା ତୋଳି କେମିତି ମୋ' ଆଡ଼କୁ ଢଳିଢଳି ଅନୋଉଥିଲା ! ଆଗରେ ପାଇଲେ ସତେ ଅବା ଦଂଶି ଦେବକି ! ଏତେବେଳ ଯାଏ ଥିଲାଥିଲା, ଯେମିତି ତମକୁ ଦେଖିଚି, ଚାକୁଣ୍ଡା ଗଛ ଉପରକୁ ହୁଦସ୍ତ ଚଢ଼ିଯିବାକୁ କେମିତି ଝାଡ଼ାପଶାକୁ ତର ସହିଲାନି !'

– "ଗୋଟା ଡେଉଁରିଆ ଫେଉଁରିଆ ଆଣି ଅଂଟାରେ ବାନ୍ଧୁନା ?"

– "ଚିନ୍ତେଇ ତିଆଡ଼ୀ ପଣ୍ଡିତକୁ ସେଇଥି ପେଇଁ ଦିନେ ଯିବାକୁ ଖବର ପଠେଇଥିଲି। ସେଟା ଆର ପୋଡ଼ାମୁହାଁ। ବୁଢ଼ା ଖୋକଡ଼ ଉପରକୁ ସିନା ନାମାବଲୀ ପକେଇ ରାମାନନ୍ଦୀ ଚିତା କାଟି ବୁଲୁଛି। ନହେଲେ ବିଘିନା ଲେଙ୍କା ଖୋଇଠୁଁ ସେଟା ଖୋଇ ଆହୁରି ହୀନ। ହଇଜାଖିଆ ଏମିତି ବେଲଜ୍ୟା ପୂଜା ବିଧି ବତେଇଲା, ଶୁଣିଲେ ତମେ କାନରେ ହାତ ଦେବ। ବିଘିନା ଲେଙ୍କା ତ ଦଉଡ଼ି ଲଗେଇ ମଲା। ଏଟା ଠେଇଁ ଜୀଅନ୍ତାରେ ପୋକ ପଡ଼ିବେ। ଯୋଗଣୀଖିଆ ବାହ୍ମଣ ହେଇଚି ନା ....", କହୁକହୁ କୁମ ଜିଭ କାମୁଡ଼ି ପକେଇ କହିଲା, "ଛିଃ, ତମେ ମତେ କଅଣ ଭାବୁଥିବ ଟି ସମୁଦି ? ସେ ଦି'ଟା ଅଇଁଠା ପତରଚଟା କୁକୁରଙ୍କ କଥା ପଡ଼ିଲେ ମୋ' ପାଟିରେ ହାଡ଼ଗୋଡ଼ ରୁହେନା।"

ଉଦ କହିଲା, "ଦେବତାଙ୍କଠେଇଁ ବି ସେମିତି ଧରମଛଡ଼ା ଖୋଇ ଥାଏ। ମଣିଷକୁ କି ଦୋଷ ଦେବା ? ତାଆର ତ ରକତମାଉଁସ ଦିହ। ମୁଁ ସଞ୍ଜବେଳେ କହୁ ନଥିଲି। ତମେ ସିନା ବିଶ୍ୱାସ ଗଲନି।"

କୁମ ପଚାରିଲା, "କଅଣ କହୁନା। ଆଜି ରାତିରେ ମତେ କ'ଣ ଆଉ ନିଦ ହେବ ? ଆଖିପତା ଲାଗିଲେ ତ ସେ ବାଡ଼ିପଶା, ଦନ୍ତାଘାତିଆ କୋଉ ଛଟକରେ ଆସି ରଜଘଷ ହୋଇ ପାଖରେ ଠିଆ ହେବ।"

ଉଦ କହିଲା, "ବିଲମ୍ୱନ ରଷିଙ୍କ କଥା କହୁ ନଥିଲି ? ସେ ତ ସିଧା

ହେମାଳୟରୁ ତପସ୍ୟା ସାରି ଆସିଥା'ନ୍ତି। ଆଶ୍ରମ କରିବେ ବୋଲି ଜାଗା ଖୋଜୁଥା'ନ୍ତି। ବୁଲିବୁଲି ଆସି ଏଇଠି ପହଂଚିଲେ। ଶଙ୍ଖିନୀ-ଚିତ୍ରିଣୀ ନଈ ମଝିରେ ଏ ଜାଗା ଖଣ୍ଡକ ତାଙ୍କ ମନକୁ ଭାରି ପାଇଲା। ଯାହା ବା ପାଇ ନଥା'ନ୍ତା ତାଙ୍କ ଭାରିଯା କହିଲା, 'କେମନ୍ତ କାଚକେନ୍ଦୁ ନିରିମଳ ପାଣି ଦେଖୁଛ? ଆଖି ପାଇବା ଯାଏ ଏହେ ଓସାର ନଈ ବାଲି ପଡ଼ିଛି। ମନ ଇଚ୍ଛା, ନଈ ବାଲିରେ ଖେଳୁଥା' ବୁଲଥା' କି ନଈରେ ପଶି ଗାଧୋଉଥା'। କେହି ଦେଖିବାକୁ କି କହିବାକୁ ନ ଥିବେ।' ସେତେବେଳକୁ ତ ଏଠି ଅଝାଡ଼ଝାଡ଼ ଜଙ୍ଗଲ। ଫଳମୂଳ ଯାହାକୁ ଯେତେ। ବିଲମ୍ବନ ଋଷି ସେଉଠୁ ଏଠି ଆଶ୍ରମ ଥାପନା କରି ରହିଲେ। ଧୂନୀଜଳା କୁଦରେ ଯାଇ ଧୂନୀ ଜାଳି ଜାଗ ଯଜ୍ଞ କରନ୍ତି। ଏଣେ ତାଙ୍କ ଭାରିଯା ନଈ ବାଲିରେ ଖେଳେ। ପବନ ନଈବାଲିରେ ଖଣ୍ଡିଆଭୂତ ହୋଇ ଚକା ଭଉଁରୀ ଖେଳେ। ଇଏ ତା' ପଛରେ ବାଇ ହେଇ ଗୋଡ଼ାଏ। ଦିହରୁ ମୁଣ୍ଡରୁ ଲୁଗା ଖସି ଅଦଭୁତ ନଙ୍ଗଳା ମୁକୁଳା। ଗୋଡ଼େଇଗୋଡ଼େଇ ହାଲିଆ ହେଲେ ଶଙ୍ଖିନୀ ନଈ ପାଣିରେ ପଶି ଗାଧାଏ। ଏଣେ ଗୋଟା ଗନ୍ଧ୍ରବ ଏଇବାଟେ ସବୁବେଳେ ତା' ରଥରେ ବସି ଉଡ଼ିଉଡ଼ି ଯାଏ। ଦିନେ ତା' ଆଖି ଋଷିଙ୍କ ଭାରିଯା ଉପରେ ଯେମିତି ପଡ଼ିଛି ଧରିଲା ଗୋଟେ ମାଛ ବେଶ। ପାଣିରେ ଏପଟସେପଟ ପହଁରି ଋଷି ଭାରିଯା ରୂପ ଯଉବନ ଦେଖିଲା। ତା' ଦିହରେ ରଜଘଷ ହୋଇ ମନ ଓରମାନା ମେଣ୍ଟେଇଲା। ଋଷି ଭାରିଯା ତ ଭାବିଥାଏ ମାଛ। ତା' ଉପରକୁ ପାଣି ଛାଟି ମନ ଖୁସିରେ ଖେଳୁଥାଏ। ଗନ୍ଧ୍ରବ ମନ ତ ଲାଗିଛି। ନିତି ଆସେ। କୋଉଦିନ କୁମ୍ଭୀର ବେଶରେ ତ କୋଉ ଦିନ କଇଁଛ ବେଶରେ। କୋଉଦିନ ମଗର ବେଶରେ ତ ଆଉ କୋଉଦିନ ସାଙ୍କୁଚ ବେଶରେ। ଦିନେ ଗୋଟା ସାପ ରୂପ ଧରି ଆସିଥିଲା ତ ପଡ଼ିଲା ଋଷିଙ୍କ ହାବୁଡ଼େ। ବିଲମ୍ବନ ଋଷି ଯେମିତି କୋପ ଆଖିରେ ଅନେଇ ଦେଇଛନ୍ତି, ପାଉଁଶ ମୁଠାଏ ହୋଇ ତାଙ୍କ ପାଦ ତଳେ ଝଡ଼ି ପଡ଼ିଲା। ତେଣେ ଘରକୁ ନ ଫେରିବାରୁ ଗନ୍ଧ୍ରବ ଭାରିଯା ମନକୁ ପାପ ଛୁଇଁଲା। ସେ ତ ଏଇଟା ଖୋଇ ଜାଣେ। ଖୋଜୋଖୋଜି ଆସି ପହଞ୍ଚିଲା ଏଠି। ପଡ଼ିଲା, ଋଷିଙ୍କ ଗୋଡ଼ ଧରି ଯେ, ଆଉ ନଛାଡ଼େ। ବହୁତ କାନ୍ଦିଲା, ବୋବେଇଲାରୁ ଋଷିଙ୍କ ମନ ଟଳିଲା। ସେତେବେଳକୁ ପାଉଁଶରୁ ଅଧେ ନଈକୂଳିଆ ପବନ କୁଆଡ଼େ ଉଡ଼େଇ ନେଇ ଚକା ଭଉଁରୀ ଖେଳି ସାରିଲାଣି। ଯେତିକି ଥିଲା, ସେଇୟାକୁ ଗୋଟେଇ ପୋଟେଇ ଋଷି ଜୀବନ୍ୟାସ ଦେଲେ। ହେଲେ ଶାପ୍ୟ ଦେଲେ, 'ଯା' ରେ ଚଣ୍ଡାଳ, ଯୋଉଯୋଉ ଜୀବ ବେଶ ଧରି ଏ ପାପକାମ କରୁଥିଲୁ, ସେହି ସେହି ଜୀବ ଆଉ ମୋ' ଆଥାନ ଚାରିକତି ପଶି ପାରିବେନି। ଶଙ୍ଖିନୀ ନଈରେ କାହାକୁ କୋଉଦିନ କୁମ୍ଭୀର ଖାଇବା ଶୁଣିଛ?"

– "ତା' ହେଲେ ନଈରେ ମାଛ ପୁଣି ଆସୁଛନ୍ତି କୁଆଡୁ ?"

– "ବସନ୍ତରା କେଉଟସାଇଆ ପରା ବିଲମ୍ୱନ ଋଷିଙ୍କ ଶିଷ୍ୟ। ସେମାନେ କହିଲେ- 'ମାଛ ନ ଧରିଲେ ଆମେ ଚଳିବୁ କେମିତି ?', ଋଷି ସେଇଠୁ ମାଛ ଜାତିକି ସେ ଶାପ୍ୟରୁ ମୁକାଳିଲେ।'

କୁମ ପଚାରିଲା, "ସେ ଗନ୍ଧ୍ରବ ନାଁ କ'ଣ ? ବିଘିନା ?", କହି ଦେଇ କିରି କିରି ହସିଲା।

ଉଦ କହିଲା, "ଯା', ଘର ଭିତରେ ଶୋଇବ ଯା'। ରାତି ଆସି କେତେ ହେଲାଣି। ଆଉ ହାତେ, ଦେଢ଼ ହାତେ ପାଣି ମାଡ଼ିଲେ କାଲି ଶୋଇବାକୁ ବସିବାକୁ ବାସଠାବ ମିଳିବନି। ମୁଁ ତ ଏଇ ଦାଣ୍ଡରେ ଖଟିଆ ପକେଇ ଶୋଇଛି। ଡର କ'ଣ ? ବିଘିନା କୋଉ ବାଟେ ପଶିବ ?"

କୁମ କହିଲା, "ଆର ଖଟିଆଟା କାଢ଼ି ଆଣି ମୁଁ ଏଇ ଦାଣ୍ଡରେ ପକେଇ ଶୋଇଲେ ହୁଅନ୍ତା। ଗପୁଗପୁ ତେଣିକି ଯେତେବେଳେ ପଛକେ ଆଖିକି ନିଦ ଆସୁଛି ଆସୁ।"

– "ହେଃ, ଘରଦୁଆର ନଥିଲା ଭଳିଆ ଦାଣ୍ଡରେ ଗୋଟେ ଶୋଇବ କଅଣ ମ ? ସମୁଦି ଆସି ଶୁଣିଲେ ମତେ କଅଣ ମଣିଷ ବୋଲି କହିବେ ?"

– "ତମେ ଏ ପିଣ୍ଡାରେ ଖଟିଆ ପକେଇ ଶୋଉନା।"

– "ହେଲା। ତମେ ଶୋଇବ ଯା'। ମୁଁ ସେଇ ପିଣ୍ଡାକୁ ମୋ' ଖଟିଆ ଟେକି ନେଉଛି। ଏତେ ଡରରେ ବାବା ! ଏକୁଟିଆ ଘରେ ଚଳ କେମିତି କେଜାଣି ?"

ଘର ଭିତରୁ କୁମ କହିଲା, "ଆର ପଟ ଖଞ୍ଜାରେ ମଦନା ଭାର୍ଯା ରାତି ଅଧ ଯାଏ ଏପଟ ସେପଟ ହେଉଥାଏ। ତା'ର ଗୋଟା କି ଖୋଇ କେଜାଣି, ପାହାନ୍ତା ଯାଏ ତା' ଆଖିକି ନିଦ ଆସେନା। ସକାଳେ ପିଲା ଇସ୍କୁଲକ ଯିବା ଯାଏ ତା ପହଡ଼ ଭାଙ୍ଗେନା। ସେ ଛୁଆଙ୍କୁ ବି ଆରେଇ ଗଲାଣି। ଅଧେ ଦିନ ଉପାସରେ ଯାଆନ୍ତି। ମଦନା ତ ତା' ତୋଡ଼ ଆଗରେ ମୂଷା। ସିଏ କହିବେ କଅଣ ?"

ଲଣ୍ଠଣଟାକୁ କମେଇ ଦେଇ ଖଟ ତଳେ ଥୋଇ କୁମ ଖଟ ଉପରେ ବିଛଣା ପାରିଲା। ଉଦ ଗୁଡ଼ାଖୁ ଟିକେ ଧରି ପଦାରେ ଏପଟ ସେପଟ ହେଲା। ପାଣି ଆଉ ମାଡ଼ିଲା ପରି ଜଣା ପଡୁନି। ଏଣେତେଣେ ହୋଇ ଆଜି ସେ ରେଡୁଅ ବି ଶୁଣି ପାରିଲାନି। ବଢ଼ିପାଣି ଖବର କଅଣ କହୁଚି ଜଣା ପଡ଼ିଲାନି। ହୀରାକୁଦ ବନ୍ଧବାଲା ଆଉ କେଇଟା ଗେଏଟ ଖୋଲିଲେ କି କ'ଣ ? ସେଠି କେଢ଼େ କେଢ଼େ ଗେଏଟ ଲାଗିଛି କି ? ବରପଡ଼ା ଇସ୍କୁଲ୍ ବଡ଼ ଗେଏଟ ଭଳିଆ ନା ତା'ଠାରୁ ଆହୁରି ବଡ଼ ? ମୋଟେ ପାଂଚଟା

ଗେଏଟରେ ଏତେ ପାଣି? ଆମ ତଳି ଅଂଚଳ ଆସି ଭାସି ଯିବାକୁ ବସିଲାଣି। ସେଠି ସମୁଦା କେଇଟା ଗେଏଟ? ଆଉ ରେଡୁଅ ଏ ଯୋଉ ଘଡ଼ିକିଘଡ଼ି କୁଇସେକ କୁଇସେକ ହେଉଛି, ସେଇଟା ପୁଣି କି ଦ୍ରବ୍ୟ? ଯୁଝେଷ୍ଟି ମାଷ୍ଟ୍ରଙ୍କ ଭଳିଆ ପଢ଼ାଶୁଣା କରିଥିଲେ ସିନା ଜାଣିଥା'ନ୍ତା! କାଲି ମାଷ୍ଟ୍ରେ ଆସନ୍ତୁ ପଚାରି ବୁଝିବ। ମାଷ୍ଟ୍ରେ ଗାଁରେ ଅଛନ୍ତି ନା, ବୋହୂ ସାଙ୍ଗରେ ତା' ବାପ ଘରକୁ ପଳେଇଲେ? ଗାଁରେ ଥିଲେ ତ ଯେମିତି ହେଉ ନିଶ୍ଚେ ଥରେ ସଞ୍ଜ ବେଳକୁ ଆସିଥାଆନ୍ତେ। ବୋହୂ ସାଙ୍ଗରେ ଯାଇଥିଲେ ବି କାଲି ଛାଡ଼ି ପଅରିଦନ ଆସିବାକୁ ତଅର ସହିବନି। ବୁଢା କ'ଣ ପରଘରେ ଏତେ ଦିନ ଥୟଧରି ରହି ପାରିବ?

ଆକାଶରୁ ମେଘ କୁଆଡ଼େ ଶୂନ ଉଭାନ ହୋଇ ଗଲାଣି। ଜହ୍ନିଫୁଲ ଭଳିଆ ଜହ୍ନ ପଡ଼ିଛି। ଏ ବର୍ଷ କୁଆଁର ପୁନେଇ ସଞ୍ଜ ବେଳକୁ ମେଘ ଘୋଡ଼ାଘୋଡ଼ା କଲା। ଜହ୍ନ ନା ଫନ! ଶଳା ଏବକୁ ସବୁ ପାଠ ଓଲଟା ଫଳୁଚି। 'ସୂରଜ ତନୟା ଉଜାଣି ବହିବ'.... ହେଃ ଅବିକା ପାଟିରେ ବସା ବାନ୍ଧିଲେ ରାତି ସାରା ଜିଭ ଅଗରେ ଗୁରେଇତୁରେଇ ହେଉଥିବ। ଆଉ ନିଦ ହେବନି।

ସମୁଦୁଣୀକି ନିଦ ହେଉନି କି? ଦିନିକିଆ ଜାଗା। ଜାଗା ବାରୁଥିବ। ବନ୍ଧୁବାନ୍ଧବ ଘରକୁ ଗଲେ ତାକୁ ବି ନିଦ ହୁଏନା। ଚୁପ୍ ହୋଇ ଶୋଉନି? ଏମିତି କାଚ ଝୁମୁଝୁମୁ କରୁଛି କାହିଁକି? ସେ ଶଳା ଶୁକୁଟା ଆଚ୍ଛା କାଚ ଝୁମୁଝୁମୁ କଥା ମୁଣ୍ଡରେ ପୂରେଇଲା। ତାଆରି ଭଳିଆ କାନକୁ କାଚ ଝୁମୁଝୁମୁ ଶୁଭି ଯାଉଛି। ଏଣେ ପଛେ ବଢ଼ିପାଣି ପଶି ତଂଟିଆଣି ହେଲାଣି। ଯୁଝେଷ୍ଟି ମାଷ୍ଟ୍ରେ ଗଲେ କୁଆଡ଼େ? ସମୁଦୁଣୀକି ଦେଖି ତାଙ୍କ କଥା ପାଶୋରି ଗଲା। ନହେଲେ ଗାଁ ଭିତରକୁ ଏତେ କଷ୍ଟ କରି ଯାଇଥିଲା, ତାଙ୍କ ଘରୁ ମୁହଁ ମାରି ଆସିଥିଲେ ହୋଇ ନ ଥାଆନ୍ତା? ଏ ଶଳା ଗୋଟା ଆଚ୍ଛା ଅଡୁଆ ଜୁଟିଲା। ଢୋକି ହେବନ କି କାଢ଼ି ହେବନି। ଘରେ ଏକୁଟିଆ ଛାଡ଼ି ଦେଇ ଆସିଥିଲେ ସମୁଦି ଶୁଣି କ'ଣ ଭାବିଥାଆନ୍ତା? ଏଇକ୍ଷିଣା ଏଠି କିଏ କୁଆଡ଼େ ନଥିଲା ବେଳକୁ ଦୋକାନରେ ତା' ପାଖରେ ରହୁଛି ଶୁଣି ବି ଲୋକେ କ'ଣ ଭାବିବେ?

ଶଳା ଶୁକୁଟାଟା ବି ଏ ପାରିକି ଆଜି ଆଉ ଘାଟ ଘେନି ଆସିଲାନି। ନହେଲେ ତାକୁ ଜୋର୍ କରି ଅଟକେଇ ଥାଆନ୍ତା। ଆଡ଼ବାଇଆ ଥରେ ଗପିବା ଆରମ୍ଭ କଲେ ରାତି ପୋହି ଦେବ। ବେଳ କେମିତି ଯାଇଥାଆନ୍ତା, ଜମା ଜଣା ପଡ଼ି ନଥାନ୍ତା।

ରାତ ଅଧରେ ଏମିତି ଦୁମୁଦୁମୁ କଅଣ ଶୁଭୁଛି?

ଘର ଭିତରୁ କୁମ ଡାକିଲା, "ସମୁଦି?"

ଉଦ କିଛି ଜବାବ ନଦେଇ ଟିକେ ଘାଲି ପାରି ଦେଲା।

କୁମ୍ ଆଉ ଥରେ ସମୁଦି ଡାକିଲା ବେଳକୁ ଅତଡ଼ା ଖସିଲା ଭଳିଆ ଭୁସ୍ କରି କ'ଣ ଗୋଟାଏ ପଡ଼ି ପାଣି ଯେମିତି ଦି' ଭାଗ ହୋଇଗଲା। ଗାଁ ଭିତରୁ କୁକୁରଟାଏ କେଉଁଠି ଭୁକି ଉଠିଲା। ପ୍ରଥମେ ଡରିଗଲା ପରି ଭାଉ..ଭାଉ ତା' ପରେ କାହା ପଛରେ ଗୋଡ଼େଇଲା ପରି ଭୋ..ଭୋ ଏବଂ ଶେଷକୁ ମଡ଼ାକାନ୍ଦଣା ପରି ସ୍ୱର ଲମ୍ବେଇ ଭୋ..ଓ.. ଓ.. ଓ..। ରାତିର ବଡ଼ି ଦଲଦଲ ଛାତି ଚମକି ଉଠି ଯେମିତି ଥରିବାରେ ଲାଗିଲା। ବାଡ଼ିପଟ ପିଜୁଳି ଗଛ ଉପରୁ ବାଦୁଡ଼ି କେତେଟା ସାଏଁ କରି ଉଡ଼ି ନଈ ସେପାରିକୁ ଛୁଟି ପଳେଇଲେ । ବରଗଛ କୋରଡ଼ରୁ ପେଚାଟା କୁନ୍ଥେଇଲା ପରି ହୁଁଃ, ହୁଁଃ କୁହାଟିଲା। ଗାଁ ଭିତରୁ ନିଶ୍ଚେ ଖସିଲା ଗୋଟାଏ ମୁଣ୍ଡ।

କିଏ ? କିଏ ଗଲା କାନ୍ଥ ତଳେ ? ମନକୁ ମନ ପଚାରିଲା ଉଦ ?

ଗୋଟାଏ କୁଦାରେ ଘର ଭିତରୁ ବାହାରି କୁମ୍ ସେତେବେଳକୁ ତା' ପାଖରେ ଠିଆ ହୋଇ କଦଳୀପତର ଭଳିଆ ଥରୁଛି।

'କାହା କାନ୍ଥ ପଡ଼ିଲା ?'

ନିଜକୁ, କୁମ୍‌କୁ କି ବଡ଼ିପାଣିଆ ରାତିର ମହଲଣ ପଡ଼ି ଆସୁଥିବା ଜହ୍ନ ଆଲୁଅକୁ କଥାଟା ପଚାରିଲା, ଉଦ ବୁଝି ପାରିଲାନି। ନା, ସେ କାହାକୁ କିଛି ମୋଟେ ପଚାରି ନଥିଲା ? ତାକୁ ଲାଗୁଥିଲା, ବଡ଼ିପାଣି ବ୍ରହ୍ମଦୈତ୍ୟ ପରି ବରଗଛ ଛାଇରେ ଛପି ଠିଆ ହୋଇଛି। ଆଖି ବୁଜି ଦେଲେ ଟଂଟିଆ ମାରି ଦୁହିଁଙ୍କୁ ବଡ଼ିପାଣି ଭିତରକୁ ପେଲି ଦେଇ ମଜା ଦେଖିବ।

କେହି କାହାକୁ କିଛି କହିପାରୁ ନଥିଲେ। ଏମିତିକି ଉଦ କୁମ୍‌କୁ ବସିବାକୁ ବି କହି ପାରୁ ନଥିଲା।

ବହୁ ସମୟ ପରେ କୁମ୍ ପଚାରିଲା, "ଦେଖିଲ ତ ?", ତା' ସ୍ୱର ଭୟରେ ଥରୁଥିଲା।

ଉଦ ପଚାରିଲା, "କଅଣ ?"

– "କିଛି ଜାଣି ପାରିଲନି ?"

ଉଦ କିଛି ନ କହିବାରୁ କୁମ୍ କହିଲା, "ସେଇ ଯୋଗଣୀଖିଆ ବିଘିନା ଲେଙ୍କା ପରା ! ବରଗଛ ଡାଳରେ ବସିଥିଲା କି କଅଣ ! କେମିତି ଦୁମ୍ କରି ପାଣିକୁ ଡେଇଁଲା ଶୁଣିନା ?"

ଉଦ ଏଥର ବି କ'ଣ କହିବ, ବୁଝି ପାରିଲାନି।

-୮-

ପାହାନ୍ତା ବେଳକୁ ଚିତ୍ରିଣୀ ନଈ ଆରପାରିରୁ ହୋ ହୋ ଶୁଭିଲା। ତା' ସାଙ୍ଗକୁ ଖୋଳ, କରତାଳ, ହରିବୋଲ, ହୁଳୁହୁଳି। କୁମ ଚାହିଁଲା ଉଦ ମୁହଁକୁ। ଉଦ କହିଲା, "ଅନ୍ଧାରୁଆ ଘାଇ ଭାଙ୍ଗିଲା କି କଅଣ? ଅନ୍ଧାରୁଆ ଘାଇ ଭାଙ୍ଗିଲେ ଘୋଡ଼ାଶାଳ ପାଖରୁ ଓସ୍ତିଆ ଯାଏ, ଗାଁ ଲୋକଙ୍କ ଘର ଉପରେ ଡଙ୍ଗା ଚାଲିଯିବ। ଲୋକ ଘାଇ ମୁହଁରେ ବାଲିବସ୍ତା ପକେଇ ରାତି ସାରା ଜଗି ବସିଥିବେ। ସେଇସବୁ ଏମିତି ହୋ'ହାଲ୍ଲା କରୁଥିବେ।"

କୁମ କହିଲା, "ଡେଣୁଆରେ ମୋ' ମାମୁ ଘର। ମାମୁ ତ ଯାଇ ଭୋବନିଶର୍‌ରେ। ଘରେ ଅଜା, ଆଈ କ'ଣ କରୁଥିବେ? ଆଈବୁଢ଼ୀ ପୁଣି ସହଜେ ଅନ୍ଧାରକାଣୀ। ଅଜା କାନକୁ ଦଶ ବର୍ଷ ହେଲା ଶୁଭୁନି। ବଢ଼ି ପାଣି ଖବର ପାଇ ମାମୁ ଆସିଥିବେ କି କଅଣ? ଏ ବଢ଼ି ପାଣି କି ହୀନସ୍ତା ନ କରୁଛି?"

ଉଦ କହିଲା, "ସମସ୍ତେ ତ ଏକା ଡଙ୍ଗାରେ ବସିଛେ। ତା' ବରାଦ କଅଣ ସେଇ ଜାଣେ।"

କୁମ କହିଲା, "ତମେ ଆଂଚ ଲଗେଇ ଦିଅ। ମୁଁ ଚା' ବସେଇବି। ପାଣି ଆହୁରି ମାଡ଼ିଲା ଭଳିଆ ଜଣା ପଡୁଛି। ବେଳାବେଳି ରୋଷେଇ ସାରି ଦେବା।"

ଉଦ କହିଲା, "ନାଇଁ ମ; ପାଣି ମାଡୁଥିଲେ ଏତେବେଳକୁ ବାଡ଼ି ଭିତରେ ଚରଚରା ପାଣି ପଶନ୍ତାଣି। ତମକୁ ସେମିତି ଜଣା ପଡୁଛି।"

- "ତମେ ଯୋଉ କଥା କୁହ, ସଞ୍ଜବେଳେ ତାଳ ଗଛ ମୂଳକୁ କ'ଣ ପାଣି ଲାଗିଥିଲା? ଦେଖନି, ସେଠି ଆଣ୍ଠିଏ କି ବେଶୀ ପାଣି ହେଲାଣି।"

ଆଂଚ ଲଗେଇ ଉଦ କହିଲା, "ତମେ ରୋଷେଇ ବସେଇ ଥା'। ମୁଁ ଯାଇ ଭେଳାରେ ଗାଁ ଭିତରୁ ଟିକେ ବୁଲି ଆସେ। ଯୁଝେଷ୍ଟି ମାଷ୍ଟ୍ରଙ୍କ ଖବର ନ ଜାଣିଲା ଯାଏ

ମନଟା ଗୁରେଇପୁରେଇ ହେଉଥିବ। ତମେ ସିନା କହୁଛ, ସିଏ ଯେମିତିଆ ଲୋକ ବୋହୂ ସାଙ୍ଗରେ ତା' ବାପ ଘରକୁ କେବେ ଯାଇ ନଥିବେ।"

ଚା' ବସେଇ ଦେଇ କୁମ ପଚାରିଲା, "ଏମିତି ପାଣି କଳ ଚାଲିଲା ଭଳିଆ କଅଣ ଶୁଭୁଛି ?"

ନଈ କୂଳରୁ ବୁଲି ଆସି ଉଦ କହିଲା, "ଲଅଁଚରେ କିଏ ବାବୁ ଭାଇଆ ବଢ଼ି ପାଣି ଖବର ଜାଣିବାକୁ ଆସୁଛନ୍ତ କି କଅଣ! ଲଅଁଚ ଆସି ବାରୁଣିଆ ବାଙ୍କରେ ହେଲାଣି। କାଲି ତରତରରେ କଦଳୀ ଭେଳାଟା ଫୁଟୁଖାଲିଆରେ ରଅଠଅ କରି ଖଟେଇ ଦେଇ ଆସିଥିଲି। ଅଛିକି କୁଆଡ଼େ ଭାସି ଗଲାଣି ଟିକେ ଅନେଇ ଦେଇ ଆସେ।"

କୁମ ଚା' ଛାଣିଲା ବେଳକୁ ବନ୍ଧ ସେପଟରୁ ଫେରି ଉଦ କହିଲା, "ବୁଝିଲ ସମଦୁଣୀ, କଦଳୀ ଭେଳା ତ ବନ୍ଧା ହେଇଚି, ତା' ପାଖରେ ଗୋଟାଏ ହୁଲି ଡଙ୍ଗା କୋଇଠୁ ଭାସି ଆସି ଲାଗିଛି। ଆଡ଼ି ବନ୍ଧରେ ଲାଗି ନ ଥିଲେ ଫକୀରାବର ଆଡ଼କୁ ପଛୁଆଣି ସୁଅରେ ଭାସି ପଳେଇ ଥାଆନ୍ତା।"

କୁମ କ'ଣ କହିଲା ଲଂଚ୍ ଶବ୍ଦରେ ଶୁଭିଲାନି। ଲଂଚ୍ କୂଳରେ ଲାଗିବାରୁ ବାବୁଆଲିଆ ଦି' ଜଣ ଲୋକ ଓହ୍ଲେଇ ପଡ଼ି ଉଦକୁ ପଚାରିଲେ, "ଗୋଜାକଣ ଘାଇ ଖବର କ'ଣ ଶୁଣିଛ କି ?"

ଉଦ କହିଲା, "ବଢ଼ି ପାଣିରେ ଲୋକବାକଙ୍କ ଗତାଗତ ତ ନାହିଁ। ଖବର ଜଣା ପଡ଼ିବ କୁଆଡୁ? ଗୋଜାକଣ ଘାଇ ଏଠୁ ସାତକୋଶରୁ ବେଶୀ ବାଟ। ସେପଟ ଲୋକଙ୍କର ଏ ପଟେ ଚଳପ୍ରଚଳ ନ ଥାଏ।"

ଜଣେ ପଚାରିଲା, "ଚା' ଅଛି ?"

କୁମ ଆଡ଼େ ଚାହିଁ ଉଦ କହଲା, "ନାଲି ଚା'।"

ବାବୁ ଜଣକ କହିଲେ, "କାଲି ରାତି ଅଧରୁ ପାଣି ଟୋପା ତ ମିଳୁନି। ନାଲି ଚା' ବଡ଼ କଥା। ଏ ବେଳେ ଦୁଧ, ଚିନି ଖୋଜୁଛି କିଏ ?"

କୁମ ଆଉଥରେ କେଟିଲ୍‌ରେ ଚା' ବସେଇଲା। ଆର ବାବୁ ଜଣକ କହିଲେ, "ସେପଟ ନିଧୋୟାବାଲା ପାରା ପକେଇ ଗୋଜାବନ୍ଧ ଘାଇ ଭାଙ୍ଗି ଦେବେ ବୋଲି ରାତିରେ ଜଗିଥିଲେ। ଜୀବନ ବିକଳେ ଏ ବେଳା କିଏ କଅଣ କରିବ କୋଉ ଠିକଣା ଅଛି ? ଗୋଜାକଣ ଘାଇ ଭାଙ୍ଗିଲେ ଘେରି ତଳ ତିରିଶ, ଚାଳିଶଖଣ୍ଡ ଗାଁର ନାଁ ଗନ୍ଧ ରହିବନି।"

ଆଗ ବାବୁଟି କହିଲା, "ଏ ଜାଗାଟା ଭଲ ହୋଇଛି। ଏଇଠି ରିଲଫ୍ କ୍ୟାମ୍ପ୍ ପକେଇଲେ ଭଲ ହୁଅନ୍ତା। ଏଠୁ ରନ୍ଧାବଢ଼ା କରି ଏ ଆଖପାଖ ପାଂଚ ଦଶଖଣ୍ଡ ଗାଁକୁ ସମ୍ଭାଳି ହୁଅନ୍ତା।"

– "ପାଣି ଯେମିତି ମାଡୁଛି, ସଞ୍ଜ ବେଳକୁ ଏ ଜାଗା ରହୁଛି କି ନାହିଁ କିଏ ଜାଣେ!"

ଉଦ କହିଲା, "ବିଲମ୍ବନ ଋଷିଙ୍କ ଆଥାନ ଏ। ଏ ଜାଗା ବୁଡ଼ିଲେ ସୃଷ୍ଟି ରହିବ? ଫକୀରାବର, ଅନ୍ଧାରୁଆ, ଗୋଜାକଣ ସବୁ ବନ୍ଧ ବୁଡ଼ି ଡଙ୍ଗା ଚାଲିବ ପଛେ, ଆ ଉପରକୁ ପାଣି ନ ଉଠେ। ବିଲମ୍ବନ ଋଷିଙ୍କ ଶାପ୍ୟ ଅଛି।"

– "ଗାଧୁଆ ବେଳେ ତମର ଏଠି ଦି'ତିନିଜଣଙ୍କ ପାଇଁ ଖାଇବା ବ୍ୟବସ୍ଥା ହୋଇ ପାରିବ?", ଜଣେ ପଚାରିଲା।

ଉଦ ପଚାରିଲା, "ଭାତ ଡାଲମା ହେଲେ ଚଳିବ?"

– "ସେତିକ କେମିତି ଭାଗ୍ୟରୁ ମିଳିବ କୁହ। ଆମେ ତ ଭାବିଥିଲୁ, ଆଜି ଦିନଟା ପୁଣି ଉପାସରେ କଟିବ। ଖବରଅନ୍ତର ନେଇ ବରପଡ଼ା ବଜାରରେ ପହଂଚିଲା ବେଳକୁ ରାତି ଅଧ। ସେଠୁ ପୁଣି କଂଟ୍ରୋଲ୍ ରୁମ୍‌କୁ ଖବର ପଠେଇ ସାରିଲା ବେଳକୁ ରାତି ପାହିବ। ଫେରିଲା ବେଳକୁ ପୁଣି ଓଲଟା ସୁଅ। ଏ ଶଙ୍ଖିନୀ ନଈରେ ପୁଣି ଯୋଉ ସୁଅରେ ବାବା!"

'ସୂରଯ ତନୟା ଉଜାଣି ବହିବ'.... , ରହବେ ଶଳା। ବାବୁଭୂୟାଁ ଦି ଜଣ କେତେ ହୀନସ୍ତା ହୋଇ ଭୋକ ଉପାସରେ ଦିନ ନାହିଁ, ରାତି ନାହିଁ ବୁଲୁଛନ୍ତି, ଆର ଆଉ କିଛି ଧନ୍ଦା ନାହିଁ। କାଲି ଗାଧୁଆବେଳୁ ରାହା ଧରିଛି, ସୂରଜ ତନୟା, ସୂରଜ ତନୟା....।'

ଏଠି ରିଲିଫ୍ କେଏଂ ପକାନ୍ତେ କି! କିଛି ନ ହେଲେ, ଛୁଆପିଲାଙ୍କୁ ଧରି ଭୋକ ବିକଳରେ ଧୂନୀଜଳା କୁଦରେ ପଡ଼ିଥିବା ଲୋକଙ୍କ ମୁହଁରେ ଆହାର ମୁଠାଏ ଦେଇ ହୁଅନ୍ତା ତ!

ଜଣେ ବାବୁ କହିଲେ, "ଆମ ପାଇଁ ଗଣ୍ଡେ ରୋଷେଇବାସ କରି ରଖିଥିବ। ଗୋଜାକଣ ଘାଇ ପାଖରୁ ଫେରିଲା ବେଳକୁ ଏଇଠି ଗଣ୍ଡେ ଖାଇ ଦେଇ ଯିବୁ। ପଇସାପତ୍ର କଥା ଚିନ୍ତା କରିବନି। ଫେରିଲା ବେଳକୁ ତୁଟେଇ ଦେଇ ଯିବୁ।"

ଉଦ କହିଲା, "ପଇସାପତ୍ର କଥା କିଏ ଭାବୁଛି? ତମେ ଆପଣ ଦିନ ନାଇଁ ରାତି ନାଇଁ ଆମ ପାଇଁ ଜୀବନକୁ ପାଣି ଛଡ଼େଇ ବୁଲୁଛ। ଇଏ କ'ଣ କମି ବଡ଼ କଥା!"

ଟିକେ ରହି ପଚାରିଲା, "ବରପଡ଼ା ବଜାରରେ ପାଣି ପଶିଲାଣି?"

– "କାଲି ସଞ୍ଜ ବେଳକୁ ତ ପଶି ନ ଥିଲା। ପଅରି ଦିନ ସଞ୍ଜ ବେଳେ ହୀରାକୁଦ ବାଲା ଆଉ ପାଞ୍ଚଟା ଗେଟ୍ ଖୋଲିଥିଲେ। ସେ ପାଣି ପହଂଚିଥିଲେ ବଜାର ଉପରେ ଆଣ୍ଠିଏ କି ପେଟେ ପାଣି ଚାଲିବନି।"

- "ତହସିଲ ଅଫିସ୍ ଆଗ ବୁଡ଼ି ସାରିଥିବ?"

- "କେଜାଣି?", କହିଦେଇ ଲୋକଟି ଲଂଚ୍ ପାଖକୁ ଫେରିଗଲା।

- "ସେଠି ତମର କୋଉ ବନ୍ଧୁ ବାନ୍ଧବଙ୍କ ଘର କି?", ପଚାରିଲା ଆର ଜଣକ।

ଉଦ ସେ କଥାର କି ଜବାବ ଦେବ? ବରପଡ଼ା ବଜାର ତହସିଲ ଆଗ ନା' ଚାଳିଆ ଦୋକାନରେ କାଂଚିବୋଉ ସହ ବିତିଥିବା ସୁଖଦୁଃଖର, ବଅସ ଥିବା ବେଳର ସଞ୍ଜ ସକାଳ ସବୁ! ଏ ସରକାରୀ ବାବୁ ସେଥିରୁ କ'ଣ ବୁଝିବେ?

ଲଂଚ୍ ବସନ୍ତରା ଗାଁ ବାଙ୍କ ବୁଲାଣିରେ ଅଦୃଶ୍ୟ ହେବା ପର୍ଯ୍ୟନ୍ତ ସେ ଉଦାସ ଆଖିରେ ଶଙ୍ଖିନୀ ନଈର ପ୍ରଖର ସୁଅକୁ ଚାହିଁ ରହିଥିଲା।

ପଛରୁ କୁମ ଡାକିଲା, "ସମୁଦି; ତମେ ଗାଁ ଭିତରକୁ ଯିବା କଥା କହୁଥିଲ ପରା! ମୁଁ ବି ତମ ସାଙ୍ଗରେ ଟିକେ ଯାଇ ଘର ଆଡୁ ମୁହଁ ମାରି ଆସନ୍ତି। ଶିକାରେ ଦିଇଟା ପାଚିଲା କଖାରୁ ଥୁଆ ହୋଇଛି। ପରିବାପତର ବି ଅଛି। ଆଣିଲେ କାମରେ ଲାଗନ୍ତା। ବଢ଼ି ଅବିକା କେଇ ଦିନ ପୂରେଇ ରଖିବ କିଏ ଜାଣେ?"

- ତମେ ସେ ଲୋକ ତିନି ଜଣଙ୍କ ପାଇଁ ରୋଷେଇ ବସେଇବନି କି?'

- ମଲା, ଗୋଜାକଣ ଘାଇ କ'ଣ ଆଖରେ ପାଖରେ ହେଇଚି? ସେମାନେ ଫେରୁଫେରୁ ଛାଇ ଲେଉଟିବ। ଫେରି ଆସି ରୋଷେଇ ବସେଇ ଦେଲେ ଏମିତି କେତେ ବେଳ ଲାଗିବ? ଭାତ, ଡାଲମା ଟିକେ ଫୁଟେଇ ଦେବା କଥା ତ।'

ଉଦ କହିଲା, "ହଉ ଚାଲ। ଅଯଥାରେ ଆଂଚଟା ଲଗେଇଲି। ପରେ ରୋଷେଇ କରିବା କଥା ଜାଣିଥିଲେ, ଉଠା ଚୁଲିରେ ଚା' ବସେଇଥିଲେ ଚଳି ଥାଆନ୍ତା।"

– ୯ –

ଖଟ ଉପରେ ଆଉ ଗୋଟା ଖଟ ପକେଇ ତା' ଉପରେ ଗୋଟେ ବଡ଼ କାଠ ବାକ୍ସ ରଖି ବସିଥିଲେ ଯୁଝେଷ୍ଟି ମାଷ୍ଟ୍ରେ। ବାକ୍ସ ଉପରେ କିରୋସିନି ଷ୍ଟୋଭ୍ ଆଉ ଚା' ଡେକ୍‌ଚୀ। ଗୋଟାଏ ପାଖକୁ ଅଧାଖିଆ ବିସ୍କୁଟ୍ ପାକେଟ୍। ବାଉଁଶ ସିଡ଼ି ଖଣ୍ଡେ ମୁଣ୍ଡ ଉପର ଆଟୁ ଦୁଆର ମୁହଁକୁ ଡେରା ହୋଇଛି। ତଳ ଖଟଟା ବୁଡ଼ିବାକୁ ବସିଲାଣି।

ଉଦକୁ ଦେଖି ଯୁଝେଷ୍ଟି ମାଷ୍ଟ୍ରଙ୍କ ଆଖି ଛଳଛଳ ହୋଇଗଲା। ସେ ପଚାରିଲେ, "ତମେ ଆସିଛ ସାହୁପୁଅ ? ଏମିତିକା ବଢ଼ି ବେଳରେ ଏ ବୁଢ଼ାଟା ମଲା କି ଗଲା ଖବର ନେବାକୁ ତମେ ଆସିଛ ? କାଲି କଅଁଳ ଗାଧୁଆ ବେଳୁ ବୋହୂ ତ ତା' ଭାଇ ସାଙ୍ଗରେ ପଳେଇଲା। ଗାଁ ଲୋକ ବି କିଏ କେତେବେଳେ ଧୂନୀଜଳା କୁଦକୁ ଗଲେ, କଥାଧରା କରି ପଦେ ଡାକିଲେନି। ଭାବିଥିଲି, ଏଇ ଘର ଭିତରେ ଜଳ ସମାଧି ନେବାର ଯୋଗ ଲେଖା ହୋଇଛି। ଯା' ହେଉ ମନ ସମ୍ଭାଳି ନ ପାରି ତମେ ଆସିଲ।"

ଉଦ କହିଲା, "ତମେ ଚଞ୍ଚଳ ବାହାରି ପଡ଼। ପାଣି ଜୋର୍‌ରେ ମାଡୁଛି। କେତେବେଳେ କଅଣ ହେବ କିଏ କହିବ। ଜଲଦି ଦୋକାନ ପାଖରେ ପହଞ୍ଚିଲେ ଯାଇ ରକ୍ଷା।"

କାଠ ବାକ୍ସଟା ଧରାଧରି କରି ଡଙ୍ଗାରେ ଲଦିଲା ପରେ ମାଷ୍ଟ୍ରେ ପଚାରିଲେ, "ଏ ହୁଲି ଖଣ୍ଡକ କୋଉଠୁ ପାଇଲ ?"

– "ଅରକ୍ଷିତକୁ ଦଇବ ସାହା ହେଲା ପରି ବଢ଼ି ପାଣିରେ କୋଉଠୁ ଭାସି ଆସି ଦୋକାନ ପାଖ ଆଡ଼ି ବନ୍ଧରେ ଲାଗିଥିଲା। ନ ହେଲେ କଦଳୀ ଭେଳାରେ ତିନିତିନି ଜଣ ଏବେ ଯାଇଥା'ନ୍ତେ କେମିତି ?"

ଗାଁ ଦାଣ୍ଡରେ କୋଉଠି ଛାତିଏ ତ କୋଉଠି ବେକେ ପାଣି। ଗାଁଦାଣ୍ଡରୁ ଭାଙ୍ଗି କୁମ୍ଭ ଘରପଟ ଦୋକଡ଼ି ସନ୍ଧିରେ ଡଙ୍ଗା ପୂରେଇଲା ବେଳକୁ ଉଦ କହିଲା, "ଚଞ୍ଚଳ

କାମ ବଢ଼େଇବ ସମୁଦୁଣୀ। ତେଣେ ରୋଷେଇ ବସେଇବାକୁ ଡେରୀ ହେବ। ସେ ବାବୁମାନେ ଫେରିଲା ବେଳକୁ ରୋଷେଇ ସରି ନଥିଲେ ବିଚରାମାନେ ଭୋକରେ ଯିବେ। ବସିବାକୁ ତାଙ୍କ ପାଖରେ କ'ଣ ଅବିକା ବେଳ ଅଛି ?"

ଡଙ୍ଗା ଏକବାର ପିଣ୍ଡା ଦାଢ଼ରେ ଲଗେଇ ଉଦ ଚଞ୍ଚଳ ବାହାରିବାକୁ ଆଉଥରେ ତାଗିଦା କଲା।

କୋଲପ ଖୋଲି କୁମ କହିଲା, "ମୋ' ସାଙ୍ଗରେ ଟିକେ ଘର ଭିତରକୁ ଆସୁନା। ମୋତେ ଭାରି ଡର ମାଡୁଛି।" ଘର ଭିତରେ ଚରଚରା ପାଣି। ମାଷ୍ଟ୍ରଙ୍କ ଡିହଠାରୁ କୁମ ଘର ଡିହ ଉଚ୍ଚା। ସେଇ ଚରଚରା ପାଣି ଭିତରେ କୁମ ଏପଟ ସେପଟ ହୋଇ କଖାରୁ, ପନିପରିବାଠାରୁ ଆରମ୍ଭ କରି ଲୁଗାପଟା ଯାଏ ସବୁ ରୁଣ୍ଡେଇପୁଣ୍ଡେଇ ଡଙ୍ଗାରେ ଲଦିଲା।

ଉଦ କହିଲା, "ଯେତେ କହିଲେ, ମାଇପି ଲୋକଙ୍କ ଖୋଇ କୋଉଠି ଛାଡ଼ ଯିବ ? ଇଏତ ଭଡ଼ାଏ ଜିନିଷ ହେଲାଣି। ସବୁ ସରିଲା ନା ଆଉ କ'ଣ ଛାଡ଼ିଗଲ ?" ମନ ପଡ଼ିଲା ପରି କୁମ କହିଲା, "ଇଲୋ ଟିକେ ରହିଥା' ସମୁଦି। କଣଘର ଶିକାରେ ହୁରୁମ ହାଣ୍ଡିଟା ଅଛି। ଭାଡ଼ି ଉପରେ ଦିଇଟା ଟିଣାରେ ପଶି ଚୁଡ଼ା ମୁଢ଼ି ଥୁଆ ହୋଇଛି। ମୁଁ ନେଇ ଆସେ। କାମରେ ଆସିବ।"

ଥଟ୍ଟା କଲା ପରି ଉଦ ପଚାରିଲା, "ଆଉ ଭଜାମଣ୍ଡା ନାହିଁ ?"

ମୁରୁକି ହସି କୁମ କହିଲା, "ଦୋକାନକୁ ଚାଲ, ସେଇଠି ଛାଣିଦେବି।"

ବାଟରେ ଯୁଝେଷ୍ଟି ମାଷ୍ଟ୍ରେ କହିଲେ, "ଇଏ ବଢ଼ି ପାଣି ନା ପ୍ରଳୟ ଆସିଛି ମ ସାହୁପୁଅ ? ଏଇ ଧୋଇୟା ମୁଲକରେ ଆସି ଉମର କଟିବାକୁ ବସିଲା। ଏମିତି ବଢ଼ି ପାଣି ତ ମୁଁ କୋଉ କାଳେ ଦେଖିନ ଥିଲି ! କ'ଣ କଳିକାଳ ସତକୁ ସତ ଶେଷ ହେଲାକି ?"

ଉଦ କହିଲା, "ହଁଅ, ସେମିତିକା କାଇଁ ଆଦୃଶ୍ୟ ଦିଶୁଛି। କାଲି ଦିନସାରା ପାଣି ଥନ୍ତେଇ ରହିଥିଲା। ପୁଣି ତ କଅଣ ରାତି ଅଧରୁ ହୁ ହୁ ମାଡୁଛି।"

ମାଷ୍ଟ୍ରେ କହିଲେ, "ଯାହା ହୁଅନ୍ତା, ଉପର ମୁଣ୍ଡରୁ ଟିକେ ମେଘ ଛାଡ଼ନ୍ତା ହେଲେ। ଛତିଶଗଡ଼ରେ ତ ସେମିତି ମେଘ ଲାଗି ରହିଛି। ବାଙ୍ଗୋ ବନ୍ଧ ବାଲା ଆହୁରି ପାଣି ଛାଡ଼ିବେ। ଏଣେ ହୀରାକୁଦ ଅବସ୍ଥା ଅସମ୍ଭାଳ। ଉପରୁ ଆହୁରି ପାଣି ପହଂଚିଲେ ଇଏ କରିବେ କଅଣ ?"

– "ହୀରାକୁଦ ତିଆରି ହେଲା ବେଳେ ଲୋକ ଭାବିଥିଲେ, ଏଥର ଦୁଃଖ ଗଲା। ଆଉ ବଢ଼ି ପାଣି ହେବନି।"

ଯୁଝେଷ୍ଠି ମାଷ୍ଟ୍ରେ କହିଲେ, "ଖାଲି ଘରେ ବସି ଭାବି ଦେଲେ କିସ ହେବ? ବେଲୁବେଳ ତ ଲୋକେ ଉଗୁରିମତା ହୋଇ ନ କଲା କାମ କରୁଛନ୍ତି। ଏଇକ୍ଷିଣା ଭୋଗନ୍ତୁ।" ଉଦ ପଚାରିଲା, "ଲୋକ କ'ଣ କଲେ? ଯାଇ ବଢ଼ିପାଣି କି ଡାକି ଆଣିଲେ? ତାଙ୍କୁ ସୁଖ ଲାଗୁଛି?"

– "ବଢ଼ି ପାଣି ସୁଖ ଲାଗୁନି ଯେ, ଜଙ୍ଗଲ କାଟି ପଦା କରିବାକୁ ସୁଖ ଲାଗୁଛି।"

– "ଜଙ୍ଗଲ କ'ଣ ବଢ଼ି ପାଣିକି ଅଟକେଇ ରଖି ଥାଆନ୍ତା? ତମର ଯୋଉ କଥା! ପାଲା ଗାଆଣଙ୍କ ଭଳିଆ କୋଉ କଥାକୁ ନେଇ କେଉଁଠି ପୂରେଇବ!"

– "ତମେ କଥାଟା ମୋଟେ ବୁଝି ପାରୁନା ସାହୁ ପୁଅ। ଜଙ୍ଗଲ କଟା ହେବାରୁ ମାଟି ଧୋଇ ହୋଇ ଆସି ହୀରାକୁଦ ବନ୍ଧ ପୋତି ହେଇ ପଡୁଛି। ଯେତିକି ପାଣି ସମ୍ଭାଳି ରଖିବା କଥା ରଖି ପାରୁନି।"

ଉଦ ପଚାରିଲା, "ଆଗରୁ ଏତେ ପାଣି ଢିଲେଇ କରି ରଖୁଥିଲେ କାହିଁକି? ଛାଡ଼ି ଦେଇଥିଲେ ହୋଇ ନଥା'ନ୍ତା?"

– "ଯଦି ବର୍ଷା ହୋଇ ନଥା'ନ୍ତା? କାର୍ତ୍ତିକ ଅଧାରେ ଏମିତି ବର୍ଷା ହେବ ବୋଲି କିଏ ଜାଣିଥିଲା? ସବୁ ପାଣି ଆଗତୁରା ଖଲାସ କରି ଦେଇଥିଲେ ବିଜୁଳି କୋଉଠୁ କାଢ଼ି ଥାଆନ୍ତେ? ଖରାଦିନେ କେନାଲରେ ପାଣି କୁଆଡୁ ଆସିଥା'ନ୍ତା?"

– "ଏଣେ ନଈ ମୁହାଣ ମୁହଁରେ ବି ସେଇ ଅବସ୍ଥା। ମୁହାଣ ସବୁ ପୋତି ହୋଇ ପଡ଼ିଲାଣି। ବଢ଼ି ପାଣି ଖଲାସ ହେବାକୁ ଦିନକ ଜାଗାରେ ଚାରି ଦିନ ଲାଗୁଛି। ସହଜେ ପୁନେଇ ଘଡ଼ି। କିଏ କ'ଣ କରିବ? ବୋଇଲା ଆପଣା ହସ୍ତେ ଜିହ୍ୱା ଛେଦି....."

ପଦଟା ଅଧା ଛାଡ଼ିଦେଇ ପାନ ଖଣ୍ଡେ ପାଟିରେ ପୂରେଇ ମାଷ୍ଟ୍ରେ ଚାକୁଳେଇବା ଆଗରୁ ପଚାରିଲେ, "ପାନ ଖଣ୍ଡେ ଦେବି ସାହୁ ପୁଅ?"

ପାନ ପାଇଁ ହାତ ବଢ଼େଇ ହଠାତ୍ ମନେ ପଡ଼ିଗଲା ପରି ଉଦ ପଚାରିଲା, "ମୋ' ପେଇଁ ଗୁଣ୍ଡି ଆଣିଚ ତ?"

ବଢ଼ିପାଣି ଭିତରକୁ ପାନ ଛେପ ପକେଇ ଦେଇ ମାଷ୍ଟ୍ରେ କହିଲେ, "ହାଃ ଶଳା! ତରତରରେ ମୋର କ'ଣ ମନେ ପଡ଼ିଲା?"

ମୁରୁକି ହସି କୁମ କହିଲା, "ମୋ' ଗୁଣ୍ଡି ଡବା ଆଣିଛି ମ ଦାଦା। ଅବିକା ଆଠ ଦିନ ଗୁଣ୍ଡି ପେଇଁ ଚିନ୍ତା ନାହିଁ। ଏ ସମୁଦି ଯୋଉଠି ଥିବେ! ଖାଲିତ ତରତର କଲେ। ନହେଲେ ଭାଡ଼ି ଉପରେ ଭଳ ଫାଳଗୁଆ କିଲେ ହେବ ଥୁଆ ହୋଇଛି। ତମ ପୁତୁରା ସିଆଡୁ ଆଣିଥିଲେ। କଡ଼ାଏ ପାନ ବି ଥୁଆ ହୋଇଛି। ଅଯଥାରେ ପଚିବ।"

ଉଦ ପୁଣି ଥରେ ଥଟ୍ଟା କଲା, "ଡଙ୍ଗା ଫେରେଇ ନେବି କି ସମୁଦୁଣୀ ?"

– "ସେଇଆ କଲେ ଭଲ ହୁଅନ୍ତା। ଖାଇବାକୁ ପଛେ ନହେଲେ ନାହିଁ, ପାନ ନ ହେଲେ ତ ମୁଁ ଓଳିଏ ପହଡ଼େ ଚଳି ପାରିବିନି।"

ଆଗରେ ଚକଡ଼ାଏ ଆକ୍ରାନ୍ତରେ ବିଲାତି ଦଳ। ଉଦ କହିଲା, "ଇରେ ଏ ଗୁଡ଼ା କୋଉଠୁ ଆସି ଲାଗିଲାଣି ? ଗଲା ବେଳେ ତ ନଥିଲା। ଡଙ୍ଗା ଏଇକ୍ଷିଣା ଯିବ କେମିତି ?"

– "ଉପର ମୁଣ୍ଡରେ କୋଉଠି ଘାଇ ଭାଙ୍ଗି ନିଧୋୟା ଗାଁରେ ପାଣି ପଶିଛି। ନହେଲେ ଧୋଇୟା ଅଂଚଳରେ ବିଲାତି ଦଳ ଆସିବ କୁଆଡୁ ?"

ଉଦ କାତରେ ସୁଅ ମୁହଁକୁ ଦଳତକ ପେଲିଲା ବେଳେ, ଦୂରରୁ କେଉଁଠୁ ଶୁଭିଲା – 'ଖୁଡ଼ୀ ?'

କୁମ କହିଲା, "ଇଲୋ ଇଏ ତ ଆମ ରେବ ପାଟି ପରି ଶଭୁଚି। ମୁଁ କଅଣ କରିବି ଲୋ ମା' ରାଣୀ! ଅସଜ ମାଇପିଟାକୁ ଛାଡ଼ିଛୁଡ଼ି ସମସ୍ତେ ପଳେଇଚନ୍ତି ନା କଅଣ ? ଟିକେ ଜଲଦି ଡଙ୍ଗା ବୁଲେଇଲ ସମୁଦି।"

ବୁଝି ନ ପାରି ଉଦ କୁମ ମୁହଁକୁ ଚାହିଁଲା । କୁମ କହିଲା, "ମଲା ମୋ' ପୁତୁରାବୋହୂ ରେବ ବା। ଆମ ବିନ ସ୍ତ୍ରୀ।"

ଯୁଝେଷ୍ଟି ମାଷ୍ଟ୍ରେ ପଚାରିଲେ, "ବିନର କଅଣ ପିଲାପିଲି ହେବାର ଅଛି କି ?"

କୁମ କହିଲା, "ବାହାଘର ପାଂଚ ସାତ ବରଷ ପରେ କଅଣ ଫୁଲକଷି ବକଟେ ଧରିଚି ଯେ, ଦେଖୁନା ଦାଦା, କେମିତି ଯୋଗରେ ସେ ଅବେଇଜ ଜନମ ହେବାକୁ ଅଛି ?"

– "ଏ ବେଳରେ ବିନ ତାକୁ ଏକୁଟିଆ ଛାଡ଼ି ସେଠି କେମିତି ନିଶ୍ଚିନ୍ତ ହୋଇ ବସିଛି ?"

– "କାଲି ଆସି ପହଞ୍ଚିବେ ବୋଲି ଫୋଅନ କରିଥିଲେ। ଫକୀରାବର ଘାଇ ତ ଭାଙ୍ଗିଲା। ଗାଡ଼ିଘୋଡ଼ା ଚାଲୁଛି କି ନାହିଁ କିଏ ଜାଣେ ? ଆସିଥିବେ ଯଦି ବାଟରେ କେଉଁଠି ଅଟକିଥିବେ।"

ଆଣ୍ଠିଏ ପାଣିରେ ରେବ, ପିଣ୍ଡା ଉପରେ ଠିଆ ହୋଇଥିଲା। ଦୋକଡ଼ି ମୁହଁରେ ଡଙ୍ଗା ଦେଖି ପିଣ୍ଡା ତଳକୁ ଗଡ଼ିବାକୁ ବାହାରି ଥିଲା। ଯେମିତି ଘର ଭିତରୁ କିଏ ତାକୁ ଖାଇ ଗୋଡ଼େଇଛି।

ଉଦ କହିଲା, "ତୁ ସେଇଠି ସେମିତି ଠିଆ ହୋଇଥା' ମା'। ଦୋକଡ଼ି ଭିତରେ ହାରାହାରି ସୁଅ ପଡିଛି। ମୁଁ ଡଙ୍ଗା ଏକବାର ପିଣ୍ଡାକଡ଼କୁ ଲଗୋଉଛି।"

ରେବ ଡଙ୍ଗା ଉପରକୁ ଆସିଲା ମାତ୍ରେ କୁମ ଉଠିପଡ଼ି କାନିରେ ତା' ଦିହ ମୁଣ୍ଡ ପୋଛିବାରେ ଲାଗି ପଡ଼ିଲା । ପଛକୁ ଡଙ୍ଗା ଫେରେଇ ଉଦ ଦେଖିଲା, ଆଗରେ ଲାଗିଥିବା ବିଲାତି ଦଳଗୁଡ଼ାକ କୁଆଡ଼େ ଭାସିଗଲାଣି । ବାଟ ପରିଷ୍କାର । କୁମ କହିଲା, "ଟିକେ ଜଲଦି ଡଙ୍ଗା ନେଇ ଚାଲ । ବୋହୂଟା କେତେବେଳୁ ପାଣି ଭିତରେ ଠିଆ ହୋଇଛି କିଏ ଜାଣେ ? ଅସଜ ମଣିଷ । ଅନୋଉ ଅନୋଉ ଜର, ସନ୍ନିପାତ ଘୋଟିଯିବ ।"

ଯୁଝେଷ୍ଟି ମାଷ୍ଟ୍ରେ କହିଲେ, "ଏ ଶଳା ପୃଥ୍ୱୀ ଧ୍ୱଂସ ହେବକି ? ମୋତେ କାହିଁ ସେମିତି ଲାଗୁଛି । ନହେଲେ ସମସ୍ତଙ୍କୁ କ'ଣ ଏମିତି ବିପରୀତ ବୁଦ୍ଧି ଘୋଟିଥାଆନ୍ତା ?"

କାତ ମରା ଛାଡ଼ି ଉଦ ତାଙ୍କ ମୁହଁକୁ ବଲବଲ ଅନେଇ ପଚାରିଲା, "କାହିଁ କ'ଣ ହେଲା ?"

- "ହେଲା ନ ହେଲା ଆହୁରି କଅଣ ପଚାରୁଛ ମ ସାହୁ ପୁଅ ? ସେ ଶଳା କେମିତିକା ବେଅକଲି ସାଇ ପଡ଼ିଶା ? ଏମିତିକା ଅବସ୍ଥାରେ ବୋହୂଟାକୁ ଏକୁଟିଆ ଛାଡ଼ିଦେଇ ସମସ୍ତେ କେମିତି ପଳେଇଲେ ? ଜୀବନ ଏମିତି ବଡ଼ ହେଲା ? ଯୋଗକୁ ସିଏ ଆମ ପାଟି ଶୁଣି ଡାକିଲା ବୋଲି ସିନା !"

ଦୂରକୁ ଚାହିଁ ହଠାତ୍ ଉଦ କହିଲା, "ଚିନ୍ତା ପଣ୍ଡିତ ଘର କେମିତି ହାମୁଡ଼େଇ ପଡ଼ିଛି ଦେଖିଲଣି ମାଷ୍ଟ୍ରେ ? କାଲି ରାତିରେ ଏଇ ପଣ୍ଡିତ ଘର କାନ୍ଥ ଏମିତି ଭୁସ୍ କରି ଓଜାଡ଼ି ହେଇ ପଡ଼ିଥିଲା ?"

- "ଶଳା ଚିନ୍ତା ପଣ୍ଡିତ ତା' ଭିତରେ ଥିଲା ନା ଧୂନୀଜଳା କୁଦକୁ ପଳେଇଛି ?"

- "ସେ ଶଳା ଯେଉଁ ଛେରୁଆ, ସିଏ ଥିବ ?"

- "ତା' ପ୍ରକୃତି ତମେ ଜାଣିନା ହୋ ସାହୁପୁଅ । ଶଳା ଯଜମାନୀରୁ ମିଛରେ କି ସତରେ ତାଳି ମାରି ଯାହା କମାଏ, ପହଲା ବଣିଆ ପାଖରୁ ସୁନା କିଣି କାଳେ ଗୋଟା ବାଉଁଶ ନଳୀରେ ପୂରେଇ ଘର ଭିତରେ କେଉଁଠି ପୋତି ରଖେ । ତାକୁ ଛାଡ଼ି ସେ ଶଳା ଜଖ ଯାଇଥିବ ବୋଲି ମୋର ତ କାହିଁକି ଜମା ବିଶ୍ୱାସ ପାଉନି ।"

- "ଥିଲେ କାନ୍ଥ ତଳେ ମରିଥିବ । ସେଥକୁ ଏବେ ବଳ କାହାର ? ସେ ଶଳା ତାଛାରର ମୋ' ଉପରେ ଦି' ମାସର ଦୋକାନ ପୂଜା ଟଙ୍କା ବାକି ଥିଲା । ମରିଥିଲେ ଭୂତ ହୋଇ ଆସି ଦୋକାନ ଦୁଆର ମୁହଁରେ ରାତିକେ ତିନି ଥର ମୁହଁ ମାରିବ । ମୁଁ ତାକୁ ତେଣିକି ସିଧା ସମୁଦୁଣୀ ପାଖକୁ ପଠେଇ ଦେବିନି ?"

- "ମଲା, ସିଏ କ'ଣ ମୋ' ଧୋଇ ନା ମରୁଡ଼ି ? ସିଏ ମୋ' ପାଖକୁ କାହିଁକି ଯିବ ?"

- "ତା' ଘର ପାଖରେ ଟିକେ ମୁହଁ ମାରିଦେଇ ଯିବା କି?", ଯୁଝେଷ୍ଟି ମାଷ୍ଟ୍ରେ ପଚାରିଲେ।

- "ସେ ଘର ଚାରିକତି କେମିତି ଉଉରା ଲାଗିଛି ଦେଖୁଛ ତ? କାନ୍ଥ ପଡ଼ି ଘର ତ ମଲା ହଡ଼ା ଭଳିଆ ହାମୁଡ଼େଇ ପଡିଛି। ତା' ଭିତରେ ଚିନ୍ତା ପଣ୍ଡିତ ଅଛିକି ନାହିଁ ଆମେ ଜାଣିବା କେମିତି?"

କୁମ କହିଲା, "ତମେ ଟିକେ ଆମକୁ ଦୋକାନ ପାଖରେ ଆଗ ଓହ୍ଲେଇ ଦେଇ ଆସ। ରେବ ଦିହ କାଇଁ ଗୋଟିପଣେ ଥରୁଛି।"

ଗାମୁଛାଟା ବଢ଼େଇ ଦେଇ ଧୁଝେଷ୍ଟି ମାଷ୍ଟ୍ରେ କହିଲେ, "ତାକୁ ଆଉଥରେ ଭଲ କରି ପୋଛି ଦେଲୁ ମା'।"

-୧୦-

ବନ୍ଧ ଆରପଟୁ ଫେରି ଉଦ କହିଲା, "ନାଇଁ ମାଷ୍ଟ୍ରେ, ସେ ଶଳାଙ୍କର କାହିଁ ଦେଖା ଦର୍ଶନ ନାହିଁ। ଆଉ କୋଉ ପଟେ ପଳେଇଲେ କି କଅଣ। ନହେଲେ ଗାଧୁଆବେଳକୁ ଫେରି, ଖାଇ ପିଇ ଯିବେ ବୋଲି କହିଥିଲେ। ଆସି ଛାଇ ଲେଉଟିଲାଣି। ଆଉ ଟିକକୁ ଛାଇ ଲେଉଟିବ।"

ଘର ଭିତରୁ ବାହରି ଆସି କୁମ୍ମ କହିଲା, "ଏଣେ ଜରକୁ ତେଣେ ଦିହ କଷ୍ଟ ଆରମ୍ଭ ହେଲାଣି। ମୁଁ ନ ଜାଣି କହୁଥିଲି ? ନାହି ନେଉଟି ପଡ଼ିଲାଣି। ଏଇ ଦି' ଚାରି ଦିନ ଭିତରେ ଯାହା ହେବାର ହେବ। ସେ ସୁନ୍ଦରୀ ମା' ଯେଉଁଠି ଥିବ ! ସବୁ ଜାଣିଲା ଭଳିଆ କହିଲା- 'ତୋ' ମନକୁ ? ଡାକ୍ତର ତ ଆହୁରି ପନ୍ଦର ଦିନ ଡେରି ହେବ ବୋଲି କହିଚି।' ବିନ ବି ତାଆରି କଥାରେ ହୁଆ ଦେଲେ। ଏଇକ୍ଷିଣା ସମ୍ଭାଳୁ ଥା'। ଦିହ ଗୋଟାପଣ ଭାଲୁଜର ଭଳିଆ କମ୍ପୁଛି। ଯେତେ ଘୋଡ଼େଇ ଦେଲେ କ'ଣ ମାନୁଛି ?"

ସେଇ କଥାକୁ ଗାଧୁଆବେଳୁ ଘୋଷି ହେଲା ପରି ଶହେ ଥର କହିଲାଣି କୁମ୍ମ। ଶହେ ଥର ଉଦ ବନ୍ଧ ସେପଟୁ ନଈକୁ ଅନେଇ ଆସି ସାରିଲାଣି। ରୋଷେଇ ସରିଲାଣି କେତେବେଳୁ। ଭାତ ଶୁଖି ଚଣା ଚାଉଳ ହେଉଛି। ଯୁଝେଷ୍ଟି ମାଷ୍ଟ୍ରେ ହାତଗୋଡ଼ ଜାକି କାନ୍ଥକୁ ଡେରି ହୋଇ ବସିଛନ୍ତି, ଦାରୁଭୂତ ମୁରାରୀ ପରି।

ଶଙ୍ଖିନୀ ନଈ କୂଳ ନିଛାଟିଆ ବାଘେଇ ଘାଟରେ ଜୀବନରେ କେତେ ଅନିଭୋଗ ଅଙ୍ଗେ ଲିଭେଇଥିବା ତିନୋଟି ଅସହାୟ ମଣିଷ ଏବଂ ଘର ଭିତରେ କଷ୍ଟ ସମ୍ଭାଳି ନ ପାରି କନ୍ଥା ତକିଆକୁ ମୁଠାମୁଠା କରି ଓଠ କାମୁଡ଼ି ପକାଉଥିବା ନଅ ମାସର ଗର୍ଭବତୀ ଜଣେ ସ୍ତ୍ରୀ ଲୋକ। ଚାରିପଟେ ଦିଗଭାଗ ଭାଙ୍ଗୁଥିବା ବଢ଼ିପାଣିର ଅଥଳ ଦରିଆ।

– "ଶଳା ଲଅଂଚବାଲା ପହଞ୍ଚିଲେ କିଛି ନହେଲେ ତାକୁ ବରପଡ଼ା ଡାକ୍ତରଖାନାକୁ ନେଇଗଲେ ଯାହା ହୁଅନ୍ତା।" ଓଳିକ ଭିତରେ ଉଦ ଶହେରୁ ବେଶୀ ଥର କହି ସାରିଲାଣି।

ଯୁଝେଷ୍ଟି ମାଷ୍ଟ୍ରେ କହିଲେ, "ସେ ଉଲ ମାଷ୍ଟ୍ରାଣୀଟା ଥାଅନ୍ତା ହେଲେ।"

ଉଦ ପଚାରିଲା, "ସିଏ ଥିଲେ କଅଣ କରିଥାଆନ୍ତା ?"

– "ମଲା ତା' ହାତ କରାମତି କଥା ତମେ ଜାଣିନା କି? ତାଙ୍କ ଘର ଆଖପାଖରେ ପିଲାପିଲି ହେବାର ଥିଲେ କେହି କ'ଣ ଡାକ୍ତରଖାନାକୁ ନିଅନ୍ତି ? ଯେତେ ଜଟିଳିଆ କେଏଶ ହୋଇଥାଉ, ଉଲ ମାଷ୍ଟ୍ରାଣୀ ପହଂଚିଲେ ଅଧ ଘଂଟାରେ ଗର୍ଭ ଖଲାସ। ପଅରିଦିନ ରାତିରେ କେମିତି ମୂଳି ମହାନ୍ତି ବୋହୂକୁ ଘଡ଼ିକେ ଖଲାସ କରିଦେଲା ଦେଖିଲନି ?"

– "ପଅରିଦିନ ପରା ସେ ଏଇ ଦୋକାନ ଭିତରେ ଶୋଇଥିଲା।"

– "ମଲା, ମୂଳି ମହାନ୍ତି ପରା ତା' ଗାଁରୁ ଖୋଜିଖୋଜି ଆସି ଏଠି ପହଂଚିଲା। ଚଇତନ ପାତ୍ର ଆଉ ମୁଁ ସାଙ୍ଗରେ ଯାଇଥିଲୁ।"

– "ରାତିରେ ତମେ ସବୁ ଏଠି ନଥିଲ ?", ପଚାରିଲା ଉଦ।

– "ତମେ ଶୋଇଥିଲ। ଆମେ କାମ ବଢ଼େଇ ଫେରିଲା ବେଳକୁ ତମେ ଶୁକୁଟା ସାଙ୍ଗରେ ଯାଇ ଘାଟ କୂଳେ। ତମେ ଜାଣିଥାଆନ୍ତ କେମିତି ?"

– "ସେ ଶଳା ଶୁକୁଟା ଘାଟିଆକୁ ଲୋକେ ନ ଜାଣି ଆଡ଼ବାଇଆ କହନ୍ତି ?"

– "କାଇଁ କ'ଣ ହେଲା କି ?"

– "କିଛି ନାଇଁ", କହିଦେଇ ଉଦ ଆଉ ଥରେ ଘାଟ କୂଳକୁ ପଳେଇଲା। ନଈ ସେପାରି ବସନ୍ତରା ଗାଁ ଆଡ଼େ ଅନେଇ ମନେମନେ କୋବଲେଇ ହେଲା, "ଆ ଏଥର ଶଳା ବାହାପିଆ। ଗୋଟା ଚାପୁଡ଼ାରେ ଯଦି ତୋ' କାଚ ଝୁମୁଝୁମ ଶୁଣେଇବା ନଛଡ଼େଇଚି, ଶଳା ଚିହ୍ନିବୁ ମତେ। ମୁଁ ଅଯଥାରେ ମାଷ୍ଟ୍ରାଣୀଟାକୁ କଅଣ ନାଇଁ କଅଣ ଭାବିଥିଲି ହୋ!"

– "ଯାହା ଯେମିତି କିଛି ବେବସ୍ଥା କର ଦାଦା। ତମେ ଜାଣିବା ଶୁଣିବା ଲୋକ। ମୁଁ ତମ ଗୋଡ଼ ତଳେ ପଡୁଛି। ବୋହୂଟା କଷ୍ଟ ଆଉ ଦି' ଆଖିରେ ଦେଖି ହେଉନି। ରକତମାଉଁସ ଦିହ ଧରି ମଣିଷ ଆଉ କେତେ ସହିବ ?"

– "ମୁଁ କ'ଣ କରି ପାରିବି ଲୋ ମା' ? ମୋ' ହାତରେ କ'ଣ ଅଛି ?"

କୁମ ନଥ କରି ତଳେ ବସି ପଡ଼ିଲା।

– "ସାହୁପୁଅ ?", ପାଟି କରି ଡାକିଲେ ମାଷ୍ଟ୍ରେ।

ଚମକି ପଡ଼ିଲା ପରି ନଈ ପଟୁ ଫେରି ଆସି ଉଦ ପଚାରିଲା, "କ'ଣ ହେଲା ?"

ଯୁଝେଷ୍ଟି ମାଷ୍ଟ୍ରେ କହିଲେ, "ହୁଲି ଡଙ୍ଗା ନେଇ ଚାନ୍ଦପାଟଣା ଯାଇ ହେବନି ?"

- "ଉଲ ମାଷ୍ଟ୍ରାଣୀଙ୍କ ଗାଁକୁ ?"

- "ନ ହେଲେ ଉପାୟ କ'ଣ ?"

- "ଦିନରେ ପଳେଇବା ଯେ, ରାତିରେ ଫେରିଲା ବେଳକୁ କିମ୍ପିରୀଆ ଯୋଡ଼ ମୁହଁରେ ମୁଁ ତ ଡଙ୍ଗା ବାହି ପାରିବିନି। ସହଜେ ହୁଲି ଡଙ୍ଗା। ଟିକକେ ଅଣେଇ ହୋଇ ପଡ଼ିବ। ସେ ଶଳା ଶୁକୁଟା ଘାଟିଆଟା ବି କାଲିଠୁଁ ଦେଖା ନାହିଁ।"

- "ଉଦିଆଇ ?", ଫୁଟୁଖାଲିଆ ପଟରୁ ଶୁକୁଟା ଡାକିଲା।

ଉଦ ଓ ଯୁଝେଷ୍ଟି ମାଷ୍ଟ୍ରେ ମୁହଁ ବୁଲେଇ ସେପଟକୁ ଚାହିଁଲା ବେଳକୁ ଗୋଟେ ହାତରେ ମସ୍ତବଡ଼ ଗୋଟାଏ ପାଚିଲା କଦଳୀ କାନ୍ଧି ଓହଳେଇ ଆର କାନ୍ଧରେ କାତ ପକେଇ ହସିହସି ଆସୁଛି ଶୁକୁଟା।

ଉଦ କହିଲା, "ଏ ଶଳାଟା ମୋଟେ ମରିବନି। ତା' ନାଁ ଧରୁଧରୁ ଆସି ହାଜର। ଇରେ ତୁ ଏପଟୁ କୁଆଡ଼େ ?"

ଶୁକୁଟା ବେଂଚ ଉପରେ ବସି ପଡ଼ି କହିଲା, "କହିବି, ସବୁ କହିବି। ତମେ ଆଗ ମତେ ଚା' ଟିକେ ଦେଲ। ସକାଳ ପହରୁ ଚା' ଟିକେ ନ ପିଇ ମୋ' ଫକାସି ଉଡ଼ି ଗଲାଣି।"

- "ଏତେବେଳେ ଚା' କୋଉଠୁ ଆସିବ ?"

କୁମ୍ମ କହିଲା, "ଆଂଚରେ ତାଉ ଅଛି। ମୁଁ ଚା' ବସେଇ ଦେଉଚି। ଚା' ପିଇ ଦେଇ ମୋ' ସୁନା ଭାଇଟା ପରା, ସେ ଉଲ ମାଷ୍ଟ୍ରାଣୀ ଗାଁକୁ ଟିକେ ଦାଦାଙ୍କ ସାଙ୍ଗରେ ଗଲ।"

- "ଉଲ ମାଷ୍ଟ୍ରାଣି କ'ଣ ଗାଁରେ ଅଛି ?"

- "ଆଉ ?", ହତାଶ ସ୍ୱରରେ ପଚାରିଲା କୁମ୍ମ।

- "ଚଇତନ ପାତର ସାଙ୍ଗରେ ସିଏ ପରା କାଲି ସକାଳୁ ଜାମୁକୋଳି ଡିହରେ ବସିଛି।"

- "ତୁ କେମିତ ଜାଣିଲୁ ?"

- "ଆମ ଗାଁ ଅନ୍ତା ଗଉଡ଼ ମଇଁଷି ଗୋଠ ପହଁରେଇ ଆସିଲା ବେଳକୁ ତାଙ୍କୁ ଦେଖି ଆସି କହୁଥିଲା ପରା।"

ଯୁଝେଷ୍ଟି ମାଷ୍ଟ୍ରେ ପଚାରିଲେ, "ଏତେ ତରତର ହୋଇ ଚଇତନ କାଲି ପାହାନ୍ତିଆ ପହରୁ ବାହାରି ଗଲା। ଗାଁକୁ ନଯାଇ ଜାମୁକୋଳି ଡିହରେ ବସି ଦି' ଦିନ ହେଲା କ'ଣ କରୁଛନ୍ତି ?"

- "ଯାଇ ଥାଆନ୍ତେ କେମିତି ? ସେମାନେ ଗଲା ବେଳକୁ ପରା କିମ୍ଭିରୀଆ ଯୋଡ଼ରେ ସୁଅ ପଡ଼ିଲାଣି । ଏଣେ ଫକୀରାବର ଘାଇ ଭାଙ୍ଗିଲାରୁ ଏ ପଟେ ପାଣି ଢିଲେଇଲା । ଜୀବନ ବିକଳେ ଦିଇଟାଯାକ କାଲିଠୁଁ ସେଇଠି ଅଖିଆଅପିଆ ବସିଛନ୍ତି ।" କହି ସାରି ଶୁକୁଟା ଦାନ୍ତ ନେଫେଡ଼ି ହସିଲା ।

ତା' ହାତକୁ ଚା' ଗିଲାସ ବଢ଼େଇ ଦେଇ କୁମ କହିଲା, "ଚା' ପିଇ ଦେଇ ତମେ ଟିକେ ଜଲଦି ଯା' ।"

- "କ'ଣ ହେଇଚି ମତେ ଆଗ କହୁନା ନୂଆଉ । ସେ ମାଷ୍ଟ୍ରାଣୀକୁ କାଇଁକି ଏତେ ଖୋଜା ପଡିଚି ?"

ଯୁଝେଷ୍ଟି ମାଷ୍ଟ୍ରେ କହିଲେ, "ବିନର କ'ଣ ପିଲାଛୁଆ ହେବ । ତା' ସ୍ତ୍ରୀ କଷ୍ଟ ପାଇ ଘର ଭିତରେ କେମିତି ବାଡ଼େଇ କଚାଡ଼ି ହେଉଛି ତୋତେ ଶୁଭୁନି ?"

- "ମତେ ସେ କଥା ଆଗରୁ କହୁନା ? ଜଣକ ଜୀବନ ଆଗ ହେଲାନି, ମୋ' ଚା' ପିଆ ଆଗ ହେଲା ? ମୁଁ ହେଇ ଗଲି, ଆସିଲି ।"

ଅଧାପିଆ ଚା' ଗିଲାସ ଥୋଇ ଦେଇ ଶୁକୁଟା ଡଙ୍ଗା ପାଖକୁ ଦୋଉଡ଼ିଲା ।

- "ଇରେ ଶୁକୁଟା ରହ, ରହ", କହି ତା' ପଛେପଛେ ଯୁଝେଷ୍ଟି ମାଷ୍ଟ୍ରେ ।

ଉଦ କହିଲା, "ରେବକୁ କ'ଣ ଟିକେ ଖାଇବାକୁ ଦେଉନା ?"

- "କଷ୍ଟରେ ତ ତା' ଜୀବ ବାହାରିଯାଉଛି । ଏ ବେଳାରେ ଅମୃତ ହେଲେ ତ ପାଟିକୁ ବିଷ । ସିଏ ଖାଇବ ?"

- "ତମେ ବି ଟିକେ କ'ଣ ଖିଆପିଆ କଲନି ? ସକାଳୁ ସେଇ ଚା' ଟିକେ ପିଇ ରହିଚ ।"

- "ବେଳେବେଳେ ତମେ ଯୋଉ କଥା କୁହ ସମୁଦି ? ଠାକୁର ସାହାପକ୍ଷ ହୋଇ ଆଗ ବୋହୂଟାକୁ କେମିତି ଭଲରେ ଭଲରେ ଖଲାସ କରନ୍ତୁ । ତେଣିକି ଯୋଉ କଥା । ଏଇକ୍ଷିଣା କ'ଣ ପେଟକୁ ଭାତ ପୂରେଇ ଦେବ ?"

- "ସକାଳ ପହରୁ ଏତେବେଳ ଯାଏ ଆଉ କିଏ ସାହାପକ୍ଷ ହୋଇଛନ୍ତି ? ବିଲାତି ଦଳ ହାବୁଡ଼େଇଲା କିଏ ? ଦଳ ନ ଥିଲେ ସେ ଆମ ପାଟି ଶୁଣିଥା'ନ୍ତା କାହିଁକି ନା ଡାକ ପକେଇ ଥାଆନ୍ତା କେମିତି ? ସେଠି ଥିଲେ ତା' ଅବସ୍ଥା ଏତେବେଳକୁ କ'ଣ ହୋଇଥା'ନ୍ତା ?"

କୁମ ଦି' ହାତ ଯୋଡ଼ି କପାଳରେ ଲଗେଇଲା ।

ଉତ୍ସାହିତ ହେଲା ପରି ଉଦ ପୁଣି କହିଲା, "ଉଲ ମାଷ୍ଟ୍ରାଣୀକି ଜାମୁକୋଳି ଡିହରେ ଘେରିଲା ଭଳିଆ ବାଟ ଓଗାଳି ଠିଆ ହେଲା କିଏ ? ପୁଣି ସେ ଖବର

ଦେବାକୁ ଶୁକୁଟାକୁ ଆମ ପାଖରେ ଜୁଟେଇଲା କିଏ ? ନହେଲେ ଏତେବେଳକୁ ଯୁଝେଷ୍ଟି ମାଷ୍ଟ୍ରେ ଆଉ ମୁଁ ତ ଚାନ୍ଦପାଟଣା ଯାଇ ରାତି ସାରା ପାଣିପାଟକରେ ଭୁଆଁ ବୁଲୁଥା'ନ୍ତୁ। ବୋଇଲା, 'କରି କରାଉ ଥାଏ ସେହି।' ତା' ବିନା ଅନ୍ୟ ଗତି ଅଛି ?"

– "ସେଇୟା ନୁହେଁ ତ ଆଉ କଅଣ ?", କହି ଦେଇ କୁମ ଘର ଭିତରକୁ ରେବକୁ ଦେଖି ଆସିବାକୁ ଉଠିଗଲା।

ଟିକେ ପରେ ଫେରି ଆସି କହିଲା, "ମିଶିରୀ ନାହିଁ ?"

ଉଦ କହିଲା, "ହଁଅ। ମିଶିରୀ ଅଛି। ଶାଗୁ ଅଛି। ମୁଁ ଶାଗୁ ଟିକେ ବସେଇ ଦେବିକି ?"

କୁମ କହିଲା, "ପିଇବାକୁ ମାଗୁଛି। ଖାଲି ପାଣି ଗୁଡ଼ା ଦେବି କଅଣ ? ଟିକେ ମିଶିରୀ ପାଣି କରି ଦିଏ। ତଣ୍ଟି ତ ଶୁଖି ଅଠାଅଠା ହୋଇ ଯାଉଥିବ।"

ଉଦ କହିଲା, "ସେଇ ଘର ବାଟି ଉପରେ ଅମୁଲଟିଣାରେ ପଶି ଥୁଆ ହୋଇଛି। ତାଆରି ପାଖରେ ଶାଗୁ ଡବା ଅଛି। ମତେ ଶାଗୁ ଡବାଟା ବାହର କରି ଦିଅ। ଆଂଚ ଝାଡ଼ି ମୁଁ ଆଉ ଦିଇଟା କୋଇଲା ପକେଇ ଦିଏ। ତାଉ ଧରିଲେ ଶାଗୁ ବସେଇ ଦେବି। ଆଗରୁ ବସେଇଲେ ଧୂଆଁଟିଆ ଗନ୍ଧେଇବ।"

ମଶ୍ରିପାଣି ଗୋଳେଇଲା ବେଳେ କୁମ ପଚାରିଲା, "ଜାମୁକୋଳି ଡିହ ଏଠୁ କେତେ ବାଟ ?"

– "କୋଶେ ଖଣ୍ଡେ ହେବ। ଆଉ କେତେ ? ଯିବା ବେଳକୁ ଯାହା ଟିକେ କଷ୍ଟ ହେବ। ଆସିଲା ବେଳକୁ ତ ଉଜାଣି ସୁଅ ପଡ଼ିଛି। ଅଧଘଣ୍ଟା ବି ଲାଗିବନି।"

କହିଦେଇ କୋଇଲା ଆଞ୍ଚ ଝାଡୁଝାଡୁ ଉଦ ଗୁଣୁଗୁଣେଇଲା, 'ସୂରଜ ତନୟା ଉଜାଣି ବହିବ.... ସୂରଜ ତନୟା....।'

ଘର ଭିତରୁ କୁମ ଡାକିଲା – "ସମୁଦି ?"

ଧଡ଼ପଡ଼ ହୋଇ ଉଦ ଠିଆ ହୋଇ ପଡ଼ି ପଚାରିଲା, "କ'ଣ ହେଲା ?"

– "ରେବ କ'ଣ ଆଉ ଡାକିଲେ ଜବାବ ଦେଉନି ? ଇଲୋ, ମୁଁ କ'ଣ କରିବି ଲୋ ମା' ?"

– "ହେ ଚଉବାହା; ହେ ବଳିଆର ଭୁଜ; ତୁ ଥାଉ ଥାଉ ....", ଉଦ ଅଧିକେ କିଛି କହି ପାରିଲାନି। କାଞ୍ଚି ବୋଉ ଆଙ୍କି ଯାଇଥିବା ଜଗନ୍ନାଥଙ୍କ ଛବି ତଳେ ତୁ' କିନ ମୁଣ୍ଡଟା ବାଡ଼େଇ ଦେଲା।

– "ସାହୁପୁଅ ? ସାହୁପୁଅ ?", ଡାକି ଯୁଝେଷ୍ଟି ମାଷ୍ଟ୍ରେ ସେତେବେଳକୁ ବନ୍ଧ ଉପରକୁ ଉଠି ଆସୁଥିଲେ। ପଛେପଛେ ନସରପସର ହୋଇ ଉଲ ମାଷ୍ଟ୍ରାଣୀ।

ପାଖରେ ପହଞ୍ଚି ଉଲ ମାଷ୍ଟ୍ରାଣୀ କହିଲା, "ଟିକେ ଗରମ ପାଣି ବସା।"

ଘର ଭିତରୁ କୁମ ଡାକିଲା, "ତମେ ଟିକେ ଆଗ ତା' ଅବସ୍ଥା ଦେଖି ଯାଆନି। ଘଡ଼ିଏ ହେବ ତ କ'ଣ ଡାକିଲେ, ଜବାବ ଦେଉନି। ଆଖି ଖୋସି ଦେଲାଣି କି କଅଣ !"

ଘର ଭିତରକୁ ଯାଇ କ' ଣ ଦେଖିଲା କେଜାଣି, ଫେରିଆସି ଉଲ ମାଷ୍ଟ୍ରାଣୀ କହିଲା, "କିଛି ହେଇନି। ଓଦାପଟା ହୋଇ ଦିହ କାଲୁଆ ମାରି ଯାଇଛି। ତା' ହାତଗୋଡ଼ ତମେ ଟିକେ ସେକି ଦିଅ। ପିଲା ହେବାକୁ ଡେରି ଅଛି। କାଲି ଦିନରେ ଯାହା ହେବା କଥା ହେବ।"

ଉଦ ପଚାରିଲା, "ରାତିରେ କିଛି ଅସୁବିଧା ହେବନି ତ ?"

ଉଲ ମାଷ୍ଟ୍ରାଣୀ କହିଲା, "ଜନମ ମରଣ କଥା କାହା ହାତରେ ଥାଏ ? ହେଲେ ଚିନ୍ତା ନାହିଁ। ମୁଁ ତ ଅଛି।"

କ'ଣ ଭାବି କହଲା, "କ୍ଷୀର ତ ନଥିବ। ଅମୁଲ ଅଛି ?"

ଉଦ କହିଲା, "ଚା' ଦୋକାନ ହେଇ ଅମୁଲ ନାହିଁ? ପାଂଚ କିଲେ ଅମୁଲ ପେଟୀରେ ପଶି ଥୁଆ ହୋଇଛି।"

ଟିକେ ହସି ଦେଇ କୁମ ଆଡ଼େ ଚାହିଁ ଉଲ ମାଷ୍ଟ୍ରାଣୀ କହିଲା, "ମୁଁ ଗୋଟା ଓଷଦ ଦେଉଛି। ଟିକେ ଅମୁଲ ଗୋଳେଇ ପେଇ ଦିଅ। ସେ ସକାଳ ଯାକେ ଆରାମରେ ଶୋଇ ପଡ଼ିବ। ରାତି ପାହିଲେ ତେଣିକି ଦେଖା ଯିବ।"

"ଉଦିଆଇ, ଉଦିଆଇ", ଡାକି ଆସୁଆସୁ ଶୁକୁଟା କହିଲା, "ତମେ କେମିତିକା ଲୋକ ମ ! ଡାକିଡାକି ମୋ' ଗଳା ବସିଲାଣି, ତମ କାନରେ କ'ଣ ପଥର ପଡ଼ିଛି ?"

ଉଦ କହିଲା, "ମୋତେ ତ କାହିଁ ଶୁଭିନି। କଅଣ ହେଲା କହୁନୁ।"

- "ତମ ଖେପା ଜାଲ କାହିଁ?"

- "ଜାଲ କଅଣ କରିବୁ ?"

- "ଦେଉନା ଆଗେ।"

ଉଦ କହିଲା, "ସେଇ ବାଡ଼ିପଟ ଚାଳିଆରେ ଟଙ୍ଗା ହୋଇଛି।"

ଶୁକୁଟା ଜାଲ ନେଇ ବଲୁରୀ ବିନ୍ଧିଲା ଭଳିଆ ଫୁଟୁଖାଲିଆ ଆଡ଼କୁ ଦୋଉଡ଼ି ପଳେଇଲା।

କୁମ ପଚାରିଲା, "ଖାଲି ପେଟରେ ଓଷଦ ଦେବି ? କାଲିଠୁଁ କିଛି ଖାଇନି କି କଅଣ !"

- "ହଁ ବା, ଏତେ ପଚାରୁଚୁ କଅଣ ? ତାକୁ ଏଇ ପାନଟା ଅମୁଲ ସାଙ୍ଗରେ

ଗୋଳେଇ ଦେଇ ଦିଅ। ଘଂଟାଏ ବାଆଦେ ସେ ଉଠି ଖାଇବାକୁ ମାଗିବ। ଖାଇ ସାରିଲେ ଆଉ ଗୋଟା ଓଷଦ ଦେବି ଯେ, ସକାଳଯାଏ ତା' ନିଦ ଭାଙ୍ଗିବନି। ତେଣିକି ଯୋଉ କଥା।"

ଓଷଦ ଗୋଳେଇ ପେଇ ଦେଇ କୁମ୍ଭ କହିଲା, "ସମୁଦି ଆଈଟାକୁ ଟିକେ ଘର ଭିତରେ ଥୋଇ ଦିଅନି। ମୁଁ ତା' ଗୋଡ଼ହାତ ଟିକେ ସେକି ଦିଏ। ମୁଁ ନ ଜାଣି କହୁଥିଲି। ଏତେବେଳ ଓଦାପଟା ହୋଇ ରହିଲା। ସନ୍ନିପାତ ଘୋଟି ଆସିବ। କ'ଣ ଭଲ ମଣିଷ ହୋଇଛି, ଦିହ ସମ୍ଭାଳି ଯିବ? ମାଇପି ଲୋକଙ୍କ ଦିହ ଏ ବେଳରେ ଜାଣି ପାଣି ହାଣ୍ଡି।"

ଯୁଝେଷ୍ଟି ମାଷ୍ଟ୍ରେ କହିଲେ, "ସାହୁପୁଅ; ସେ ଝିଅ ପାଇଁ କ'ଣ ଟିକେ ଖାଇବା ବେବସ୍ଥା କର। ସେଇ ପଅରିଦିନରାତିରେ ଆମ ସାଙ୍ଗରେ ଯାହା ଦିଇଟା ଖାଇଥିଲା। ମୁଁ ଚଇତନକୁ ଡାକୁଛି। ନହେଲେ ଶୁକୁଟା ସାଙ୍ଗରେ ମାଛ ପଛରେ ବାଇ ହୋଇଥିବ।"

ଘର ଭିତରୁ କୁମ୍ଭ କହିଲା, "ଭାତ ଶୁଖି ଚଣା ଚାଉଳ ହୋଇଥିବ। ରୁହ, ମୁଁ ଟିକେ ତାକୁ ସେକି ସାରିଲେ, ଆଉଥରେ ପାଣି ଦେଇ ବସେଇ ଦେବି। ଡାଲମାଟା ବି ଗରମ କରି ଦେବି।"

ଉଦ କହିଲା, "ତମେ ତା' ଖବର ଆଗ ବୁଝ। ମୁଁ ଆର ଆଂଚଟା ଲଗେଇ ଦେଇ ସବୁ ଗରମ କରି ଦେଉଛି।"

ଯୁଝେଷ୍ଟି ମାଷ୍ଟ୍ରଙ୍କ ପଛେପଛେ ଶୁକୁଟା ଜାଲଟା ଓହଳେଇ ଫେରିଲା। ଚଇତନ ପାତ୍ର ଦି' ହାତରେ ଦିଇଟା ବଡ଼ବଡ଼ ରୋହୀ ମାଛ। ମାଛ ଦିଇଟାକୁ ଥୋଇ ଦେଇ ଚଇତନ ହାତ ଧୋଇବାକୁ ପଳେଇଲା। ଶୁକୁଟା ଜାଲ ଶୁଖେଇ ଆସି କହିଲା, "ଆଉ ଦିଇଟା ପଳେଇ ଗଲେ। ବୁଝିଲ ଉଦିଆଇ; ମୋ' ହାତରେ ଜାଲ ଥିଲେ ଆଜି ନିଶ୍ଚେ କୁଇଂଟାଲ ଉପରେ ମାଛ ମାରିଥା'ନ୍ତି। ଏଗୁଡ଼ା ସାତକୋଶିଆ ଗଣ୍ଡ ମାଛ। ତାଙ୍କ କାତି କହି ଦେଉଛି। ବେଶୀ ପାଣି ହେବାରୁ ବାହାରି ଆସିଛନ୍ତି। ଶଳା ଆଷାଢ଼ ମାସରେ ଏମିତିକା ବଢ଼ି ହୋଇଥିଲେ ଅଳଗା ବାଳିଆ ରଖିବାକୁ ଜାଗା ମିଳି ନଥା'ନ୍ତା।"

କୁମ୍ଭ ପଦାକୁ ଆସି କହିଲା, "ମାଛ ତ ହେଲାଣି। ଖାଲି ଭାତ ଡାଲମା କାହିଁକି ଖାଇବ? ହୁରୁମ୍ ଅଛି। କଦଳୀ ସାଙ୍ଗରେ ଚକଟି ଟିକେଟିକେ ଖାଇଥା'। ବାଟଣ ବାଟି ତରକାରୀ କରିବାକୁ କେତେ ବେଳ ଲାଗିବକି?"

ଶୁକୁଟା କହିଲା, "ମତେ ପନିକିଟା ଦେଲ ନୂଆଉ'। ମୁଁ ମାଛ ଦିଇଟା କାଟି ଦେଉଚି।"

ଉଦ କହିଲା, "ଆଉଥରେ ଭାତ ବସେଇ ଦେଲେ ହେବ। ରୋହୀ ମାଛ ସାଙ୍ଗକୁ ଦୋ'ରନ୍ଧା ଭାତ ଭଲ ଲାଗିବନି।"

ଶୁକୁଟା କହିଲା, "ତମର ଯୋଉ କଥା ଉଦିଆଇ? ଫକୀରାବର ଘାଇ ସେପଟ ବନ୍ଧରେ ଖରା କାକରରେ ଲୋକ କେମିତି ଛୁଆ ପିଲା ଧରିପଡ଼ିଛନ୍ତ ଦେଖିଚ ନା? କାଲିଠୁଁ ରିଲିଫ ପହଞ୍ଚିବାର ନାଁ ଗନ୍ଧ ନାହିଁ। ସକାଳେ ଗଣ୍ଡା ଗଣ୍ଡା ଚୂଡ଼ା, ଦିଇଟା ଲେଖା ବିସ୍କୁଟ ପାକିଟୀ ମିଳିଥିଲା। ଶଳା ଛୁଆପିଲାଗୁଡ଼ା ଭୋକ ବିକଳରେ ଯେମିତି ଭେଁଭାଁ ରଡ଼ି ଛାଡୁଛନ୍ତି ଦେଖିଲେ ଆଖିରେ ଲୁହ ରହିବନି। ତମକୁ ମାଛ ଦେଖି ଗାଧୁଆ ବେଳ ରନ୍ଧା ଭାତ ଗନ୍ଧେଉଚି?"

ଯୁଝେଷ୍ଟି ମାଷ୍ଟ୍ରେ ପଚାରିଲେ, "ତୁ ଫକୀରାବର ଘାଇ ପଟକୁ ଡଙ୍ଗା ନେଇ କାହିଁକି ଯାଇଥିଲୁ କିରେ?"

- ମଲା, ତୁମେ ଶୁଣିନା କି? ଆମ ଗାଁ ନକୁଳା ପୁହାଣକୁ ପରା ରାତିରେ ବୋଡ଼ା ସାପ କାମୁଡ଼ି ଦେଲା।

ଶିଳ ପାଖରୁ କୂର୍ମ କହିଲା, "ହେ ସଞ୍ଜ ବେଳେ ସେଗୁଡ଼ା ନାଁ କାହିଁକି ଧରୁଛ? ନ ନୁଆଣିଙ୍କର ସହସ୍ର କାନ।"

ଶୁକୁଟା କହିଲା, "ଧରିଲେ, ସିଏ ଏଠି ଆମର କଅଣଟା କରି ପକେଇବେ? ଇଏ ବିଲମ୍ବନ ଋଷିଙ୍କ ଆଥାନଟି?"

- "ଯେତେ ହେଲେ", ପ୍ରତିବାଦ କଲା ପରି କହି ମୁଣ୍ଡ ହଲେଇଲା କୂର୍ମ।

ଶୁକୁଟା କହିଲା, "ତମର ତ ଏ ଅବିଶ୍ୱାସ କଥା ଆମ ଜଟିଆ ବୋଉ ପରି କାଳକ ଗଲାନି ନୂଆଉ'।"

- "ଡାକ୍ତରଖାନାକୁ ନେଇଥିଲ?", ପଚାରିଲେ ଯୁଝେଷ୍ଟି ମାଷ୍ଟ୍ରେ।

ଶୁକୁଟା କହିଲା, "ନାଇଁବା। ଡାକ୍ତର ପାଖକୁ କାହିଁକି ନେଇ ଥାଆନ୍ତୁ? ବୋଡ଼ା ସାପ ବିଷକୁ ଡାକ୍ତର ନା ତା' ବୋପା ହେଲେ ପାରିଥାଆନ୍ତା ନା ମାଷ୍ଟ୍ରେ? ତାକୁ ତୋଟାକୂଳ ନାଗୁ ଗୁଣିଆ ପାଖକୁ ନେଇଥିଲୁ ପରା।"

- "ସେଇଠୁ?"

- "ନାଗା ଗୁଣିଆ ତେନ୍ତୁଳି ମଞ୍ଜି ଘୋରି କାମୁଡ଼ା ଜାଗାରେ ନଗେଇଲା। ଗଣିଗଣି ସାତଟା ମଞ୍ଜି ନଗେଇଲା। ଯେମିତି ନୂଆ ମଞ୍ଜି ଲାଗିବ, ଲୁହାକୁ ଚୁମ୍ବକ ଟାଣି ଧରିଲା ଭଳିଆ ଭିଡ଼ି ଧରିବ। ଘଡ଼ିକେ ବାଆଦେ ମନକୁ ମନ ମଞ୍ଜି ଖସି ପଡ଼ିବ। ସେଇଠୁ ନାଗା ଆଉ ଗୋଟା ମଞ୍ଜି ନଗେଇବ। ଏମିତି ସାତଟା ମଞ୍ଜି ନଗେଇଲା ପରେ ବି ମଞ୍ଜି ଖସି ପଡ଼ିବାରୁ, ମୁଣ୍ଡରେ ହାତ ଦେଇ ବସିଲା ନାଗା ଗୁଣିଆ। କହିଲା-

'ଇଏ ତ ଚନ୍ଦନ ବୋଡ଼ା। ତମେ ବୋଡ଼ା ସାପ କହୁଚ କଅଣ? ସେ ସାପ ଆଖପାଖରେ ଥିଲେ ତା' ଦିହ ତ ଖାଲି ଚନ୍ଦନ ଭଳିଆ ମହମହ ବାସି ଫଟେଇବ।'

ଆମେ ସେତେବେଳକୁ ଆଶା ଛାଡ଼ି ବସିଲୁଣି। କାନ୍ଦୁଣିମାନ୍ଦୁଣି ହୋଇ ବିକଳା ପଚାରିଲା, 'ମୋ' ଭାଇ ଆଉ ବଞ୍ଚିବନି?'

ପହଡ଼େ ଭାବି ନାଗା ପଚାରିଲା- 'କୁକୁଡ଼ା ଚାରିଟା ଯୋଗାଡ଼ କରି ପାରିବୁ?'

ଜଣେ କିଏ କହିଲା, 'ମଙ୍ଗରାଜପୁର ଅଛ ପାତର ପୁଅ କୁକୁଡ଼ା ଫାରମ କରିଚି। ସେଇଠିକି ଗଲେ ମିଳିବ।'

ନାଗା କହିଲା- 'ଫାରମ କୁକୁଡ଼ା ଚଳିବନି। ଯଦି ଦେଶୀ କୁକୁଡ଼ା ଯୋଗାଡ଼ କରି ଆଣି ପାରିବ ରୋଗୀ ବଞ୍ଚିବ। ନ ହେଲେ ସୋରଗରୁ ଧନନ୍ତରୀ ଆସିଲେ ବି ଚନ୍ଦନ ବୋଡ଼ା ବିଷ ହରଣ କରିବାର କ୍ଷେମତା ନାହିଁ।'

ବଢ଼ି ପାଣି ରାଇଜରେ ଏବେ ଦେଶୀ କୁକୁଡ଼ା ମିଳୁଚି କେଉଁଠୁ?"

ଉଦ କହିଲା, "ଇରେ କ'ଣ ହେଲା ଚଞ୍ଚଳ ନକହି ସେଇ କଥାକୁ ଏତେ ଫେଣେଇ ହଉଚୁ କାଇଁକି?"

- "ହବ କଅଣ, ନେମ୍ବୁନୁଣ,ପାଚିଲା କଦଳୀ? ବିକଳା ବିକଳ ହୋଇ ସମସ୍ତଙ୍କ ମୁହଁକୁ ଅନୋଉ ଥାଏ। ମୋର କାଇଁକି ହୁଦସ୍ତ ମାଣିତିରୀ ହୁଣ୍ଡା ପଇଡ଼ା କଥା ମନେ ପଡ଼ିଗଲା। ମୁଁ କି ଆଉ ଥୟ ହେଇ ବସେ? ସେଇ ପାଣି ପାଟକରେ ମାରିଲି ଡିଆଁ। କୋଉଠି ଅଣ୍ଟାଏ, କୋଉଠି ବେକେ ପାଣି। ମୁଁ ତ ଜୀବନକୁ ପାଣି ଛଡ଼େଇ ଦେଇ ଧାଇଁଚି। ହୁଣ୍ଡା ପଇଡ଼ା ଯେମିତି ଶୁଣିଚି, ଭାଡ଼ିରୁ କାଢ଼ି ଚାରିଟା କୁକୁଡ଼ା ଦେଲା। ଯୋଗକୁ ବଢ଼ିପାଣି ଯୋଗୁ କୁକୁଡ଼ାଗୁଡ଼ାଙ୍କୁ ପଦାକୁ ଛାଡ଼ି ନଥିଲା। ନ ହେଲେ ତାଙ୍କ ପଛରେ ଗୋଡ଼େଇ ଗୋଡ଼େଇ ସଞ୍ଜ ବୁଡ଼ି ଥାଆନ୍ତା । କୁକୁଡ଼ା ଧରି ମୁଁ ଯେମିତି ପହଞ୍ଚି ଯାଇଚି ନାଗା ବସିଲା ଜାଗାରୁ ଉଠି ଆସି ମତେ ଗୋଟା ପଣେ କୁଣ୍ଢେଇ ପକେଇ କହିଲା, 'ସାବାଇସ୍ ଶୁକଦେବ। ଏଥର ଆଉ ଚିନ୍ତା ନାହିଁ।' ନଗେଇଲା ଗୋଟା କୁକୁଡ଼ା ମଳ ଦୁଆର ମୁହଁକୁ, କାମୁଡ଼ିବା ଜାଗାରେ। ଆଖି ପିଛୁଳାକେ କୁକୁଡ଼ାଟା ଛଟଛଟ ହୋଇ ବେକ ମୋଡ଼ି ପଡ଼ିଲା। ସେଇଠୁ ନଗେଇଲା ଆଉ ଗୋଟାଏ। ସେଟା ମଲା ଦି'ଘଡ଼ି ବାଆଦେ। ତା' ପରେ ଆଉ ଗୋଟା ଲଗେଇବାରୁ ସେଇଟା ଆଉ ମଲାନି। ଖାଲି ଘଡ଼ିଏ ଉଲଝା ମାରି ପଡ଼ିଲା। ଶେଷଟା ବଞ୍ଚିଗଲା। ମୁଁ ମନେମନେ କହିଲି, 'ତୋ' ମା' ଦୁତିଆ ପୂଜିଥେଲାରେ ଶଳା।' ନକୁଳା ସେତେବେଳକୁ ଆଖି ଖୋଲିଲାଣି। ନାଗା କ'ଣ ଜଡ଼ିବୁଟି ବାଟି ଥୋଡ଼ା ପେଇଲା। କହିଲା, 'ଆଉ ଭୟ ନାହିଁ। ବିଷ ହରଣ ହୋଇ ଗଲାଣି।' ମୁଁ ଆସିଲା ବେଳକୁ ନକୁଳା ଉଠି ବସି ନ

ଥେଲା କି କଥା କହି ନଥିଲା । ନାଗା କହିଚି– ତାକୁ ତିନି ଦିନ ବାଆଦେ ଛାଡ଼ିବ । ମୁଁ ଏତେ ଦିନ ଘାଟ କମେଇ କରି ତା' ପାଖରେ ଜଗି ବସିପାରିବି ମାଷ୍ଟ୍ରେ ? ତମେ କହୁନା । ଇଏ ଗାଁ ବାଲାଙ୍କ ଇିଜିମାଇଲି ଡଙ୍ଗା ନା ମୋ' ନିଜ ଡଙ୍ଗା ? ତମେ ତ ପଢ଼ାଶୁଣା ଲୋକ । ମଣିଷ ଚରୋଉଥିଲ । ତମେ କହୁନା ? ସେଥିକି ତା' ଭାଇ ମନଦୁଃଖ କଲେ ମୁଁ କଅଣ କରିବି ? ତେଣେ ହୁଣ୍ଡା ପରିଡ଼ା କୁକୁଡା ଟଙ୍କା ବାକୀ ପଡ଼ିଛି । ଦେଉଛି କି ନାହିଁ କିଏ ଜାଣେ !"

ଉଦ କହିଲା, "ତୋ' ଭଳିଆ ଲୋକ ବୋଲି ଏମିତି ବଢ଼ିପାଣିରେ ଏତେବାଟ ଡଙ୍ଗା ନେବାକୁ ହିମତ କଲା । ଆଉ କିଏ ସାହାସ କରି ଥାଆନ୍ତା ?"

– "ସେ କଥାକୁ କଅଣ ବିକଳା ପୁହାଣ ହେଜୁଚି ! ଓଲଟା କାଲେ ଗଞ୍ଜେଇ ଖର୍ଚ୍ଚ ମାଗିବି ବୋଲି ଶଳାଟା ମୋ' ସାଙ୍ଗରେ ଆସିଲା ବେଳକୁ ପାଟି ଫିଟେଇଲାନି । ନ ଫିଟୋଉ । ତା' ବଡ଼ଲୋକୀ ତା' ଘରେ । ଶୁକୁଟା ଘାଟିଆ ତା'ର ଖାଏ ନା ଧାରେ ?"

ଚଇତନ ପାତ୍ର ପଚାରିଲା, "ଏଡ଼େ ବଡ଼ କଦଳୀ କାନ୍ଧିଟା କୋଉଠୁ ପାଇଲ ଶୁକୁଟା ? ବଢ଼ି ପାଣିରେ ଭାସି ଆସୁଥିଲା କି ?"

– "ତମକୁ କିଏ ଦୋକାନୀ କଲା କେଜାଣି ? ଏଇ ବୁଦ୍ଧିରେ ଛ' କି ନ' ନେଖି କି ଦୋକାନ ଚଳୋଉଚ ?"

– "କାହିଁ, ମୋ' ବୁଦ୍ଧିକି ଏମିତି ବାରି ଦେଲୁ କାହିଁକି ? ମୁଁ କି ନାଁକରା କଥା ପଚାରିଲି ?"

– "କଦଳୀ କାନ୍ଧି ପାଣିରେ ଭାସିବ ? ଇଏ କଅଣ କଦଳୀଗଡ଼ ହେଇଚି ? ତମେ ନିଜେ କହୁନା ମହାଜନେ ।"

ଚଇତନ ତା' କଥାରେ କାନ ନଦେଇ କହିଲା, "ବାଗିଆ ଚିନିଚମ୍ପା କଦଳୀ । ଭାରି ମିଠା ।"

ଶକୁଟା କହିଲା, "ତମେ ଆଉ ରାତିରେ ଭାତ ଖାଇବନି କି ? କ'ଣ ଅନୋଉ ଅନୋଉ ଦି'ଫେଣା ମୂଳ କଦଳୀ ସଫା କରି ଦେଲଣି ?"

– "ଇରେ ପଅରିଦିନ ରାତିରେ ଏଇଠି ଯାହା ଗଣ୍ଡା ଖାଇଥିଲି । ଘର ଚିନ୍ତାରେ କଅଣ ଭଲ କରି ଖାଇଥିଲି ? ଦି' ଦିନ ହେଲାଣି ଝଡ଼ା ଉପାସ । ଦି ଫେଣା ଏଡ଼େ ବକଟେ ବକଟେ କଦଳୀ ଖାଇବାରୁ ତୁ ଆହୁରି ପଚାରୁଛୁ ? ଭୋକରେ ଏଣେ ମୋ' କରଡ଼ି ଖାଲି ଜଳୁଚି ।"

ମାଛ ଧୋଇ ଆଣି ଶୁକୁଟା ପଚାରିଲା, "ରାତି ଅଧରେ ଏମିତି ଭୁଁଭୁଁ କଅଣ ଗୋଟା ଶୁଭୁଚି କି ଉଦିଆଇ ?"

ଯୁଝେଷ୍ଠି ମାଷ୍ଟ୍ରେ କହିଲେ, "ହେଲିକେପ୍ଟର୍‌ରେ ରିଲିଫ୍ ଆସିଥିବ।"

– "ଅନ୍ଧାରରେ କୋଉଠି ପକେଇବ? ଯଦି ଲୋକଙ୍କ ଉପରେ ପଡ଼େ? ଆଉ ଜୀବନ ରହିବ? ଏ ଦୁଃଖରୁ ସେ ଦୁଃଖ ବଳି ପଡ଼ିବ।"

ଚଇତନ ପାତ୍ର କହିଲା, "ମାଣିକିପୁରରେ କ'ଣ ହେଲା ଜାଣିଚୁ ଶୁକୁଟା? ପଂଚାବନ ସାଲ ବଢ଼ି ବେଳେ ଯେତେବେଳେ ରିଲିଫି ଆସିଲା, ଯିଏ ଯାହା ପାଇଲା କୁଣ୍ଢେଇ ମୁଣ୍ଡେଇ ଘରକୁ ବୋହିଲା। ଗୋଟା ମହା ହେମାକାତିଆ କମାର ଥେଲା ସେ ଗାଁରେ। ତା' ନାଁ କିଣା। ଲୁହା ବାଡ଼େଇବାଡ଼େଇ ତା' ଦିହ ସାରା ଆବୁ ଭଳିଆ ଫଳି ଯାଇଥାଏ। ଶଳା ଭାରି ଲୋଭୀ।"

ଶୁକୁଟା ଫେଁଫେଁ ହସିଲା। ଚଇତନ ପାତ୍ର ପଚାରିଲା, "କିରେ ଏମିତି ଘୋଡ଼ାଙ୍କ ଭଳିଆ ହସୁଛୁ କାହିଁକି କିରେ?"

– "ନାଇଁ ମ ତମେ ସେଥିରୁ କ'ଣ ପାଇବ? କହୁନା କ'ଣ ହେଲା?"

– "ତୁ ଆଗ ହସିଲୁ କାହିଁକି କହିସା'ରେ। ପଛେ କଥା ଶୁଣିବୁ।"

ଶୁକୁଟା କହିଲା, "ମୋ' ଅଜା ନାଁ କିଣା ବେହେରା। ସେ ଶଳାଟା ବି ମହାଲୋଭୀ ଥିଲା। ତାଆରି କଥା ମନେ ପକେଇ ହସିଲି। ହେଲା ତ? ଏଥର କୁହ। ତମେ ମୋ' କଥାକୁ ଅସୁଖ ପାଉଛ କି ମହାଜନେ? ମୋ' ବାଗ ତମେ ଜାଣିନା? ହଉ କ'ଣ ହେଲା କୁହ ସେଇଠୁ?"

ଚଇତନ ପାତ୍ର ପିଲାଙ୍କୁ ଗପ କହିଲା ପରି ବସେଇବସେଇ କହିବାକୁ ଆରମ୍ଭ କଲା, "ସେତେବେଳକୁ ତିନି ବସ୍ତା ଚାଉଳ ଦି' ବସ୍ତା ଚୁଡ଼ା ନେଇ ସେ ଘରେ ପୂରେଇ ସାରିଲାଣି। ତା' ମନ ତ ଲାଗିଛି। ଛାଡୁଛି କେତକେ? ଏଣେ ଯମ ତ ତାକୁ ଡାକୁଛି। ସିଏ କୋଉ ଥୟ ହେଇ ରହି ପାରୁଛି? ଆଉ ଗୋଟା ବସ୍ତା ଧରିବାକୁ ଯାଇଚି ତ, ବସ୍ତା ପଡ଼ିଲା ଉପରେ। ପଡ଼ିଲା ବୋଲି ଏକାଥରେ ଛିଂଚାଡ଼ି ନେଇ ସ୍କୁଲ ଖୁଂଟରେ ଢୋ' କରି ପିଟିଦେଲା। ମୁଣ୍ଡ ସେଇଠି ଫାଟି ନଡ଼ିଆ ପରିକା ଛତରଛାଳ। ସେ ଶଳା ମରି ସେଇ ସ୍କୁଲ ଘର ଭିତରେ ଆଜିଯାଏ ଭୂତ ହୋଇ ଅଛି। ସ୍କୁଲ୍‌ବାଲା ସେ ଘରକୁ ତାଲା ପକେଇ ରଖିଛନ୍ତି। ତା' ଭିତରକୁ ରାତିରେ ତ ରାତିରେ, ଦିନରେ ବ କେହି ଯାଆନ୍ତିନି। ତାକୁ କୁହନ୍ତି ଭୂତଖାନା।"

ଯୁଝେଷ୍ଠି ମାଷ୍ଟ୍ରେ କହିଲେ, "ଚିନ୍ତାମଣି ପଣ୍ଡିତଙ୍କର କ'ଣ ହେଲା ଜାଣି ହେଲାନି। ମନଟା ଗୋଳଇେଘାଣ୍ଟି ହେଉଛି। କାଲି ସକାଳୁ ଯାଇ ତାଙ୍କ ଘର ପାଖରୁ ଟିକେ ମୁହଁ ମାରି ଆସିଲେ ହେବ।"

ଚଇତନ ପାତ୍ର କହିଲା, "ମାଛମୁଣ୍ଡ ଗୋଟାଏ, ପେଟୀ ମାଛ ଭଜା ଦି' ତିନି

ଖଣ୍ଡ ମୋ' ପେଇଁ କଦଳୀ ପତରରେ ଗୁଡ଼େଇ ଅଲଗା ରଖି ଦେଇଥା', ସାହୁପୁଅ। ମୋ' ସ୍ତୀଟା ମାଛମୁଣ୍ଡ ଖାଇବାକୁ ଭାରି ରଙ୍କୁଣୀ।"

– "ବଢ଼ି ଛାଡ଼ିବା ଦି' ଦିନ ବାଆଦେ କିମ୍ଭିରିଆ ମୁହଁରୁ ପାଣି ଛାଡ଼ିବ ? ଘରକୁ ଯିବ କେମିତି ଯେ, ସ୍ତୀ ପାଇଁ ମାଛ ଭଜା ନେଇ ଯିବ ?"

– "ମତେ କାଲି ଶୁକୁଟା ଡଙ୍ଗାରେ ନେଇ ଟିକେ ଛାଡ଼ି ଦେଇ ଆସିବନି ?"

– "ଶୁକୁଟାର କ'ଣ ଆଉ ଘରଦୁଆର ଅଛି ନା, ଛୁଆ ମାଇପ ଅଛନ୍ତି ? ମୋର ତ ଏଇ ବେପାର ଲାଗିଛି !"

ରେଡିଓ ବନ୍ଦ କରି ଦେଇ ଯୁଝେଷ୍ଟି ମାଷ୍ଟ୍ରେ କହିଲେ, "କାଲି ଆଡ଼କୁ ପାଣି ଛାଡ଼ିଗଲା ପରି ଲାଗୁଛି। ଉପର ମୁଣ୍ଡରେ ଆଉ ବର୍ଷା ନାହିଁ ବୋଲି ଖବର କହୁଥିଲା।"

ଉଦ କହିଲା, "ବାଡ଼ିରୁ ଦି' ଖଣ୍ଡ କଦଳୀ ପତର କାଟି ଆଣିଲୁ ଶୁକୁଟା। ନହେଲେ ବାସନକୁସନ ଧୋଉଧୋଉ ଅବିକା ରାତି ଅଧ ହେବ।"

ବାଡ଼ିପଟୁ ଚାରିଖଣ୍ଡ କଦଳୀ ପତର କାଟି ଦି' ଖେପାରେ ଫେରିଲା ବେଳକୁ ଶୁକୁଟାର ଅଣନିଶ୍ୱାସୀ ଅବସ୍ଥା। ଦେହ ଗୋଟିପଣେ ଝାଳରେ ବୁଡ଼ିଛି। ଭୟରେ କଥା କହି ପାରୁନି। ଉଦ ପଚାରିଲା, "କ'ଣ ହେଲା କିରେ ଶୁକୁଟା ?"

ଶୁକୁଟା କହିଲା, "ପାଣି।"

କୁମ ତା' ହାତକୁ ପାଣି ଗିଲାସେ ବଢ଼େଇ ଦେଇ ପଚାରିଲା, "କ'ଣ ହେଲା କହୁନା। ଜନ୍ତୁଜାନ୍ତା ଦେଖିଲ କି ?"

ପାଣି ପିଇ ଟିକେ ସାଷ୍ଟମ ହେଲା ପରେ ବହୁ କଷ୍ଟରେ ଶୁକୁଟା କହିଲା, "ମୂର୍ଦ୍ଧାର।"

ଉଦ ପଚାରିଲା, "କେଉଁଠି ?"

– "ତଳ ବାଡ଼ି କଦଳୀ ବଣରେ ଲାଗିଛି। ହାତୀ ଭଳିଆ ଚଉକଷିଆ ମାଇକିନିଆଟା। ମତେ ଦେଖି କାଚ ଝୁମୁଝୁମୁ କରୁଥିଲା।"

ଉଦ କହିଲା, "ହା ଶଳା ଆଡ଼ବାଇଆ ! ମୂର୍ଦ୍ଧାରଟା ତୋତେ ଦେଖି କେମିତି କାଚ ଝୁମୁଝୁମୁ କଲା ?"

– "ତମେ ସେମିତିକା ମାଇକିନିଆଙ୍କ ଖୋଇ ମୋଟେ ଜାଣିନା, ଉଦିଆଇ। ମରି ମାଟିରେ ମିଶିଲେ ବି ଖୋଇ ଛାଡ଼ିବେନି।"

ଉଦ କହିଲା, "ଚାଲିଲୁ ଦେଖିବା।"

– "ଜମା, ମତେ ତ ବାନ୍ଧି ବାଡ଼େଇ ପକେଇଲେ ମୁଁ ଯିବିନି। ଥରେ ଜୀବନ ଧରି ଫେରିଚି। ଆଉ ଥରେ ମରଣ ମୁହଁକୁ ଜାଣିଜାଣି ଯିବି ?"

– "ଇରେ ତାକୁ ସୁଅ ମୁହଁକୁ ପେଲି ନ ଦେଲେ, କାଲିକି ଗନ୍ଧରେ ଆଉ ଏଠି ପଶିହେବ ?", କହିଲା ଉଦ।

– "ତମେ ଆଉ କାହାକୁ ଡାକ। ମୋ' ଦିହ ହାତ ତ ଥରୁଚି। ମୁଁ କରିବି କଅଣ ?"

ଉଦ କହିଲା, "ସମୁଦୁଣୀ; ମତେ ଟ୍ରଚଟା ଟିକେ ଦେଲ। ସେ ଗଞ୍ଜୀଡ଼ ଏଇଠି ବସି ଥାଉ।"

– "ଏଁ, ଗଞ୍ଜୀଡ଼ ? ଛାଇନେଉଟା ବେଲୁ ତ ଏଇ ତମ ଆଖି ଆଗରେ ବସିଚି। ଗଞ୍ଜେଇ ଟାଣିଲି କେତେବେଳେ ?"

କୁମ ପଚାରିଲା, "ତମେ ଏକୁଟିଆ ଯିବ ?"

ଯୁଝେଷ୍ଟି ମାଷ୍ଟ୍ରେ କହିଲେ, "ଚାଲ ମୁଁ ତମ ସାଙ୍ଗରେ ଯିବି। ମୂର୍ଦ୍ଦାରର କ'ଣ ଜୀବନ ଅଛି, ସେ ଖାଇ ଗୋଡ଼େଇବ ?"

ଉଲ ମାଷ୍ଟ୍ରାଣୀ ଚଇତନ ପାତ୍ର ଆଡ଼କୁ ଚାହିଁ କହିଲା, "ଦାଦାଙ୍କ ଭଳିଆ ବୁଢ଼ା ଲୋକ ସାଙ୍ଗରେ ଯିବାକୁ ବାହାରିଚନ୍ତି। ତମେ ଟିକେ ଯାଉନା।" କୁନ୍ଥୁକୁନ୍ଥୁ ହୋଇ ଚଇତନ ପାତ୍ର କହିଲା- "ମତେ ସେ ଦା'ଟା ଦେଇଥା'ରେ ଶୁକୁଟା। ହାତରେ ଲୁହାଫୁଆ ଖଣ୍ଡେ ଥିଲେ ସେମାନେ କିଛି କରି ପାରିବେନି।"

ଉଦ, ଯୁଝେଷ୍ଟି ମାଷ୍ଟରଙ୍କ ପଛରେ ଯାଉଯାଉ ଚଇତନ ପାତ୍ର କହିଲା, "ତୁ ବି ଟିକେ ଚାଲୁନୁ ଶୁକୁଟା।"

ହାତରେ ବାନ୍ଧିଥିବା ଡେଉଁରିଆଟାକୁ ଗଣିଗଣି ସାତ ଥର ମୁଣ୍ଡରେ ଲଗେଇ ଶୁକୁଟା ଯିବାକୁ ଉଠିଲା।

ଘର ଭିତରୁ ରେବ ସେତିକି ବେଳେ ଡାକିଲା, 'ଖୁଡୀ ?'

ଉଲ ମାଷ୍ଟ୍ରାଣୀ କହିଲା, "ରୋଷେଇ ସରିଲାଣି ଯଦି ତାକୁ କ'ଣ ଗଣ୍ଡା ଖାଇବାକୁ ଦେଇ ଦିଅ। ଆମେ ସବୁ ତ ଜଳଖିଆ ଖାଇଛୁ। ତାକୁ ଓଷଦ ଦେଇ ଆମେ ପଛରେ ଖାଇବା।"

– "ତାକୁ ମାଛ ଭଜା ଦି'ଖଣ୍ଡ ଦେବି ?", ଡରିଡରି କୁମ ପଚାରିଲା।

ଉଲ କହିଲା, "ଦେଉନା। ସେଥିରେ କ'ଣ ଅଛି ?"

ବାଡ଼ିପଟୁ ଫେରି ହା' ହୁତାଶ କଲା ପରି ଚଇତନ ପାତ୍ର କହିଲା, "ଏ ହୁରୁମା ଶୁକୁଟା ଯେଉଁଠି ଥିବ! ଘଡ଼ିଏ ପହଡ଼େ ଡେରି କରିଥେଲେ ହୋଇ ନଥା'ନ୍ତା ?"

ଉଲ ପଚାରିଲା, "କାହିଁ କ'ଣ ହେଲା କି ମହାଜନେ ?"

– "ସେ ମୂର୍ଦ୍ଦାର ହାତରେ, ବେକରେ ମିଶି ପାଞ୍ଚ-ସାତ ଭରି ସୁନାଗହଣା

ଥିଲା। ଅସଲ ଚବିଶ କେରେଟ୍ ସୁନା। ମୁଁ ହାଁ ହାଁ କରୁଛି। ଶୁକୁଟା କ'ଣ ମୋ' କଥା ଶୁଣିଲା ? ହୁଦସ୍ତ ବାଉଁଶ ଅଡ଼ା ଲଗେଇ ସୁଅ ମୁହଁକୁ ପେଲି ଦେଲା। ଗଲା ତ ? କାଲି ସକାଳୁ ଯୋଉଠି ଲାଗିବ, ଚୋରଖଂଟ କିଏ ନାଇଁ କିଏ କାଢ଼ି ନେବେ।"

– "ନିଅନ୍ତୁ। କୋଉ ଆମ ବୋପା ଗଣ୍ଠି ଧନ ନେଇ ଯିବେ ? କେମିତିକା ଦେବୀପ୍ରତିମା ଭଳିଆ ଗଢ଼ଣ ପାଇଥେଲା ଦେଖିଲ ତ ? ତା' ଦିହରୁ ଗହଣା କାଢ଼ିବାକୁ କାହା ହାତ ଯିବ ? ବାପଭାଇ କି ଗେରସ୍ତ କେଡ଼େ ଶରଧାରେ ଗହଣାଗାଣ୍ଠି ଗଢ଼େଇ ଥିବେ। କୋଉ କୁଣିଆମଇତ୍ର ଘରକୁ ଯାଉଥେଲା କି, ଜାନି ଯାତରା ଦେଖି ଯାଉଥେଲା କି, ଘର ଭିତରେ ଶୋଇଥେଲା ବେଳେ ଘାଇ ଭାଙ୍ଗିଲା କି କଅଣ ହେଲା କିଏ ଜାଣିଚି ? ତା' କ୍ରମ ଅବଳକୁ ମଲା। ଏ ଶଳା ଚଣ୍ଡାଳ ବଢ଼ିପାଣି କେତେ କେତେ ମାଇପି ଲୋକଙ୍କ ହାତରୁ କାଚ କାଢ଼ିଲା, କେତେ ଛୁଆଙ୍କୁ ମା' ଛେଉଣ୍ଡ କଲା, କେତେ ଲୋକଙ୍କୁ ରାଣ୍ଡିଆଭାଣ୍ଡିଆ କରି ଛାଡ଼ିଲା। ସେଇଥିରେ ତମେ କହୁଚ ଗହଣା କାଢ଼ି ରଖିବାକୁ ?"

ଚଇତନ ପାତ୍ର କହିଲା, "ମଲା, ମୁଁ କଅଣ ମୋ' ଘରକୁ ନେଇଯିବାକୁ କହୁଥିଲି ନା କଅଣ ? କିଛି ନହେଲେ ଏଇ ବିଲମ୍ବନ ଗୋସେଇଁଙ୍କ ଗାଦୀ ଖରା, ବର୍ଷା ଖାଉଛି। ଗୋଟେ ଚାନ୍ଦିନୀ ଗଢ଼ି, ଛୋଟିଆ ମୋଟିଆ ଛାତ ଦଶହାତ ପକେଇ ଦେଇ ଥାଆନ୍ତେ।"

ତାତି ଉଠିଲା ପରି ଶୁକୁଟା କହିଲା, "କ'ଣ ଏଇ ମୁର୍ଦାର ପଇସାରେ ? କାଇଁ, ବିଲମ୍ବନ ଗୋସେଇଁଙ୍କି କାଙ୍ଗାଳ ବୋଲି ଭାବିଲ କି ମହାଜନେ ? ଆଉ ଦିନେ ସେମିତିକା କଥା ମୁହଁରେ ଧରିବନି କହି ଦେଉଚି।"

ବାଢ଼ିପଟୁ ଫେରି ଯୁଝେଷ୍ଟି ମାଷ୍ଟ୍ରେ ଏତେ ବେଳ ଯାଏ ନୀରବରେ ବସି ରେଡିଓ ଲଗେଇ ବଢ଼ିପାଣି ଖବର ଶୁଣୁଥିଲେ। ବିଶେଷ ସମ୍ବାଦ ସରିଗଲା ପରେ ଚଇତନ ପାତ୍ର ଆଡ଼େ ଚାହିଁ ପଚାରିଲେ, "ସୁଆଁଶ ପୋଲ ଆଡ଼େ କେବେ ଯାଇଛନା ପାତ୍ରେ ?"

ଚଇତନ ପଚାରିଲା, "କାହିଁ, ସୁଆଁଶ ପୋଲ କଥା କାହିଁକି ପଚାରୁଛନ୍ତି ମାଷ୍ଟ୍ରେ ?"

ଯୁଝେଷ୍ଟି ମାଷ୍ଟ୍ରେ କହିଲେ, "ସେଠି ଗୋଟାଏ ପାଗଳା ବୁଲୁଛି। ଏକସ୍ତରୀ ବାତ୍ୟା ବେଳେ ତାଳଗଛ ପ୍ରମାଣେ ସମୁଦ୍ର ଢେଉ ମାଡ଼ି ଆସିଥିଲା, ଶୁଣିଥିବ। ସେ ବର୍ଷ ସମୁଦ୍ରକୂଳିଆ ଗାଁ ସବୁ ପଦା ହୋଇ ଯାଇଥିଲା। ହଜାରହଜାର ଲୋକ ମରି ପଡ଼ିଥିଲେ। ସମୁଦ୍ର ପାଣି ପଛକୁ ଫେରିଗଲା ବେଳେ ଯାହାକୁ ଯୋଉଠି ପାଇଲା,

ଫୋପାଡ଼ି ଦେଇ ଯାଇଥିଲା । ମଡ଼ା ପୋଡ଼ିବାକୁ ଲୋକବାକ ତ ନଥିଲେ । ଖାଇବାକୁ ଶାଗୁଣା, ବିଲୁଆ ବି ମିଳିଲେନି । ଏ ହାରାମୀ, ଚଣ୍ଡାଳ ବୁଦ୍ଧିରେ ସେତିକି ବେଳେ ବୁଲିବୁଲି ମୂର୍ଦ୍ଦାର ଦେହରୁ ଗହଣାଗାଣ୍ଠି କାଢ଼ି ରୁଣ୍ଡେଇଲା । ଅଧବସ୍ତା କି ବେଶୀ ହେବ ସୁନା ଗହଣା । ଚୋର ତସ୍କରଙ୍କ ଭୟରେ କୁଆଡ଼େ ପୋତି ଦେଇଥିଲା । ଠାଉରିଆ କିଏ ଓର ଉଣ୍ଡି ତାକୁ ନେଇଗଲେ କି ଭଗାରୀ କିଏ କେତେବେଳେ କୁଆଡ଼େ ଗାଏବ କରିଦେଲେ, ଭଗବାନ ଜାଣନ୍ତି । ସେଇଠୁ ମୁଣ୍ଡ ଖରାପ ହୋଇଗଲା । ଯୋଉଠି ପାରିଲା, ସେଠି ଖୋଳିଲା । ଯାହାକୁ ଦେଖିଲା ପଚାରିଲା । ଥିବଥିବ ଚିଲେଇବ– ହେଇ ଆଇଲା ଲୋ, ମୋ' ବେକ ମୋଡ଼ି ଦେବ । ମୋତେ ଲୁଚେଇ ପକା ଲୋ ।"

ଟିକେ ରହି ଗୋଟାଏ ଦୀର୍ଘଶ୍ୱାସ ପକେଇ କହିଲେ, "ବଦ୍ଧ ପାଗଳ । ତିରିଶ, ଚାଳିଶ ବର୍ଷ ହେଲାଣି ସେଇ ସୁଆଁଶ ପୋଲ ପାଖରେ ବୁଲୁଛି । ଏବେ ମଲାଣି କି ବଂଚିଛି କେଜାଣି ? ମୋର ତ ଆଉ ସେପଟେ ସେମିତି ଯିବା ଆସିବା ନାହିଁ ।"

କୁମ ପଚାରିଲା, "ରୋଷେଇ ସରିଲାଣି । ବାଢ଼ିବି ?"

ଚଇତନ କହିଲା, "ସେ କଥା ଆଉ ପଚାରିବାକୁ ଅଛି ?"

ଯୁଝେଷ୍ଠି ମାଷ୍ଟ୍ରେ ପଚାରିଲେ, "ରେବ ଖାଇଲା ?"

କୁମ କହିଲା, "ହଁଅ, କଅଣ ଦି' ଗୁଣ୍ଡା ଖଣ୍ଡେ ଭାତ ସେଇ ସକାଳ ଡାଲମା ଲଗେଇ ଖାଇଚି । ଭଜା ମାଛ ଦି'ଖଣ୍ଡ ଦେଇଥିଲି ଯେ, ମୋଟେ ଛୁଇଁଲାନି ।"

– "ଶୋଇଛି ?", ଉଦ ପଚାରିଲା ।

ମୁଣ୍ଡ ହଲେଇ ଦେଇ କୁମ ବଢ଼ାବଢ଼ିରେ ଲାଗିଲା ।

-୧୧-

- ଶୁ ..କୁ..ଟା.. ଶୁ..କୁ..ଟା..ରେ...., ,ରେ ...ଶୁ ...କୁ...ଟା ?

ରାତି ଅଧରୁ କିଏ ଏମିତି ଲହରେଇ ଡାକୁଛି ? ଶୁକୁଟା ଗୋଟା ନଡ଼ିଆବାହୁଙ୍ଗା ଚାଂଚରା ପକେଇ ଦି' ଖଟିଆ ମଝିରେ ଶୋଇଛି । ଏ କଡ଼େ ଯୁଝେଷ୍ଟି ମାଷ୍ଟ୍ରେ, ସେପଟେ ଚଇତନ ପାତ୍ର। ଘର ଭିତରେ ରେବ ପାଖରେ, ଖଟ ଉପରେ ଉଲ ମାଷ୍ଟ୍ରାଣୀ । ସପ ଖଣ୍ଡେ ପାରି ତଳେ କୁମ। ବାଡ଼ି ଚାଳିଆରେ ଉଦ ଶୋଇଥିଲା। ଭାତଖିଆ ନିଦ ଭାଙ୍ଗି ବାହାରକୁ ଉଠିଲା ବେଳୁ ଶୁଭୁଚି ସେ ଡାକ। ନଈ ଆରପଟୁ କିଏ ଏମିତି ଡାକୁଚି ? ନଈ ସେ କୂଳରେ ତ ଠିଆ ହେବାକୁ ଚାଖଣ୍ଡେ ଜାଗା ସୁଦ୍ଧା ନ ଥିଲା। କେଉଁଠି ଠିଆ ହୋଇ ଏମିତି ଆତୁରିଆ ସୋରରେ ଡାକୁଛି ଲୋକଟା ? ରାତି ଅଧରେ ଶୁକୁଟା ପାଖରେ କି କାମ ପଡ଼ିଲା ? ଚାରିଆଡ଼େ ତ ସମୁଦ୍ର ଭଳିଆ ପାଣି ଘେରି ରହିଚି। ଏ ପାରିରେ ତା'ର କି କାମ ? କାହିଁକି ଡାକୁଛି ଏମିତି ଉଚ୍ଛନିଆ ହୋଇ ?

ଶୁକୁଟା ସିନା ଶେଷ ଖେପ ଡଙ୍ଗା ନେଲା ବେଳକୁ ଏମିତି ଲହରେଇ ଡାକେ, "କିଏ ଆସୁଚ ହୋ....ଓ....ଓ, ଡଙ୍ଗା ଛାଡିଲା।" ଓଲଟା ଆଜି ଶୁକୁଟାକୁ ଏମିତି ଡାକୁଛି କିଏ ? ରାତି ଅଧରେ ଆଡ଼ବାଇଆ ଶୁକୁଟା ଘାଟିଆ ପାଖରେ କାହାର କି କାମ ?

ଡାକ ତ ନୁହଁ, ଯେମିତି ଗୋଟାଏ ଲାଉଡଙ୍କ ସାପ। ବଢ଼ିପାଣିଆ ଶଙ୍ଖିନୀ ନଈ ଉପରେ ସରସର ହୋଇ ପହଁରି ଆସୁଛି। ଗାତ ଖୋଜି ଘୁନ୍ଦାଳି ହେଉଛି ଏ ପାରିରେ। ସେ ଡାକରେ ହାଉଳି ଖାଇ ଚହଲି ଉଠୁଛି ପାଉଁଶିଆ ଜହ୍ନ ରାତି। ତଟସ୍ଥ ହୋଇ ପଡୁଛନ୍ତି ଗଛବୃଛ। ଚମକି ଉଠି ଘାଲେଇ ପଡ଼ିବାର ଛଳ କରୁଚି ବାଘେଇ ଘାଟ।

ଦାଣ୍ଡପଟକୁ ବୁଲି ଆସି ଉଦ ଡାକିଲା, "ଶୁକୁଟା ?", ଥରେ ଦି'ଥର ଡାକିଲା

ପରେ ମନକୁ ମନ କହିଲା, "ଶୋଇଥାଉ ବିଚରା । ଦିନ ସାରା କେତେ ଧାଁ ଦଉଡ଼ କରିଛି । ଆଡ଼ବାଇଆ ହେଲେ କଅଣ ହେଲା, ଛନ୍ଦ କପଟ କିଛି ପେଟରେ ନାହିଁ । ଯାହା କହିବ ମୁହେଁମୁହେଁ । ପର ପେଇଁ ଜୀବନ ଦେଇ ଦେବା ମଣିଷ । ଏମିତି ଲୋକ କେତେ ଜଣ ମିଳୁଛନ୍ତି ଆଜି କାଲି ?" ରାତିଅଧରେ ଉଠି କଅଣଟା ବା ସେ କରି ପକେଇବ ? କୋଉ ଶୁଖିଲା ନଈ ହେଇଚି, ଏକୁଟିଆ ଡଙ୍ଗା ନେଇ ସେ ପାରିକୁ ପଳେଇବ ? ଭଲରେ ଟିକେ ଶୋଉ । ବଢ଼ିପାଣିଆ ଘାଟ । କାହାର ସକାଳୁ କି କାମ ପଡ଼ିବ, କିଏ ଜାଣେ ?

ଉଦ ପୁଣି ବାଡ଼ିପଟ ଚାଳିଆକୁ ଫେରିଗଲା । ଏଇକ୍ଷିଣା ଆଉ ଆଖିକି ସହଜେ ନିଦ ଆସିବନି । ଫୋଅନଟା ଚାଲୁନି । ପୁଅ ପାଖକୁ ଟିକେ ଫୋଅନ କରିଥିଲେ ହୋଇଥାଆନ୍ତା । ବଢ଼ିପାଣି ଖବର ଶୁଣି ବିଚାରୀ କାଂଚିବୋଉଟା ମୁହଁ ଖୋଲି କିଛି କାହାକୁ କହି ପାରୁ ନଥି ସିନା, ମନେମନେ ବଡ଼ ବେସ୍ତାପି ହେଉଥିବ । ଏଥର ଗଲା ଆଗରୁ କହୁଥିଲା, 'ମରି ଯାଆନ୍ତି କି ଭଲ ହୁଅନ୍ତା । ବଂଚି ଥିବାରୁ ସିନା ଯେତେକ ଜଞ୍ଜାଳ । ମରିଗଲେ ତେଣିକି ଆଉ କି ଜଞ୍ଜାଳ ? ତମ ପଛେପଛେ ଏଇଠି ଛାଇ ପରି ରୁହନ୍ତି ।'

ଆହା, ବିଚାରୀ କାଂଚିବୋଉ ! ତା' ହାତ ଧରି ଜୀବନସାରା କୋଉ ସୁଖ ପାଇଲା ? ସାରା ଜୀବନ ତ ନେ'ନେଞ୍ଜୋରାରେ ଘାଂଟି ଚକଟି ହେଲା । କି ଭଳିଆ ମାଇପିଟା କେଜାଣି ? କୋଉଥିରେ ଆଶା କଳପଣା କିଛି ନାହିଁ । ଛେନା ବରା ଦିଇଟା ଯାଚିଲେ ନାହିଁ, ମାଛ କି ମାଉଁସ ଟିକେ ଆଣିଲେ ନାହିଁ । ସବୁ ବାଢ଼ିବୁଢ଼ି ଦେଇ ନିଜେ ଖାଇ ବସିଲା ବେଳକୁ ତୁଚ୍ଛା । କୋଉଦିନ ବାଇଗଣ ପୋଡ଼ାଟା । ସେତକ ବି ନ ଥିଲେ ଦି ଫୁଟ ତେନ୍ତୁଳି ଚକଟା । କେଡ଼େ ଶରଧାରେ ଉଦ ତା' ହାତକୁ ସୁନା କାଚ କେଇପଟ ଗଢ଼େଇ ରଖିଥିଲା । କୋଉ ପିନ୍ଧିଲା ? ଜୀବନସାରା ତ କାଚରା କାଚ କେଇପଟ ନେଖା ପିନ୍ଧି ବିତିଲା । ଆଉ ପିନ୍ଧିବୁ କୋଉଦିନ ? ମରିଗଲେ କିଏ ନେଇ କାହା ଗାତ ମୁଣ୍ଡରେ ଦେଇ ଆସିଲେଣି ? ତେଣିକି ଝିଅ ନେଉ କି ବୋହୂ ନେଉ କି ଲାଭ ?

ଆଜି ସେ ମୂର୍ଦ୍ଦାରଟା ଦିହରେ କେତେ ଗହଣାଗାଣ୍ଠି ! କାହା ଘର ଝିଅ, କାହା ଘର ବୋହୂ କିଏ ଜାଣେ ? ଘର ଲୋକ ଅବିକା ଖୋଜି ଲୋଡ଼ି ହେଉଥିବେ । ବଢ଼ି ପାଣି ଛାଡ଼ିଲେ ବି କେଇଦିନ ଖୋଜା ଲୋଡ଼ା କରିବେ । କିଏ କାହିଁକି ଜାଣିବ, ଭାସି ଆସି ଏ ନିଛାଟିଆ ବାଘେଇ ଘାଟରେ ଲାଗିଥିଲା ବୋଲି ? କିଏ କାହିଁକି ଜାଣିବ, ଆଡ଼ବାଇଆ ଶୁକୁଟା ଘାଟିଆ ତାକୁ ଶଙ୍ଖିନୀ ନଈ ମଝିକୁ ପେଲି ଦେଲା ବୋଲି ?

ଖୋଜିଖୋଜି ଆଖିରୁ ପାଣି ମଲେ, ଶୁଦ୍ଧି ହୋଇ ପଡ଼ିବେ। ବାସ୍ ତେଣିକି ଘୋଟାଏ ଜୀବନ ସରିଗଲା ଦୁନିଆରୁ। କେଇ ଦିନ ପରେ ଲୋକ ତା' ନାଁ ବି ଭୁଲି ଯିବେ।

ହାଃ ଶଳା ଜୀବନଟା ଏଇୟା? ଏଇ ପେଇଁ ଏତେ ଧାଁଦଉଡ, ସିନ୍ଧୁକବାଙ୍କୁସ? ଏଇ ପେଇଁ ଏତେ କୂଟକପଟ, ହଣାମରା? ଶୁକୁଟା ଏଇ ପେଇଁ ଜୀବନକୁ ପାଣି ଛଡ଼େଇ ବଢ଼ିପାଣିଆ ଶଙ୍ଖିନୀ ନଈ ମଝିରେ ଡଙ୍ଗା ବାହେ? ଅଂଟା ଭକଭକ ଡାକିବା ଯାଏ ସେ ବସି ରହେ ତତଲା ତେଲକଡ଼େଇ ଆଗରେ? ଏହାରି ପେଇଁ ଉଲ ମାଷ୍ଟ୍ରାଣୀ ଗର୍ଭ ଖଲାସ କରେ ଆଉ ନାଗା ଗୁଣିଆ କୁକୁଡ଼ା ବଳି ଦେଇ ବିଷ ହରଣ କରେ?

–ଶୁ ..କୁ..ଟା।.... ଶୁ.କୁ.ଟା. ରେ. ହେ ? ହେ ଶୁକୁଟା?

ପୁଣି ଥରେ ଶୁଭିଲାଣି ସେ ଡାକ। ନାଃ, ଆଉ ନିଦ ହେବନି। ଉଦ ଉଠି ଆସି ଆକାଶକୁ ଚାହିଁଲା। କେତେ ରାତି ହେଲାଣି କେଜାଣି? ପାହାନ୍ତିଆ ତାରା ତ କାଇଁ ଉଇଁନି? ପୁନେଇ ଆଉ କେଇ ଦିନ ରହିଲା? ମଳିଚିଆ ଜହ୍ନ ଆଲୁଅରେ ରାତି ବାରି ହେଉନି। ରେଡୁଅ କାଲେ କହୁଥିଲା, ଉପର ମୁଣ୍ଡରୁ ମେଘ ଛାଡ଼ିଗଲାଣି। କାଇଁ ପାଣି ତ ଛାଡ଼ିଲା ଭଳିଆ ଜଣା ପଡୁନି? ସେମିତି ଥନ୍ତେଇ କରି ଅଛି।

– "କ'ଣ ନିଦ ଭାଙ୍ଗିଗଲା କି ସାହୁପୁଅ?"

ଉଦ କହିଲା, "ଆଜି କାଇଁ ଆଖିକି ନିଦ ଆସୁନି ମ ମାଷ୍ଟ୍ରେ। ସେଇ ଭାତଖିଆ ନିଦ କଡ଼େ ଦିକଡ଼ ଯାହା ଶୋଇଥଲି। ବିଛଣାରେ ଘାଲି ପାରି ପଡ଼ି ରହିଲା ବେଳକୁ ବାର ଚିନ୍ତା ମୁଣ୍ଡରେ ପଶୁଚି।"

– "ରାତିସାରା ସେ ପାରିରୁ ଏମିତି ଆତୁରିଆ ହୋଇ ଡାକୁଛି କିଏ?"

– "କିଏ ଜାଣେ? ଏତେ ଦୂରରୁ ପାଟି କୋଉ ବାରି ହେଉଚି?"

– "ଶୁକୁଟାକୁ ଡାକି ଉଠେଇଲେ ସିଏ ବା କଅଣ କରି ପାରିବ? ସହଜେ ରାତି। ସେଥିରେ ପୁଣି ଏ ଘନଘୋର ବଢ଼ିପାଣି। ସାଙ୍ଗରେ ଆହୁଲା ଧରିବକୁ କେହି ନାହିଁ। ସିଏ ଏକାଟିଆ ଡଙ୍ଗା ନେବ କେମିତି?"

– "ସେଇୟା ନୁହେଁ ଆଉ କଅଣ? ରାତି ପାହୁ ଦେଖାଯିବ।"

– "କାଲି ସକାଳୁ ଡଙ୍ଗା ନେଇ ଆମ ଘରୁ ଚାଉଳ ଦି' ବସ୍ତା ଆଣିବାକି? ଆଟୁ ଉପରେ ଚାଉଳ ଦି' ବସ୍ତା ଥୁଆ ହୋଇଛି। କଖାରୁ ଦି' ଚାରିଟା ବି ଅଛି। କିଛି ନହେଲେ ଭାତ ଡାଲମା କରି ଡଙ୍ଗାରେ ନଦି ଫକୀରାବର ଘାଇ ପାଖକୁ ନେଇଗଲେ ହୁଅନ୍ତା। ଲୋକ ଛୁଆ ପିଲା ଧରି ଭୋକ ବିକଳରେ କେମିତି ଆଉଟୁ ପାଉଟୁ ହେଉଛନ୍ତି ବୋଲି ଶୁକୁଟା କହୁଥିଲା, ଶୁଣିନା?"

ଉଦ କହିଲା, "ଭଲ ହୁଅନ୍ତା। ଦୋକାନ ବାଡ଼ିରେ ଛୋଟ ବଡ଼ କରି ଆହୁରି କଦଳୀ ଦି' କାନ୍ଧି ଅଛି। ସମୁଦୁଣୀ କହୁଥିଲେ, "ତାଙ୍କ ଭାଡ଼ି ଉପରେ ମୁଗ ବସ୍ତାଏ ଅଛି। ରିଲିଫ୍ ଆସି ପହଞ୍ଚିନି ବୋଲି ତ ଶୁକୁଟା କହୁଥିଲା। ଆମ ସଖ୍ୟ ଯେତିକି ପାଇଲା, ସାହାଯ୍ୟ କରନ୍ତେ।"

– "ରିଲିଫ୍ କେମିତି ପହଞ୍ଚିବ ? ବାଟରେ ଶହେ ଜାଗା ତ ଘାଇ ଭାଙ୍ଗିଛି। ଏଣେ କୋଉ ଗୋଟାଏ ଆଡ଼େ ବଢ଼ି ହୋଇଛି ? ଏ ରାଇଜ ସାରା ତ ହଜାରେ କି ଦି' ହଜାର ନଈ। ସବୁ ନଈ ବଢ଼ିଛନ୍ତି। ସରକାର କେଇଟା ହେଲିକେପ୍ଟର କୋଉଠୁ ଆଣି ରିଲିଫ୍ ବାଂଟିବେ ?"

– "ଶଗର ବଉଁଶକୁ ଆଉ ଜାଗା ମିଳୁ ନଥିଲା ନା, ଆମ ରାଇଜ ମାଟି ତାଙ୍କ ପାଟିକୁ ମିଠା ଲାଗିଲା ମ ମାଷ୍ଟ୍ରେ ?", ଚାଞ୍ଚରା ଉପରେ କଡ଼ ଲେଉଟେଇ ପଚାରିଲା ଶୁକୁଟା।

– "ଇରେ ତୋ' ନିଦ ଭାଙ୍ଗିଗଲା କିରେ ?"

– "ମୋ' ନିଦ କେତେବେଳୁ ଭାଙ୍ଗିଲାଣି। ମୁଁ ସେମିତି ଘାଲି ପାରି ପଡ଼ିଥିଲି ନା।"

ଯୁଝେଷ୍ଟି ମାଷ୍ଟ୍ରେ ପଚାରିଲେ, "ରାତି ଅଧରେ ତୋର ଶଗର ବଉଁଶ କଥା କାହିଁକି ମନେ ପଡ଼ିଲା ?"

– "ଶଗର ବଉଁଶ ଚରି ଯାଇ ନ ଥିଲେ, ଏତେ ନଈ କୋଉଠୁ ଆସି ଥାଆନ୍ତା ?"

ଯୁଝେଷ୍ଟି ମାଷ୍ଟ୍ରେ ହସିହସି କହିଲେ, 'ଓହୋ।'

– "ମୋ' କଥା ଶୁଣି ତମେ ଆପଣେ ତ ଖାଲି ହସିବ।"

ଉଦ ପଚାରିଲା, "ତମ ଗାଁ ପଟରୁ ରାତି ସାରା ଏମିତି କିଏ ତୋତେ ଡାକୁଚି କିରେ ଶୁକୁଟା ?"

– "ମୂକ୍ଷା ରାଉଳ ହୋଇଥିବ। ସିଏ ମୋ' ଗଞ୍ଜେଇଖିଆ ସାଙ୍ଗ। ମୁଁ ଘାଟ କାମ ବଢ଼େଇ ଗଲେ ତାଆର ମୋର ଚିଲମ ଭିଡୁ। ମୁଁ କାଲି ସକାଳେ ଫକୀରାବର ଗଲା ବେଳେ ମୋତେ ବାରୁବାରୁ ଗଞ୍ଜେଇ ପେଇଁ କହିଥିଲା। ଗୋଟା ଅମଳି ତ ! ନ ହେଲେ ରାତିରେ ନିଦ ହେଉଛି କୁଆଡୁ ?"

– "ଗଞ୍ଜେଇ ପଇଁ ରାତି ସାରା କିଏ ଏମିତି ଗଳା ଫଟେଇ ହୋଇ ଡାକିବ ?", ଯୁଝେଷ୍ଟି ମାଷ୍ଟ୍ରେ କହିଲେ। ଟିକେ ରହି ପଚାରିଲେ, "ତମ ଗାଁରେ କାହା ଦେହ ମୁଣ୍ଡ ଖରାପ ହୋଇଥିଲା କିରେ ?"

– "ଇରେ ହଁ ହେ ମାଷ୍ଟ୍ରେ। ଗନ୍ଧିଆ ଧଳ ଭାରିଯା ବାଧିକି ଥେଲା। ରାତିରେ କ'ଣ ବେଶୀ ଖରାପ ହେଲା କି ?"

ଉଦ କହିଲା, "ସେଇୟା ନକହି ଏତେ ବାଲିଙ୍ଗି ବତୋଉଛୁ ?"

ଶୁକୁଟା କହିଲା, "ଆଉ ଟିକକୁ ତ ରାତି ପାହିବ। ବଳେ ଜଣା ପଡ଼ିବନି କି ?"

-୧୨-

ସକାଳୁ ବନ୍ଧ କଡ଼କୁ ବାସନ ଧୋଇବାକୁ ଯାଇ କୁମ ଡାକ ପକେଇଲା, "ଦେଖିବ ଆସନି ସମୁଦି।"

ଉଦ ଭାବିଲା, ରାତିରେ ପୁଣି ଗୋଟା ମୂର୍ଦ୍ଧାର ଆସି ଲାଗିଲା କି ?

ସେ ପାଖକୁ ଯିବାରୁ କୁମ କହିଲା, "କାହା ମାଣବସା ଖଟୁଲି ଭାସି ଆସି ଏଠି ଉଉରା ମଝିରେ କେମିତି ଲାଗିଛି ଲୋ ମା'। ମୁଁ କଣ କରିବି ଟି ?"

ନଇଁ ପଡି ଦେଖୁଦେଖୁ ଉଦ କହିଲା, "ଆଉ ସେ ଛିଟ କନାରେ ବନ୍ଧା ହୋଇ କଅଣ ?"

- "ପିଢ଼ା, ପାଇଲି, ମାଣଧାନ ହୋଇଥିବ", ଜବାବ ଦେଲା କୁମ।

- "ଆଣିବି ?"

- "ପର ମାଣବସା ଜିନିଷ ଆଣି କ'ଣ କରିବ ? ଦିଅ, ପାଣି ଭିତରକୁ ପେଲି ଉଝେଇ ଦିଅ।"

- "ଅଗାଧୁଆ ଛୁଇଁବି ?"

- "ଏମିତିକା ବେଳାରେ ଆଉ ଗାଧୁଆଅଗାଧୁଆ ବାରୁଚ କଅଣ ? ଦିଅ ଉଝେଇ ଦିଅ। ସାଗର ଦୁଲଣୀ ବାପଘରକୁ ଯାଆନ୍ତୁ।"

ଉଦ ପାଣି ଭିତରକୁ ପଶି ଥରେ ମୁଣ୍ଡରେ ହାତ ଛୁଇଁ ଉଉରା ସାଙ୍ଗରେ ସବୁକୁ ପାଣି ସୁଅକୁ ପେଲି ଦେଲା।

ଉଦ ପଚାରିଲା, "ରେବ ଉଠିଲାଣି ?"

କୁମ କହିଲା, "ଉଠି ବସିଥିଲା ତ।"

- "ଜରଫର ଆଉ ନାହିଁ ତ ?"

"ଜର ଛାଡ଼ି ଗଲାଣି। ହେଲେ ଆଜିକାଲି ଭିତରେ ଯାହା ହେବା କଥା

ହେବ। ମୋତେ ଭାରି ଡର ମାଡୁଚି। ପର ବୋଝ। ତା' ହାମସାରୀ ଆସି ପହଞ୍ଚିଥିଲେ ଆଉ ଦକ ନଥିଲା। ହେଲେ ନିଆଁଲଗା ବଢ଼ି ପାଣି କୋଉ ଛାଡ଼ିବା ନାଁ ଧରୁଚି ? ଦାଦା କହୁଥିଲେ, ଉପର ମୁଣ୍ଡରୁ ମେଘ ଛାଡି ଗଲାଣି ପରା ?"

– "ହେ ସେ ରେଡୁଅଫେଡୁଅ କଥାରେ ମୋର ତିଳେ ହେଲେ ବିଶ୍ୱାସ ନାହିଁ।"

ବନ୍ଧ ଆଡୁ ଫେରି ଯୁଝେଷ୍ଟି ମାଷ୍ଟ୍ରେ କହିଲେ, "ଶୁକୁଟା କୁଆଡ଼େ ଗଲା କି ସାହୁ ପୁଅ ?"

– "ସିଏ ଫୁଟୁଖାଲିଆ ଭିତରୁ ଡଙ୍ଗା ବାହର କରି, କିମ୍ବୀରିଆ ଯୋଡ଼ ବାଟେ ଡଙ୍ଗା ଘାଟ ପଟକୁ ବୁଲେଇ ଆଣିବାକୁ ଯାଇଛି। ଗନ୍ଧିଆ ଧଳ ଭାର୍ଯ୍ୟା ଦିହ ଭାରି ସାଂଘାତିକ। ତାକୁ ଡାକ୍ତରଖାନାକୁ ନନେଲେ ବଂଚିବନି।"

– "ନେବେ କେମିତି ?"

– "ଡଙ୍ଗାରେ ନେଇ ଫକୀରାବର ଘାଇ ପାରି କରିଦେଲେ ସେଠୁ ବେତାରେ ପୂରେଇ କାନ୍ଧେଇ କରି ନେବେ। ନ ହେଲେ ଆଉ ଉପାୟ କଅଣ ?"

– "ଆହୁଲା ପକେଇବାକୁ ଲୋକ ନହେଲେ ଶୁକୁଟା ସେପଟକୁ ଅବିକା ଡଙ୍ଗା ନେବ କେମିତି ?"

ଉଦ କହିଲା, "ମୁଁ ପଛ ଆହୁଲା ଧରିବି। ମହାଜନ ପୁଅ ଟିକେ ଆଗ ଆହୁଲାରେ ହାତ ପକେଇବେ। ନହେଲେ ଆଖି ଆଗରେ ଅନୋଉ ଅନୋଉ ସ୍ତ୍ରୀଲୋକଟା ମରିଯିବ ? ଗନ୍ଧିଆର ପୁଣି ତିନିଟା ଛୁଆ। ସାନଟା ମା' କ୍ଷୀର ଛାଡ଼ିନି। ଆଣ୍ଠୋଉଚି।"

– "ତମେ ପୁଣି ଏପଟକୁ ଆସିବ କେମିତି ?"

– "ତାଙ୍କ ଗାଁ ଲୋକ ଆମକୁ ଟିକେ ଏପାରିରେ ଛାଡ଼ି ଦେଇ ଯିବେନି ?"

ଉଦ ଆଞ୍ଚ ଝାଡ଼ି ଚା' ବସେଇଲା। ଘର ଭିତରେ କୁମ ରେବକୁ କହିଲା, "ମା' ତୁ ଟିକେ ଉଠି ମୁହଁ ଧୋଇପକା। ଚା' ଟିକେ ଖାଇଲେ ଦିହ ଫୁର୍ତ୍ତି ଲାଗିବ।"

"ଉଦିଆଇ ....ଇ....ଇ ?"

ସହସ୍ର ଯୋଜନ ଦୂରରୁ ଶୁଭିଲା ଗୋଟାଏ ମରଣାନ୍ତକ ଚିତ୍କାର।

ଯୁଝେଷ୍ଟିମାଷ୍ଟ୍ରେ ଉଠିପଡ଼ି ଦି' ଦୋଓଡ଼ କରି ପିନ୍ଧିଥିବା ଧୋତିଟାକୁ ସମ୍ଭାଳୁସମ୍ଭାଳୁ କହିଲେ, "କଥା ସରିଗଲା ସାହୁପୁଅ....!"

ଉଦ ଧଡ଼ପଡ଼ ହୋଇ ଉଠି ଦେଖିଲା, ଡଙ୍ଗାଟା ଶୁକୁଟା ଆୟତ୍ତରେ ଆଉ

ନାହିଁ। ଘାଟ ତଳକୁ ଟିକେ ଛାଡ଼ି ଗୋଟାଏ ମସ୍ତ ଡଅଁରରେ ପଡ଼ି ନଈ ମଝିକୁ ଟାଣି ହୋଇ ଯାଉଛି। କାତ ଛାଡ଼ିଦେଇ ଶୁକୁଟା ଜୀବନ ବିକଳରେ ଉପରକୁ ହାତ ଟେକି ଖାଲି ଡାକ ପକାଉଛି 'ଉଦିଆଇ...!'

ଏ ତ ଡାକ ନୁହେଁ, ତଳିତଳାନ୍ତ ହୋଇଯାଉଥିବା ଜଣେ ଲୋକର ବଂଚିବା ପାଇଁ ଗଳାଫଟା ଚିତ୍କାର। ଜୀବନକୁ ମୁଠେଇ ଧରିବାକୁ ଗୋଟାଏ ବିକଳ ରଡ଼ି। ଯେମିତି ରଡ଼ି କରେ କଂସେଇର ଧାରୁଆ ଛୁରି ତଳେ ଜବେଇ ହେବାକୁ ଯାଉଥିବା ଛେଳି, ଯେମିତି ଜଙ୍ଗଲ ଥରେଇ ଚିତ୍କାର କରେ ଖନ୍ଦ ଭିତରେ ଗଳି ପଡ଼ିଥିବା ହାତୀ। ଯେମିତି ଚିଲାଏ ଅଠା କାଣ୍ଡିଆରୁ ମୁକୁଳିବାକୁ ଚଢ଼େଇ।

.... ମୁଁ ସରି ଯାଉଛି....ସରି ଯାଉଛି ମୁଁ .... ମୋତେ ବଂଚାଅ....

ବାଘେଇ ଘାଟକୁ ନୁହେଁ, ଯୁଝେଷ୍ଟି ମାଷ୍ଟ୍ରଙ୍କୁ ନୁହେଁ, ଚଇତନ ମହାଜନକୁ ନୁହେଁ କି, ନଈ ଆରକୂଳେ ଉପାୟ ନ ପାଇ ଠିଆ ହୋଇଥିବା ଲୋକଙ୍କୁ ନୁହେଁ କି, ଦୁନିଆର ଆଉ କାହାକୁ ବି ନୁହେଁ। ଏ ଖାଲି ଗୋଟାଏ ବିକଳ ଦଇନି, ଯାହାର ଆଗ ନାହିଁ କି ପଛ ନାହିଁ, ମୂଳ ନାହିଁ କି ଶେଷ ନାହିଁ। ଚଇତାଳୀ ପବନରେ ହାଉଳି ଖାଇ ଧୂଳି ଉଡ଼ୋଉଥିବା ଏ ଗୋଟାଏ ଖଣ୍ଡିଆ ଭୂତ। ଫୁଲଝରୀ ବାଣ ପରି ଆକାଶକୁ ଉଠି ସହସ୍ର ଝୁଲ ହୋଇ, ବିଛେଇ ହୋଇ ପଡୁଛି ସାରା ସଂସାର ଉପରେ। ଛେଉଣ୍ଡ ହୋଇ ପଡୁଛି ବାଘେଇ ଘାଟ, ଗୋଟିପଣେ କାକୁସ୍ଥ ହୋଇ ଯାଉଛି ବସୁଧା ମାତା। ଥରି ଉଠୁଛନ୍ତି ଗଛବୃଛ, ଦୋହଲି ଯାଉଛି ବିଲମ୍ବିନ ରଷିଙ୍କ ଆଥାନ। ଫେଣ ଚବକେଇ ଚହଲି ଉଠୁଛି ଖୋଦ ଶଙ୍ଖିନୀ ନଈ।

ଡଙ୍ଗାଟା ଛୁଟି ଚାଲିଛି ଦିଗଭାଗ ନମାନି, ପଟେ ଅରଣା ମଇଁଷି ପରି। ତା' ଉପରେ ଉପରକୁ ହାତ ଉଠେଇ ନାଚୁଛି ଶୁକୁଟା, ଅଷ୍ଟ ପହରୀ ନଗର କୀର୍ତ୍ତନ ବେଳେ ଗଣି ବଇଷମ ଭାବଭୋଳା ହୋଇ ନାଚିଲା ପରି।

ନାଇଁ, ନାଇଁ ଏ ଗଣି ବଇଷମ ହେବ କାହିଁକି? ଏ ଗୋଟାଏ ଅଝଟ ଛୁଆ। ମା' କାନି ଧରି କଟାଳ କରୁଚି, "ଧର ମୋତେ, ମୋତେ କୋଳକୁ ନେଇ କାନି ଘୋଡ଼େଇ ଦେ।"

ଆଖି ପିଛୁଳାକେ ଡଙ୍ଗାଟା ଆଉ ଗୋଟାଏ ଡଅଁର ଭିତରେ ପଡ଼ି କାଗଜଡଙ୍ଗା ପରି ଘିରିଘିରି ଚକା ଭଉଡ଼ୀ ଖେଳିଲା। ଶୁକୁଟା ଡାକ ଆଉ ଶୁଭୁନି। ସେ ପଶି ଯାଉଛି, ଗୋଟାଏ ଅନ୍ଧାରିଆ ସୁଡ଼ଙ୍ଗ ଭିତରେ, ଯେଉଁ ସୁଡ଼ଙ୍ଗ ସିଧା ଲମ୍ବି ଯାଇଛି ଦରିଆ ମଝିରେ ଥିବା ମା' ରାମଚଣ୍ଡୀଙ୍କ ଉଆସ ଦୁଆରକୁ।

ଭୟରେ ଉଦିଆ ଆଖି ବୁଜି ପକେଇଲା।

'ଜୟ ମା' ରାମଚଣ୍ଡୀକି ଜୟ' ଡାକରେ ଆଖି ଖୋଲି ଦେଖିଲା, ଡଅଁରଟା ଡଙ୍ଗାକୁ ଦଳି ମକଚି ମୁଠାଏ ଝାଟୁଆ ପରି ଫିଙ୍ଗି ଦେଲା ଆଉ ଗୋଟାଏ ଡଅଁର ଭିତରକୁ। ଡଙ୍ଗାଟା ତେଣିକି ଶବ୍ଦଭେଦୀ ବାଣ ପରି ସିଧା ଛୁଟିଲା ବାଘେଇ ଘାଟକୁ ମୁହଁ କରି।

-୧୩-

ଆଜି କି ଯୋଗରେ ରାତି ପାହିଥିଲା କେଜାଣି ?

ସକାଳୁସକାଳୁ କେଡ଼େ ବଡ଼ ଗୋଟାଏ ବିପଦ ! ଦିନସାରା ରୋଷେଇବାସ ଝିଞ୍ଚଟ। ଫକୀରାବର ଘାଇ ପାଖରେ ମାହାଳପୁରିଆଙ୍କ ସାଙ୍ଗରେ ତାଳଟୁଙ୍ଗାବାଲାଙ୍କର ବାଡ଼ିଆପିଟା। ତେଣେ ଦିନକ ଭିତରେ ଅନ୍ଧାରୁଆ, ଗୋଜାକଣ ଘାଇ ଦିଇଟା ଭାଙ୍ଗିଲା। ସଞ୍ଜ ବେଳକୁ ପୁଣି ରେବର ଗର୍ଭକଷ୍ଟ ଆରମ୍ଭ ହେଲାଣି।

- "ଦିନସାରା ତ ଖିଆପିଆ ଚଲାବୁଲା କରୁଥିଲା ?", ପଚାରିଲା ଉଦ।

- "ସେଇୟା ତ !", କହିଲା କୁମ।

ଉଦ ପଚାରିଲା, "କଅଣ କରିବା କହୁନା ?"

- "ଉଲ ଦିଦି ତ ଅଛନ୍ତି। ଘଡ଼ିକି ଘଡ଼ି ଓଷଦ ବାଟି ପେଉଛନ୍ତି। ରାତି ପାହୁ।"

ଉଲ ମାଷ୍ଟ୍ରାଣୀ ପଦାକୁ ଆସି ପଚାରିଲା, "ସିଏ କୋଉଦିନ ଚମକିଚାମକି ପଡ଼ିଥିଲା କି ?"

କୁମ ଓଲଟା ପଚାରିଲା, "କାଇଁ କଅଣ ହେଲା କି ?"

- "ଛୁଆଟା ପେଟ ଭିତରେ ବୁଲି ପଡ଼ିଲା ପରି ଲାଗୁଛି।"

- "ଇଲୋ, ମୁଁ କଅଣ କରିବି ଲୋ ?"

ବୋଧ ଦେବାକୁ ଉଲ କହିଲା, "ତମେ ସେମିତି ବ୍ୟସ୍ତ ହେଉଛ କାହିଁକି ? ବାଟକୁ ଆଣିବାକୁ ତ ଓଷଦ ଦେଉଛି। ତେଣିକି ଉପରବାଲା ବରାଦ।"

ଉଲ ମାଷ୍ଟ୍ରାଣୀ ପୁଣି ଘର ଭିତରକୁ ପଳେଇଲା।

ଲଣ୍ଠଣ କାଚ ପୋଛି ସଫା କଲା ବେଳେ କୁମ କହିଲା, "ଆଜି ଦି' ଦିଇଟା ଘାଇ ଭାଙ୍ଗିଲା। କେତେ ଘର ପୁଣି ଭାଙ୍ଗିଥିବ। କେତେ ଘର କାନ୍ଥ ପଡ଼ିଥିବ। କେତେ ମାଣ ଖଟୁଲି, ପିଢ଼ାପାଇଲି ପୁଣି ପାଣି ସୁଅରେ ଭାସି ଯାଇଥିବ। ଏ ପୋଡ଼ାମୁହିଁ

ଶଙ୍ଖିନୀ ନଈ ମନରେ କଅଣ ଅଛି କେଜାଣି ? ଚାରିଦିନ ହେଲାଣି ପାଣି ଛାଡ଼ିବା ନାଁ ଧରୁନି।"

ଯୁଝେଷ୍ଟି ମାଷ୍ଟ୍ରେ ରେଡିଓ ବନ୍ଦ କରି କହିଲେ, "ଅନ୍ଧାରୁଆ, ଗୋଜାକଣ ଘାଇ ଭାଙ୍ଗିଲାଣି। କାଲିକି ଆମ ଏପଟୁ ପାଣି କମିଯିବ।"

- "ସେଇ ରେଡୁଅ କଥାକୁ ତମେ ପୁଣି ବିଶ୍ୱାସ କରୁଚ ମାଷ୍ଟ୍ରେ? ପାଣି କମିବା କଥା କାଲି ସଞ୍ଜରୁ ଘୋଷି ହେଉଚ। କେତେ ପାଣି କମିଲାଣି ?"

- "ତମେ ମୋଟେ ବୁଝୁନା ସାହୁ ପୁଅ। ଉପରମୁଣ୍ଡରୁ ସିନା ବର୍ଷା କମିଲାଣି। ହୀରାକୁଦବାଲା ସିନା ସବୁ ଗେଟ୍ ପକେଇ ସାରିଲେଣି। ଆଗରୁ ଯେଉଁ ପାଣି ଛାଡ଼ିଛନ୍ତି ସିଏ ଯିବ କୁଆଡ଼େ ?"

- "ଆଉ କାଲିକି ପାଣି ଛାଡ଼ିବା କଥା କହୁଚ ?"

- "ଆମ ଏପଟ ଅଞ୍ଚଳଟା ଗୋଟା ନଳାମୁହଁ ପରି ହୋ ସାହୁପୁଅ। ସେପଟେ ଜମ୍ବୁରା ବନ୍ଧକୁ, ଏପଟେ ଚିତ୍ରିଣୀ ନଈ ବନ୍ଧ। ପାଣି ଯିବ କେଉଁ ବାଟେ? ତେଣେ ମୁହାଣ ମୁହଁ ପୋତି ହୋଇ ପଡ଼ିବାକୁ ଏଣେ ପୁନେଇ ଘଡ଼ି। ବଢ଼ି ଛାଡ଼ିବ କେମିତି ? ଅଗସ୍ତି ଋଷି ଆସି ଚଳୁ କରି ପିଇଦେବେ ?"

- "ଭଲକଥା ! ତମେ ଏଘଡ଼ି କହୁଚ, ପାଣି ଛାଡ଼ିବନି। ପୁଣି ସେଘଡ଼ିକି କହୁଚ, କାଲିକି ଛାଡ଼ିଯିବ। ଆଚ୍ଛା ଅଡୁଆରେ ମଣିଷକୁ ଛନ୍ଦିବାନ୍ଧି ପକେଇବା କଥା ତ !"

- "ଗୋଜାକଣ, ଅନ୍ଧାରୁଆ ଘାଇ ଭାଙ୍ଗିଲେ ପାଣି କେତେଆଡ଼େ ଖେଳେଇ ହେଇଯିବ କହିଲ ? ଘଇତାମାରି ପାଟ ଦେଖିଚ ତ ? ଏକା ସେହି ଗହୀରକୁ ସାତଟା ନଈ ପାଣି ନିଅଁଟ।"

- "ସତରେ ସେ ଗହୀରରେ କିଏ ଗେରସ୍ତକୁ ମାରି ପୋତି ପକେଇଥିଲା ନା, ଲୋକ ମନକୁ ସେମିତିକା ନାଁଟା ଦେଇଛନ୍ତି ?"

ଏତେବେଳ ଯାଏ ଚୁପ୍‌ଚାପ୍ ବସି କଥା ଶୁଣୁଥିବା ଶୁକୁଟା କହିଲା, "ମତେ ପଚାରୁନା ଉଦଭାଇ, ମୁଁ କହିବି। ଗେରସ୍ତ ଯାଇଥିଲା ହଳ ନେଇ ପାଟ ଗହୀରକୁ। ଏଣେ ଭାରିଯା ଛୁଆପିଲାଙ୍କ ଜଞ୍ଜାଳ ବଢ଼େଇ, ରୋଷେଇବାସ ସାରି ପାଣି, ପଖାଳ ନେଇଗଲା ବେଳକୁ ଉଦୁଉଦିଆ ଦି ପହର। ଖରାଦିନିଆ ପାଟ ଗହୀର। କେମିତିଆ ଟେଳା ତମେ ଦେଖିଥିବ। ସେଥିରେ ପୁଣି କୋହ୍ଲିଖିଆ କଂଟା। ମାଇପି ଲୋକ ଟାଉଟାଉ ଯାଉଛି କେମନ୍ତେ ? ତେଣେ ଶୋଷରେ ଗେରସ୍ତ ହଂସା ଉଡ଼ିଲାଣି। ଭାରିଯାକୁ ଯେମିତି ଦୂରରୁ ଦେଖିଚି, ଶୋଷ ବିକଳରେ ହଳ ଛାଡ଼ି ଦେଇ ପାଣି ଲୋଭରେ ଧାଇଁଲା ତ

ଆଉ। ଏଣେ ଭାରିଯା ଭାବୁଚି, ତାଆର ଡେରି ହେବାରୁ ତାକୁ ମାରିବାକୁ ଗେରସ୍ତ ହଳୁଆ ପାଂଚଣ ଧରି ଧାଉଁଚି। ଜୀବନ ବିକଳେ ପାଣିପଖାଳ ଫୋପାଡ଼ି ସେ ବି ଗହୀର ମଝିକି ମାରିଲା ଡିଆଁ। ଆଗେଆଗେ ଭାରିଯା, ପଛରେ ଗେରସ୍ତ। ଏଣେ ଉଦୁଉଦିଆ ବଇଶାଖ ମାସ ଖରାକୁ ତେଣେ ଶୋଷ। ସମ୍ଭାଳୁଚି କେତକେ? ଲମ୍ବଜାଲି ଦେଇ ପଡ଼ିଲା ତ ମାଟି କାମୁଡ଼ି। ସେଇଠି ଜୀବ ଛାଡିଗଲା। ସେଇଦିନୁ ତା' ନାଁ ଘଇତାମାରି ପାଟ।"

କୁମ୍ଭ ବସି ରେବ ପାଇଁ ଶୀଳରେ ଓଷଦ ବାଟୁବାଟୁ କହିଲା, "ତମକୁ କେତେ କଥା ଜଣା ମ ଶୁକୁଟା? ପୋଥିପତର ପଢ଼ି କେତେ ବିଦ୍ୟା ନ ଜାଣିଚ!"

- "ଖାଲି ଡଅଁର ମୁଣ୍ଡ ଠଉରେଇ ନ ପାରି ଆଜି ଶଙ୍ଖିନୀ ହାବୁଡ଼େ ପଡ଼ିଥିଲା ସିନା!"

ଦାନ୍ତ ନେଫେଡ଼ି ଶୁକୁଟା କହିଲା, "ମୋ' ଉତପାତିଆ ଖୋଇ ତମେ ଜାଣିନା ଉଦିଆଇ? ରାମଚଣ୍ଡୀ ମା' ଡରିଲେ। ଭାବିଲେ, ଶୁକୁଟା ଆସିଲେ ଗଞ୍ଜେଇ ଟାଣି ମୋ' ଉଆସ ପିଣ୍ଡା ଅଳିଆ କରିବ। ସେଇଥି ପାଇଁ ନ ମାରି ଫେରେଇ ଦେଲେ। ହେଲେ ଉଦିଆଇ, ସେଇ ଘମାଘୋଟିଆ ବେଳେ ମୋ' ଚିଲମଟା ଅଣ୍ଟାରୁ ଖସି କୁଆଡ଼େ ଗଳି ପଡ଼ିଲା। ଅସଲି ଏକ ନମ୍ବରୀ ଗଡ଼ଜାତିଆ ଚିଲମ। ଧାମରା ପଟେ ଡଙ୍ଗା ନେଇ ଗଲା ବେଳେ ରସୁଣିଆ ହାଟରୁ କିଣିଥିଲି। ବହୁ ବର୍ଷ ହେଲା ମୋ' ସାଙ୍ଗରେ ଥିଲା। ମୂଷା ରାଉଳ ଶୁଣିଲେ ବହେ ଶୋଧିବ।"

- "ଇରେ କେଡ଼େ ବଡ଼ ବିପଦରୁ ମା' ତୋତେ ଉଦ୍ଧରିଲେ। ସେ କଥା ନଭାବି ଛାରଛିକର ଚିଲମଟା ପାଇଁ ତୁ ମନଉଣା କରୁଛୁ?"

- "ଧୋଇୟା ମୁଲକରେ ଘର କରି ପାଣିକି ଡରିଲେ ଚଳିବ? ସେମିତି କେଉଟ କୂଳରେ ଜନମ ହୋଇ ଶଙ୍ଖିନୀ ନଈ ଡଅଁରକୁ ଭୟ କଲେ କୁଟୁମ୍ବ ପୋଷି ହେବ? ପାଠ କହୁଚି, 'ଜୀବନରେ ଦାୟ ନୁହେଁ, କୁଟୁମ୍ବରେ ଦାୟ।' ଯେତେହେଲେ ଶଙ୍ଖିନୀ ନଈଟା ନିଜ ମାଆ ପରି ମ ମାଷ୍ଟ୍ରେ। ତାଆରି କୋଳରେ ଖେଳିକୁଦି ମୁଁ ଆସି ଅଧା ଉମର ବିତେଇଲେଣି। ବଢ଼ିପାଣି ଛାଡ଼ିଯାଉ, ତମକୁ ଦିନେ ଡଙ୍ଗାରେ ବସେଇ ବୁଲେଇ ନେବି। ଦେଖିବ ମା'କୋଳ ପରି ତା' କେଡ଼େ ଉଷୁମ। ଦୋଳିରେ ଝୁଲେଇଲା ପରି ଝୁଲେଇବ। ନାନାବାଇଆ ଗୀତ ଗାଇ ଏମିତି ଥାପୁଡ଼େଇ ଦେବ ଯେ, ଘଡ଼ିକେ ଆଖିକି କୋଉ ଛଟକରେ ନିଦ ଘୋଟି ଆସିବ ଯେ, ତମେ ଆପଣ ମୋଟେ ଜାଣି ପାରିବନି। ମା' କଅଣ ବେଳେବେଳେ ରାଗି ଚୋଡ଼ଚାପଡ଼ ପକାଏନା କି? ସେଇ କଥାକୁ ମନରେ ଧରି ବସିଲେ ଚଳିବ?"

ଯୁଝେଷ୍ଠି ମାଷ୍ଟ୍ରେ କିଛି ନକହି ଗୁମ୍ ମାରି ବସି କ'ଣ ଭାବୁଥିଲେ।

ଶୁକୁଟା ପଚାରିଲା, "ମୋ' କଥା ଶୁଣି ଖରାପ ଭାବୁଚ କି ମାଷ୍ଟ୍ରେ? ମୁଁ ଆଡ଼ବାଇଆଟା। ମୋ' ବାଗ ତମେ ଜାଣିନା?"

ଯୁଝେଷ୍ଠି ମାଷ୍ଟ୍ରେ କହିଲେ, "ତୋତେ ଆଡ଼ବାୟା ବୋଲି କିଏ କହୁଛିରେ ଶୁକୁଟା? ଜୀବନର ଅସଲି ମଞ୍ଜି କଥା ତ ତୁ ଜାଣିଛୁ। ମୁଁ କ'ଣ କଥାଟାକୁ ଏତେ ଗହୀରେଇ ଭାବିଥିଲି?"

– "ତମେ ଆପଣ ଏମିତି କଅଣ କହୁଚ ମ! ମଣିଷ ଚରେଇଚରେଇ ତମ ବାଳ ପାଚିଲା। ମୁଁ ଗଞ୍ଜାଡ଼, ଆଡ଼ବାଇଆଟା। କଥା ନହସରେ କଅଣ ନାଇଁ କଅଣ ତୁଣ୍ଡରୁ ଖସିଗଲା। ତମେ ସେଇ କଥାକୁ ଗଣ୍ଠି ପକେଇ ବସିଚ? ମୋ' ବାଗ ତମେ ଜାଣିନା?"

କଥା ବାଁରେଇ ଦେବାକୁ ଯୁଝେଷ୍ଠି ମାଷ୍ଟ୍ରେ କହିଲେ, "ଇରେ ସେ କଥା ନୁହେଁରେ, ଶୁକୁଟା। ମୁଁ ଗାଧୁଆବେଳ କଥା ଭାବୁଥିଲି। ଚୁଡ଼ା ଦି'ବସ୍ତା ପାଇଁ ମାହାଲପୁରିଆଙ୍କ ସାଙ୍ଗରେ ତାଲଚୁଙ୍ଗିଆଙ୍କର ଯୋଉ ମହାଭାରତ! ମାହାଲପୁର ଉଛବ ରାଉତଙ୍କ ଭଳିଆ ଲୋକ, ସିଏ ପୁଣି ଚୁଡ଼ା ଗଣ୍ଡାକ ପେଇଁ ଠେଙ୍ଗା ଧରି ବାହରିଲେ? ଫି'ବର୍ଷ ତାଙ୍କ ଚବିଶ ପ୍ରହରୀ ନାମଯଜ୍ଞ ବଢ଼ିବା ଦିନ ତାଙ୍କ ଦାଣ୍ଡରେ ପରା ପାଂଚ ଦଶଖଣ୍ଡ ଗାଁ ଲୋକଙ୍କ ପତର ପଡ଼େ।"

– "ଦୁନିଆରେ କୋଉ କଥା ରହିଲାଣି ନା ଏଇ କଥା ରହିବ ମାଷ୍ଟ୍ରେ? ଯୋଉ ଫକୀରାବର ଘାଇ ନିକଟରେ ଆଜି ଏମିତି କୌରବପାଣ୍ଡବ ଲଢ଼େଇ ଲାଗିଥିଲା, ଦୋଳପୁନେଇ ଦିନ ସେଇ ଫକୀରାବର ମେଲଣରେ ଦେଖିବ, ମାହାଲପୁରିଆ-ତାଲଚୁଙ୍ଗିଆ କେମିତି ଅବିର ବୋଳାବୋଳି ହେଇ କୁଣ୍ଢାକୁଣ୍ଢି ହେଉଛନ୍ତି!"

ଉଦ କହିଲା, "ମୁଁ ରୋଷେଇ କରି ଦେଉଛି ସମୁଦୁଣୀ। ତମେ ଟିକେ ଯାଇ ତା' ଦିହହାତ ଆଉଁଶି ଦିଅ। ଏ ବେଳରେ ଜୀବନ ଛାଡ଼ିଗଲା ପରି ଲାଗୁଥିବ। ତା' ପୁଅ ହେଲା ବେଳକୁ ଆମ କାଂଚି ବି ଏମିତି ତିନି ଦିନ, ତିନି ରାତି କଷ୍ଟ ପାଇଥିଲା। ବରପଡ଼ା ଡାକ୍ତରଖାନରେ ସେତେବେଳେ କି ହୀନସ୍ତା? ଆମେ ତ ଆଶା ଛାଡ଼ି ବସିଥିଲୁ।"

– "ତା' ଅବସ୍ଥା ଦେଖି ମୋ' ହାତଗୋଡ଼ ତ ଚଳୁନି। ମୁଁ କରିବି କଅଣ? ଠାକୁରେ ତାକୁ କେମିତି ଟିକେ ଭଲରେ ଭଲରେ ଖଲାସ କରିଦିଅନ୍ତୁ।"

ଯୁଝେଷ୍ଠି ମାଷ୍ଟ୍ରେ ପଚାରିଲେ, "ଚଇତନର କାହିଁ ଦେଖା ନାହିଁ? ସିଏ ଆଜି ସେଇ ଫକୀରାବର ଘାଇ ପାଖରେ ରହିବ କି?"

ଶୁକୁଟା କହିଲା, "ତମେ ଜାଣିନା କି ମାଷ୍ଟ୍ରେ ? ସିଏ ପରା ସେଠି କଳଘର ପକେଇବାକୁ ଜଣକ ପାଖରୁ ଜମି କିଣିବାକୁ ମୂଲଚାଲ ଲଗେଇଛି !"

- "ଏ ବଢ଼ିପାଣି ବେଳେ କି ଜମି କିଣାବିକା ?"

- "ମଲା, ଚଇତନିଆ ପେଇଁ ଏଇ ତ ଅସଲ ବେଳ। ଶଳା କଥାରେ କଅଣ କହନ୍ତିନି, ଚାଷୀର ଗୁହାଳ ଧୋଇ ନା ମୋଚିର ବାହଘର। ଏ ଶଳାଟି ସେମିତିକା ଲୋକ। କଟକ ମାଲ ଗୋଦାମରେ ଗୋଟା ମାରୁଆଡ଼ୀ ଦୋକାନରେ ଆଗ ଦଣ୍ଡି ଟେକୁଥିଲା। ଏ ଶଳାର ତ ମହା ଚଉଆଖିଆ ଗୁଣ। ମାରୁଆଡ଼ୀ ତା' ଉପରେ ଏମିତି ଖୁସି ହେଇଗଲା ଯେ, ତାକୁ ଗମ୍ମୁାସ୍ତା କରି ରଖିଲା। ବର୍ଷେ ଦି'ବର୍ଷ ଯେମତି ଯାଇଚି, ଆରମ୍ଭ କଲା ତା ମାରୁ ଖୋଇ। ମାରୁଆଡ଼ୀର ଉଭା ଯେତେ ପୋତା ସେତେ। ଦିନକୁ ଯା' କୁହନ୍ତି, ଲକ୍ଷେ ଗଲେ ଦି'ଲକ୍ଷ ଆଉଚି। ସିଏ କୋଉ ଠଉରେଇ ପାରୁଚି ? ଧାନ ହେଁସରୁ କାଉ ଖୁମ୍ପାରେ କେତେ ଧାନ ଯାଉଚି ସିଏ ବା ଜାଣିବ କେମିତି ? ଶେଷକୁ ଥେଲାଥେଲା ଗଡ଼ଜାତ ପଟୁ ଖୁଚୁରା ବେପାରୀଙ୍କ ପାଖରୁ ବାକୀ ଟଙ୍କା ଆଦା କରି ଫେରିଲା ବେଳକୁ ସିଧା ଆସି ଘରେ। ଆଉ କଅଣ କଟକ ମାଟି ମାଡୁଚି ନା ମାରୁଆଡ଼ୀ ତା' ଦେଖା ପାଉଚି ? ସେଇ ଟଙ୍କାରେ ପରା ଏଠି ଦୋକାନ ଖୋଲିଚି।"

- "ଫକୀରବର ପାଖରେ ଅବିକା କିଏ ଜମି ବିକୁଚି ?", ପଚାରିଲେ ଯୁଝେଷ୍ଟି ମାଷ୍ଟ୍ରେ।

- "ମାହାଳପୁର ମଣି ବରାଳ ଘର ଆଗକୁ ତ ଘାଇ ଭାଙ୍ଗିଲା। ନୂଆ ଘର ଖଞ୍ଜାଟା କଥା ତ ଛାଡ଼, ଚକଡ଼ା ସହିତେ ତାଡ଼ି ପୁରୁଷେ ଗହୀର କି ବେଶୀ ଖାଲ କରି ପକେଇଛି। ଜମି ନ ବିକିଲେ ସିଏ ଏଇକ୍ଷିଣା ଘର କରୁଛି କେଉଁଠୁ ? ଏ ଶଳା ଚଇତନିଆକୁ ତ ମଉକା ମିଳିଗଲା। ବୋଇଲା, ମଲୁ ଖୋଜୁଥିଲା ଯାହା, ବଇଦ ବତେଇଲା ସେଇୟା। କଳଘର କରିବ ବୋଲି ତ ସିଏ ଜାଗା ଉଣ୍ଡାଳି ହେଉଥିଲା। ଛାଡୁଚି କେତକେ ? ମଣିଆ ଭାର୍ଯାକୁ ପରା କୋଉ ଆଳିଆ ଲେଖାରେ ବାଳିଆ ହିସାବ କରି ଗୋଟି ପଣେ ଭାଇ ହୋଇ ସାରିଲାଣି। ମା' ପେଟର ଭଉଣୀକି କିଏ କାହିଁ ଏଡ଼େ ଆଦର କରିବ କି ? ଶଳା ଗଳା ବସେଇ କେଡ଼େ ଶରଧାରେ ଅପା ଅପା ଡାକି ପାଣି ପିଉ ନଥିଲା ! ମତେ ଖାଲି ଯୋଉ ହସ ମାଡୁଥିଲା ? ମୋ' ବାଗ ତମେ ଜାଣିନା ?"

ଉଲ ମାଷ୍ଟ୍ରାଣୀ ପଦାକୁ ଆସି କହିଲା, "ଅଫୁଟା ତେନ୍ତୁଳି ଗଛ କୋଉଠୁ ମିଳବନି ?" ତା' ମୁହଁ କଳାହାଣ୍ଡିଆ ମେଘ ପରି ଭାରୀ ହୋଇ ଓହଳି ପଡ଼ିଥିଲା।

ତା' ମୁହଁକୁ ଅନେଇ ଦେଇ ଉଦ ମନରେ ପାପ ଛୁଇଁଲା। ସେ ପଚାରିଲା, "ତମ ମୁହଁ କାହିଁକି ଏମିତି ଶୁଖି ଯାଇଚି ଦିଦି? ରେବ ଅବସ୍ଥା କେମିତି?"

ତା' କଥାର କିଛି ଜବାବ ନ ଦେଇ ଉଲ ପୁଣି ଘର ଭିତରକୁ ପଳେଇଲା।

ଶୁକୁଟା ପଚାରିଲା, "ତାକୁ ବରପଡ଼ା ଡାକ୍ତରଖାନାକୁ ନେଇ ଯିବାକି ଭାଇ? ଫକୀରାବର ଘାଇ ଯାଏ ଡଙ୍ଗାରେ ବସେଇ ନେଇଗଲେ, ତେଣିକି ଦେଖନ୍ତେ।"

କୁମ କହିଲା, "ତାଆର ଯୋଉ ଅବସ୍ଥା, ଡଙ୍ଗାରେ ବସି ଏତେ ବାଟ ଯାଇ ପାରିବ?"

ଉଦ କହିଲା, "ତୋ ଡଙ୍ଗା ତ ଆସି ନଈ ପଟେ।"

ଶୁକୁଟା କହିଲା, "ମଲା କିମ୍ଫିରିଆ ମୁହଁ ପଟଦେଇ ଡଙ୍ଗା ବୁଲେଇ ଆଣିବାକୁ କେତେବେଳ ଲାଗିବ?"

- "ନାଇଁ ସେ କଥା ତୁ ଆଉ ତୁଣ୍ଡରେ ଧରନାରେ ଶୁକୁଟା। ଦିନ ବେଳେ ତ ତଅଁର ମୁଣ୍ଡ ଠଉରେଇ ନ ପାରି ଯାହା ହେଲା, ଆଉ ପୁଣି ରାତି ଅନ୍ଧାରରେ.... !"

ଯୁଝେଷ୍ଟି ମାଷ୍ଟ୍ରେ କହିଲେ, "ବରପଡ଼ା ଡାକ୍ତରଖାନାରେ ଆଣ୍ଠୁଏ ପାଣି ବୋଲି ଘାଇ ପାଖରେ ଶୁଣିଥିଲ ପରା! ଡାକ୍ତର ତ ବନ୍ଧ ଉପରେ କ୍ୟାମ୍ପ୍ ପକେଇ ରୋଗୀ ଦେଖୁଛନ୍ତି। ସେଠିକି ଏମିତିକା ଡେଲିଭରୀ କେଶ୍ ନେଇ ଲାଭ କ'ଣ?"

ଉଦ କହିଲା, "ଚାରିଆଡ଼େ ତ ବଢ଼ି ପାଣି ପଶିଛି। ଅଫୁଟା ତେନ୍ତୁଳି ଗଛ ଏବେ ମିଳିବ କୋଉଠି?"

କୁମ କହିଲା, "ଆମ ବାଡ଼ିରେ ବାସନମଜା ଜାଗା ପାଖରେ ଚାରି ଛଅଟା ଗଛ ଉଠିଥେଲା। ହେଲେ ଏତେ ରାତିରେ ସେଠିକି ଯିବ କେମିତି?"

ଶୁକୁଟା କହିଲା, "ମଲା, ଲଇକ୍ଷଣ ଗୋସେଇଁଙ୍କ ଶକତିଭେଦ ବେଳେ ହନୁମାନ ମହାପୁରୁ ଆସି କାହିଁ କେତେ ଦୂରରୁ ଗନ୍ଧମାରଦନ ପର୍ବତକୁ ଟେକି ନେଇ ଗଲେ। ତମ ଘର ଏମିତି କେତେ ବାଟ କି?"

ଘର ଭିତରୁ ଶୁଭୁଥାଏ ରେବର ମରଣାନ୍ତକ ଚିତ୍କାର। "ମତେ କନିଅର ମଞ୍ଜି ବାଟି ପେଇ ଦିଅ ଦିଦି, ମୁଁ ଆଉ ସହି ପାରୁନି..., ମୋ' ବେକ ଉପରେ ଠିଆ ଚଢ଼ି ଯା' ଖୁଡ଼ୀ। ମୋ' ପେଟକୁ ଦାଆରେ କାଟି ଦିଅ ଲୋ.... ଇଲୋ ମୋ' ତଂଟି ଶୁଖି ଯାଉଛିଲୋ, ଇଲୋ ମୋ' ଅଂଟା....ମୋ' ପେଟ ଫାଟି ଯାଉଛିଲୋ.... !"

ରେବ ଦିହରୁ କିଏ ଯେମିତି ପୁଳାପୁଳା ମାଉଁସ କାମୁଡ଼ି ଛିଣ୍ଡୋଉଛି।

ଉଲ ମାଷ୍ଟ୍ରାଣୀ ଘଡ଼ିକି ଘଡ଼ି ବରାଦ କରୁଥାଏ, "ଗରମ ପାଣି ଆଣ, ସୋରିଷ

ତେଲ ଆଣ, ମୋ' ସୁନାଟା ପରା ଟିକେ ପାଟି ବନ୍ଦ କରି ସହି ଯାଆ ମାଆ, ନ ହେଲେ ତଣ୍ଟିପାଟି ଶୁଖି ଅଠା ଅଠା ହୋଇ ଯିବ .... !"

କୁମ ବିଚାରୀ ଘର ଭିତର ବାହାର ହୋଇ ନୟାନ୍ତ ହୋଇ ପଡୁଥାଏ।

ବାହାରେ ଉଦ, ଶୁକୁଟା ଆଉ ଯୁଝେଷ୍ଟି ମାଷ୍ଟ୍ରେ। ଭିତରକୁ ଯିବାର ଉପାୟ ନ ଥାଏ। ବାହାରେ ସହି ହେଉ ନଥାଏ।

ଗୋଟାଏ ଦୀର୍ଘଶ୍ୱାସ ପକେଇ ଯୁଝେଷ୍ଟି ମାଷ୍ଟ୍ରେ କହିଲେ, "ଦିନ ବେଳା ହୋଇଥାଆନ୍ତା ହେଲେ ! ଏ ରାତି ଅନ୍ଧାରରେ ତ କୋଉଠିକି ହାତଗୋଡ଼ ପାଉନି।"

ଉଦ କହିଲା, "ଚାଲ ଯିବା ଶୁକୁଟା।"

ହାତଗୋଡ଼ ଜାକି ଏଇ ଡାକ ପଦକୁ ଯେମିତି ଅନେଇ ବସିଥିଲା ଶୁକୁଟା। ରାତି, ଅନ୍ଧାରକୁ ଖାତିର ନ କରି କାତ ଧରି ବନ୍ଧ ସେପଟକୁ ଗଡ଼ି ପଡ଼ିଲା।

- "ରହ ଶୁକୁଟା। ରହ ରହ", କହି ପଛରେ ଧାଉଁଥାଏ ଉଦ।

ଚିନ୍ତା ପଣ୍ଡିତ ଘର ସିଧା ହେଲା ବେଳକୁ ଶୁକୁଟା କହିଲା, "ଉଦିଆଇ; ଅନେଇଲ। ରାସ୍ତା ମଝିରେ ଏମିତି ଅଂଟାଏ ପାଣିରେ ପଶି ଠିଆ ହୋଇଛି କିଏ ! ଚିନ୍ତା ପଣ୍ଡିତ ? ହେଲେ ସେ ଶଳା ଆମର କ'ଣ କରିବ ? ଡଙ୍ଗା ମଙ୍ଗରେ ଖୋଦ ମା' ରାମଚଣ୍ଡୀ ବିଜେ ହୋଇଛନ୍ତି। ତା' ବେକ ଶଣ୍ଟାକୁ ମୋଡ଼ି ଦେବେନି ?"

- "ହେତ୍ ସେଟା ପରା ଖଜୁରୀ ଗଛଟା।"

- "ରାସ୍ତା ମଝିରେ ଖଜୁରୀ ଗଛ ଆସିବ କୁଆଡୁ, ଏଁ ?"

- "ଏ ତ ମଇଁ ନାହାକ ପୋଖରୀ। ତୋତେ ରାସ୍ତା ମଝି ଭଳିଆ ଦିଶୁଚି କେମିତି ?"

- "ଆଗରୁ ସେଇୟା କହୁନା। ମୁଁ କହୁଚି, ରାସ୍ତା ଉପରେ ଅଧକାତ ପାଣି ଆସିଲା କୁଆଡୁ ?"

- "ଚିନ୍ତା ପଣ୍ଡିତ ମରିଛି କି ନାହିଁ ତୁ ଜାଣିଚୁ, ହଇରେ ? ତୋ' ଆଗରେ ଭୂତ ହୋଇ ଠିଆ ହେଇଗଲା ? ଶଳା ଗଞ୍ଜେଡ଼ କୋଉଠିକାର !"

- "ମଲା ମରିଥିଲେ ଆସି ତିନି ଦିନ ହେଲାଣି। ଭୂତ ପାଲଟିବାକୁ କେତେବେଳ ଲାଗୁଚି କି ? ଶଳା କି ଜନମ ପାଇଥିଲା ଯେ, ମୁହଁରେ ନିଆଁ ଟିକେ ପାଇବାକୁ ଭାର୍ଜନ ହେଲାନି। ଏଇକ୍ଷିଣା କେଇଦିନ ଅପାଣିଆ ଭୂତ ହୋଇ ବୁଲୁଚି ଦେଖ।"

ଉଦ କହିଲା, "ତୁ ଡଙ୍ଗା ସିଆଡ଼େ କୁଆଡ଼େ ନେଉଚୁ କିରେ ? ଏଇ ତ ଆସି ତଳ ସାଇ ସରିବାକୁ ବସିଲାଣି। ଇସ୍କୁଲ ଘରକୁ ଲକ୍ଷ କରି ଡଙ୍ଗା ଚଲୋଉନୁ। ସେଇଠୁ ସମୁଦି ଘର ଆଗ ଚାକୁଣ୍ଡା ଗଛ ଦିଶିବ।"

- "ମଲା ଅନ୍ଧାରରେ ତ ବାଟଘାଟ ବାରି ହେଉନି। ତମେ ଏମିତି ବିଗୁଡୁଚ କାଇଁକି ?"

ଉଦ କହିଲା, "ତା' ଅବସ୍ଥା ଆଖିରେ ଦେଖି ଆସିଚୁ ତ ?"

- "ମଲା ମୋ' ହାତର କଥା ହେଇଚି ? ଡଙ୍ଗା କୋଉଠି ଚଢ଼ାରେ ଲାଗିଲା କି କଅଣ, ମୋଟେ ଚଳ୍‌ଚୁନି।"

- "ଇରେ ଜଗା ମାହାନ୍ତି ଇଟା ଭାଟିରେ ଲାଗିଲା କିରେ ?"

- "ଜଗା ମାହାନ୍ତି ଏ ପଟେ ଇଟା ଭାଟି ପକେଇ ଥିଲା କି ?"

- "ଆଉ ଖଣ୍ଡେ କାତ ଥାଆନ୍ତା ହେଲେ !"

ହୁଲିଡଙ୍ଗାର ଆଗ ପଛ ବୁଲି ଶୁକୁଟା ଯେତେ ଚେଷ୍ଟା କରୁଥିଲା, କିଛି ଲାଭ ହେଉ ନଥିଲା। ଅଚଳ ମହାମେରୁ ପରି ଗୋଟାଏ ଜାଗାରେ ଡଙ୍ଗାଟା ଅଟକି ରହିଥିଲା।

କୁହା ନାହିଁ, ବୋଲା ନାହିଁ ଡଙ୍ଗାରୁ ଡେଇଁ ପଡିଲା ଶୁକୁଟା। ଅଣ୍ଟା ଲଗେଇ ଡଙ୍ଗାଟାକୁ ପେଲିବାକୁ ଲାଗିଲା। ଦି' ତିନି ଝୁଙ୍କା ଖାଇ ଡଙ୍ଗା ଚଢ଼ାରୁ ଖସି ପାଣି ଭିତକୁ ଆସିଲା। ହେଲେ ସମ୍ଭାଳି ନପାରି ତା' ପଛରେ ଅଥଳ ପାଣିକୁ ଟାଣି ହେଇ ଆସିଲା ଶୁକୁଟା। ହାଁ, ହାଁ କହି ଡଙ୍ଗା ଉପରେ ହାଉଳି ଖାଉଥାଏ ଉଦ। ଦି' ତିନି ଢୋକ ପାଣି ପିଇ ପହଁରି ପହଁରି ଆସି ଡଙ୍ଗା ପାଖରେ ପହଂଚିଲା ବେଳକୁ ଶୁକୁଟା ନିଶ୍ୱାସ ଘର ଧରୁ ନଥାଏ। ହୁଲି ଧାରରେ ପେଟେଇ ପଡ଼ି ସେ କହିଲା, "ତମେ ଟିକେ ସେପଟକୁ ଯା' ଉଦିଆଇ।"

ଉଦ ଆରପଟକୁ ଘୁଞ୍ଚି ଯିବା ପରେ ଡଙ୍ଗା ଉପରକୁ ଚଢିବାକୁ ଚେଷ୍ଟା କଲା ଶୁକୁଟା। ତା' ଆଡ଼କୁ ହାତ ବଢ଼େଇ ଆଗେଇ ଆସୁଥିଲା ଉଦ।

ଶୁକୁଟା କହିଲା, "ହାଁ, ହାଁ ଡଙ୍ଗା ଅଣେଇ ହୋଇ ପଡ଼ିବ। ଇଏ କଅଣ ଘାଟ ବଡ଼ ଡଙ୍ଗା ହେଇଚି ?"

ତଥାପି ଶୁକୁଟା ଉପରକୁ ଉଠିଲା ବେଳକୁ ଡଙ୍ଗା ଟିକେ ଅଣେଇ ହୋଇ ପଡ଼ିଲା। ସେ ପଟକୁ ଘୁଂଚି ଗଲା ବେଳକୁ ଉଦ ସମ୍ଭାଳି ନପାରି ହାମୁଡ଼େଇ ପଡ଼ିଲା। ଶୁକୁଟା ତାକୁ ଉଠେଇ କହିଲା, "କାତଟା ମୋ' ଆଡ଼କୁ ବଢ଼େଇ ଦେଇ ପାରିଲନି ? ଶଳା ଜଗା ମାହାନ୍ତି ଟାଉଟର ଇଟା ପୋଡ଼ିବ ବୋଲି ରାସ୍ତା କଡ଼ ଖୋଳି କେମିତି ଚୋପ କରି ଦେଇଛି !"

ଉଦ କହିଲା, "ମୁଣ୍ଡକୁ କଅଣ ଏ ବେଳରେ କିଛି ବୁଦ୍ଧି ଜୁଟୁଚି ?"

- "ଏଟା କାହା ଦୋକଡ଼ି ବେ ? ଖାଲି ଉଉରା ଭର୍ତ୍ତି ହେଇଚି। ମହରଗରୁ ଆସି ମଣିଷ କାନ୍ତାରରେ ପଡ଼ିଲା।"

ଶୁକୁଟା କହିଲା, "ତମେ ଥିର ହୋଇ ବସ। ମୁଁ ଇସ୍କୁଲ ପଛ ପଟେ ଡଙ୍ଗା ବୁଲେଇ ନେଉଚି।"

ସେମାନେ ପହଂଚିଲା ବେଳକୁ କୁମ୍ଭ ବାଡ଼ିରେ ବେକେ ପାଣି।

ହତାଶ ହୋଇ ଉଦ କହିଲା, "ଡଙ୍ଗା ବୁଲାରେ ଶୁକୁଟା।"

-୧୪-

ଆଉ କିଛି କରିବାର ନଥିଲା।

ଗାଁ ଭିତରୁ ଫେରି ଉଦ ବସିଥିଲା ଦୋକାନ ଆଗରେ। ମନକୁ ମନ ପଚାରି ହେଉଥିଲା, "କଅଣ କରି ପାରିବି ମୁଁ? କି ଉପାୟ ଅଛି ମୋ' ହାତ ପାଆନ୍ତାରେ? କୋଉଠି ମିଳିବ ଅଫୁଟା ତେନ୍ତୁଳି ଗଛ?"

ସବୁବେଳେ ବିଶଲ୍ୟକରଣୀ ଖୋଜିଲେ ମିଳେନା। ଚେତା ଫେରି ଆଖି ଖୋଲନ୍ତିନି ଲଇକ୍ଷଣ ଗୋସେଇଁ। କାକୁସ୍ଥ ହୋଇ ଚାରିପଟେ ଘେରି ବସିଥା'ନ୍ତି ରାମ, ସୁଗ୍ରୀବ, ହନୁମାନ। କୋଉ ଗନ୍ଧମାର୍ଦ୍ଦନରେ ମାଟି ଫଟେଇ ଉଠିଥିବ ଅଫୁଟା ତେନ୍ତୁଳି ଗଛ? ପତର ଫିଟି ପଡ଼ିବା ଆଗରୁ ତାକୁ ମୂଳରୁ ଉପାଡ଼ି ଆଣି ଉଲ ମାଷ୍ଟ୍ରାଣୀ ହାତରେ ଧରେଇ ଦେବ ଉଦ?

ତା' ପରେ ପଲକ ମାତ୍ରକେ ଘଟିବ କୁହୁକ। ଶୁଭିବ କୁଆଁକୁଆଁ ରାବ।

ଏବେ ତ ଚାରିଆଡ଼େ ସାପ ଜିଭ ପରି ଲହଲହ ବଢ଼ିପାଣି।

କୋଉ ଜାଗା ଅବୁଡ଼ା ଅଛି ଯେ, ସେ ଯାଇ ଖୋଜିବ?

ଆଗରେ ଥୁଆ ହୋଇଚି କୋଇଲା ଆଞ୍ଚ। ତାଉ କମି ଆସିଲାଣି କେତେବେଳୁ। ମଝିରେ କୁମ କୋଇଲା କେଇଖଣ୍ଡ ପକେଇ ବିଞ୍ଚି ଦେଇ ଯାଇଥିଲା ଟିକେ। କାଳେ କେତେବେଳେ ଗରମ ପାଣି ମୁନ୍ଦାଏ ଦରକାର ପଡ଼ିବ ବୋଲି। ହେଲେ ଉଲ ଦିଦି ଆଉ ବରାଦ କରୁନି ଗରମ ପାଣି। କହୁନି ସୋରିଷ ତେଲ ଟିକେ ଦିଅ। ଘଷି ଦିଅ ତା ଅଣ୍ଟା, ପିଠି। ବାଟି ଦିଅ ଓଷଦ। ସମସ୍ତେ ଯେମିତି ଗୋଟାଏ ଲେଖା ଥିର, ଅଚଳ ଛାଇ। ଖଟିଆ ଉପରେ ମୁଣ୍ଡରେ ହାତ ଦେଇ ଯୁଝେଷ୍ଟି ମାଷ୍ଟ୍ରେ। ଆଜି ରେଡୁଅ ଖୋଲି ବଢ଼ିପାଣି ଖବର ଶୁଣୁ ନାହାନ୍ତି। ନଡ଼ିଆ ଚାଂଚରା ଉପରେ ଶୁକୁଟା। ବସିବସି

ଢୋଳେଇଲାଣି। ଆଜି ଗପୁନି ଶାହାସ୍ତ ପୁରାଣ। ରୋଷେଇବାସ ନକରି କାନ୍ଥକୁ ଆଉଜି ବସିଛି କୁମ।

ଘର ଭିତରେ ମଳିଚିଆ ଲଣ୍ଠଣ ଆଲୁଅ। କାଚ ଚାରିପଟେ କଳା ବୁଲି ଆସିଲାଣି କେତେବେଳୁ। କାନ୍ଥ ଉପରେ ଦିଇଟା ଛାଇ। ଗୋଟା ଏ ଶୋଇଚି ହଲଚଲ ନ ହୋଇ ମୂର୍ଦ୍ଧାର ଭଳିଆ। ଆଉ ଗୋଟାଏ ଛାଇ ମଝିରେ ଟିକେ ହଲି ଦୋହଲି ପୁଣି ଥକା ମାରି ଥିର ହୋଇ ବସି ପଡୁଚି ଦୂର ବାଟ ଚାଲିଚାଲି ଆସିଲା ପରି। ଲଣ୍ଠଣ ଆଲୁଅରୁ ଚେନାଏ ଛିଟିକି ପଡ଼ିଚି ଦାଣ୍ଡ କଡ଼ ବାଡ଼ ଉପରେ ନଟେଇଥିବା ଶୁଖିଲା ଜହ୍ନି ନଟା ଉପରେ।

ଟିକେ ଆଗରୁ ଶୁଭୁଥିବା କୁନ୍ଥା, ଚିତ୍କାର ଆଉ ଶୁଭୁନି। ବଢ଼ି ପାଣିର ବି ସୋର, ଶବଦ ନାହିଁ। ଚାରିଆଡ଼େ ପଚା, ଆଇଁଷିଣିଆ ଗନ୍ଧ। ବଢ଼ି ପାଣିରେ ପଚି ଯାଇଚି ବାଘେଇ ଘାଟ। ବିଲମ୍ବନ ଋଷିଙ୍କ ଆଥାନ ପାଲଟି ଯାଇଚି ମୁଠାଏ ଉଉରା।

ଉଦକୁ ଲାଗିଲା, ସମସ୍ତେ ଶୂନ ଉଭାନ ହୋଇ ଯାଇଚନ୍ତି ଆଖି ଆଗରୁ- କୁମ, ଶୁକୁଟା, ଯୁଝେଷ୍ଟି ମାଷ୍ଟ୍ରେ, ଉଲ ଦିଦି ! ଆଗରେ ଶୋଇ ରହିଚି କେବଳ ଗୋଟାଏ ମୂର୍ଦ୍ଧାର। ବଢ଼ିପାଣିରେ ସଢ଼ି, ଫୁଲି ଦିଶୁଚି କାଠ ଗଣ୍ଡିପରି। ଆଗରେ ଥୁଆ ହୋଇଥିବା ଆଲମାରୀ, ସେଥିରେ ଲାଗିଥିବା ଧୂଆଁଟିଆ-ଘସରା କାଚ, ତେଲକଡ଼େଇ, ଦାଲିଚଟୁ, ଚା' ଗିଲାସ, ମାଟିରେ ବେକଜାକେ ପୋତା ହେଇଥିବା ନନ୍ଦିଆ, ସବୁ ଅଚିହ୍ନା, ଅଜଣା ଲାଗୁଛନ୍ତି ଆଜି। ଲାଗୁଚନ୍ତି ଅଲୋଡ଼ା, ଅଦରକାରୀ, ନିକମା, ତୁଚ୍ଛା ଜଞ୍ଜାଳ ପରି। ଆଜି ଅଚିହ୍ନା ଲାଗୁଚନ୍ତି ବାଘେଇ ଘାଟ, ଶଙ୍ଖିନୀ ନଈ, ଦୋକାନ ପଛ ବରଗଛ। ତାଆର ଏମାନଙ୍କ ସହ କୋଉଦିନେ ମୋଟେ ଚିହ୍ନା ପରିଚ ହିଁ ନ ଥିଲା। ଜନ୍ମ ହେଲା ଦିନୁ ସେ ତ କେବଳ ଶୁଣି ଆସୁଚି, କଷ୍ଟ ସହି ନ ପାରି କୁନ୍ଥେଇ ହେଉଥିବା ଗୋଟିଏ ମାତ୍ର ଶବ୍ଦ। ଗୋଟା ଛାତିଫଟା ବିକଳ ରଡ଼ି ତା' କାନ ବଧୀରା କରି ଦେଇଚି କୋଉ କାଲୁ। ସେ ଶୁଣି ପାରୁନି ବଢ଼ିପାଣିଅ ଗାଁ ଭିତରୁ ଭୁକୁଥିବା କୁକୁରର ଲହରିଆ କାନ୍ଦଣା, ବନ୍ଧ ସେପଟୁ ଭୁକୁଥିବା ପହରିକିଆ ବିଲୁଆଙ୍କ ହୁକେ ହୋ', ବରପତରରୁ ବଢ଼ିପାଣି ଉପରେ ଖସୁଥିବା କାକରର ଟୁପୁରୁଟାପର, ଗଛ ଉପରେ ନିଦଭଙ୍ଗା ଚଢ଼େଇଙ୍କ ଡେଣା ଝଡ଼ା। କିଛି ଶୁଣି ପାରୁନି ସେ। ତା' ମନରେ ଆଉ କିଛି କଳପଣା ବି ନାହିଁ । ସେ ଆଉ କୋଉଦିନ ତେଲ କଡ଼େଇରେ ଛେନାବରା ଭାରିକ ଛାଡ଼ିଦେଇ ବସିବସି ସପନ ଦେଖିବନି, କାଞ୍ଚିବୋଉ ଫେରିଚି କଲିକତାରୁ। ସଞ୍ଜ ବେଳକୁ ଗପ ଲମ୍ଫେଇବାକୁ ଜୁଟୁଛନ୍ତି ଶୁକୁଟା, ଯୁଝେଷ୍ଟି ମାଷ୍ଟ୍ରେ। ଗହଳଚହଳ ଲଗେଇ ବଢୁଚି ଦୋକାନ। ଆଲମାରୀ ଥାକରେ ସଜା ହେଇଚି ମିଠେଇ, ଜଲିପି, ଖାସ୍ତାଗଜା।

କଡ଼ାରେ ପଶି ନାଲି ଟୁକୁଟୁକୁ ଛେନାବରା। ବରପଡ଼ା ବଜାରରୁ ସେ କାଞ୍ଚିବୋଉ ସାଙ୍ଗରେ ଗାଡ଼ି ଚଢୁଛି ପୁରୀ ଯିବା ପାଇଁ।

ନା ଆଜି ଆଉ କିଛି ଆଶା ନାହିଁ। ନାହିଁ ଠିଆଠିଆ ସପନ ଦେଖା, ନାହିଁ ଆକାଶ କଇଁଆ, ଚିଲିକା ମାଛର ମିଛ କଳପଣା। ଆଜି ଖାଲି ସେ କାନ ଡେରି ବସିଛି, ଶୁଣିବାକୁ ସେହି ପୁରୁଣା କଷ୍ଟ, ପୁରୁଣା କୁହ୍ଲାଣ। ସିଏ ଖାଲି ଆଜି ଅନେଇ ବସିଛି, କେତେବେଳେ ଘରୁ ରେବ ଗଳା ଫଟେଇ ଚିତ୍କାର କରିବ, "ଇଲୋ ମୋ' ତଂଟି ଉପରେ ଠିଆ ହୋଇ ଯା' ଲୋ ଦିଦି, ମତେ କନିଅର ମଞ୍ଜି ବାଟି ପେଇ ଦିଅ ଲୋ ଖୁଡ଼ୀ, ମୋ' ପେଟକୁ ଦାଆରେ ଚିରି ପକାଲୋ ଗାଁବାଲା।"

ନା, ଶୁଭୁନି କିଛି। ସମସ୍ତେ ମୂକ ପାଲଟି ଯାଇଛନ୍ତି, ଏଇ ପାଉଁଶିଆ ଜହ୍ନ ରାତିପରି।

- "ଖୁଡ଼ୀ?"

କିଏ ଡାକିଲା ରେବ? ହଁଅ ତ! ରେବ ଡାକୁଚି।

- "ମୋ' ପାଟିରେ ପାଣି ଟୋପା ଦିଅ । ମୋ' ତଣ୍ଟିପାଟି ଶୁଖି ଅଠାଅଠା ହେଇ ଯାଉଚି।"

ଏଇ କଥା ପଦକ ଶୁଣିବାକୁ ସେ ଏତେବେଳୁ କାନ ଡେରି ବସିଥିଲା କି?

ଧଡ଼ପଡ଼ ହୋଇ ଘର ଭିତରକୁ ଉଠିଗଲା କୁମ। ଉଦ ଥିର ହୋଇ କାନ ଡେରିଲା ମନ୍ତ୍ର ଶୁଣିବ ବୋଲି। ସେ ମନ୍ତ୍ର ଶୁଣିଲେ, ତା' ହାତଗୋଡ଼ରେ ଜୀଅ ପଶିବ। ସେ ଅଫୁଟା ତେନ୍ତୁଳି ଗଛ ଖୋଜିବାକୁ ଘୁନ୍ଦାଳି ପକେଇବ ଚଉଦ ବ୍ରହ୍ମାଣ୍ଡ। କୋଉଠି ହେଲେ ତ ମିଳିବ ଅଫୁଟା ତେନ୍ତୁଳି ଗଛଟାଏ।

- "ଭାରି ନିଛାଟିଆ ଲାଗିଲା ବୋଲି ପାଖକୁ ଡାକିଲି ଖୁଡ଼ୀ। ମତେ କାଇଁକି କିଛି ଦେଖା ଯାଉନି ଖୁଡ଼ୀ ? ଚାରିଆଡ଼େ ଖାଲି ଅନ୍ଧାର। ଘମାଘୋଟ ଅନ୍ଧାର। ଅନ୍ଧାର ଭିତରେ ଏ କଳାକଳା ଛାଇ ଗୁଡ଼ାକ କାହାର ଲୋ ଖୁଡ଼ୀ? ମୋ' ଆଡ଼କୁ ଏମିତି କଟମଟ କରି ଅନୋଉଛନ୍ତି କାହିଁକି? ମୋ' ଆଡ଼କୁ ହାତ ବଢ଼ୋଉଛନ୍ତି କାହିଁକି? ମୋତେ ଭାରି ଡର ମାଡୁଚି ଖୁଡୀ। ମୋ' ପାଖରେ ବସ। ଆହୁରି ପାଖରେ। ମୋତେ ଧର।"

- "ଏ ଏମିତି ବାଉଳିଚାଉଳି ହେଉଚି କାଇଁକି ଦିଦି? ଆଉ ତ କାଇଁ ଆଗ ଭଳିଆ କୁହ୍ଲୋଉନି କି ରଡ଼ି କରୁନି? ମୁଁ କଅଣ କରିବି ଲୋ ମା'?"

ଉଲ ଦିଦି କହିଲା, "ଅଫୁଟା ତେନ୍ତୁଳି ଗଛ ତ କୋଉଠି ମିଳୁନି। ମୋ' ହାତରେ ଆଉ କଅଣ ଅଛି?"

ଉଦର ଇଚ୍ଛା ହେଲା, ଦି ହାତରେ ଉଠେଇ ଆଣିବ ଉଲ ମାଷ୍ଟ୍ରାଣୀକି। କାଗଜଠୁଙ୍ଗା ଭଳିଆ ଦଳି ମକଚି ଫିଙ୍ଗି ଦେବ ଶଙ୍ଖିନୀ ନଈ ସୁଅ ଭିତରକୁ।

ଉଦ ଉଠି ଘର ଭିତରକୁ ଚାହିଁଲାନି, କାନ ଡେରିଲାନି ରେବର ବାଉଳିଚାଉଳି ଶୁଣିବାକୁ। ବସି ରହିଲା, ଥିର ହୋଇ ଗୋଟାଏ ଜାଗାରେ। ଆଗପଟ କାନ୍ଥରେ କାଞ୍ଚି ବୋଉ ଆଙ୍କି ଦେଇ ଯାଇଥିବା ଜଗନ୍ନାଥ ମହାପୁରୁଙ୍କ ଛବି। ଜହ୍ନ ଆଲୁଅ ପଡ଼ିଛି ପାଦ ପାଖରେ। ହେ, ତାଆର ପାଦ ଆସିବ କୁଆଡୁ? ହାତ ଦିଇଟା ଥାଇ ନଥିଲା ପରି। ତାକୁ ଡାକିଲେ ସିଏ କଅଣ କରିବ? ଅଫୁଟା ତେନ୍ତୁଳି ଗଛ ଖୋଜି ଆଣିଦେବ? କାଳ ସରପ ବୋଲି ତାକୁ ମାଗଣାକୁ କିଏ ଗାଳି ଦେଇଥିଲା? ହେଲେ ସାପ ତ ଆଖି ବାଟେ ଶୁଣେ। ଇଏ ତ ଟକାଡୋଳା ମେଲି ଖାଲି ଡବଡବ ଅନେଇଛି। ତାକୁ କହିଲେ କଅଣ ହେବ?

ହଅ, ଜଗନ୍ନାଥ ତା' କଥା କାହିଁ ଶୁଣିବାକୁ ଯିବ? ସିଏ କୋଉ ଦିନେ କାଳେ ତାକୁ ଧୂପ, ଦୀପ ଦେଇ ପୂଜେ ନା ଭୋଗରାଗ ଲଗାଏ? ଚିନ୍ତା ପଣ୍ଡିତ ଦୋକାନ ଠଣାରେ ଥିବା ଠାକୁରଙ୍କୁ ପୂଜା କଲା ବେଳେ ପାଣି ଟୋପା ଛାଟି ଦେଇ ଯାଉଥିଲା। ସେତକ ବି ଚାରିଦିନ ହେଲା ବନ୍ଦ। ଉଦିଆ ତ ଗାଧେଇ ଆସି ନାଲି ଗାମୁଛାକୁ କଛା ଭିଡ଼ି ଦେଇ ଠଣା ଠାକୁରଙ୍କ ପାଖରେ, ଟଙ୍କା ବାଙ୍କୁସ ଚାରିପଟେ, କାଚ ଆଲମାରୀ ଆଗରେ ଧୂପକାଠି ବୁଲେଇ ମୁଣ୍ଡରେ ମାରି ଥୋଇ ଦିଏ। କୋଉ ଦିନେ ହେଲେ ଜଗନ୍ନାଥ ମହାପୁରୁଙ୍କୁ ମନେ ପକେଇଛି! ଠାକୁର ହେଲେ ବୋଲି ତାଙ୍କର ରାଗଅହନ୍ତା ନ ଥିବ କି? ସେ ତ ବସି ହଟ ଦେଖୁଚନ୍ତି। ତାଙ୍କୁ ମଜା ଲାଗିଚି। ହଉ। ତାଙ୍କ ଇଚ୍ଛା। ଉଦିଆ କୋଉ ଦିନ ଭକ୍ତିରେ ପୂଜା କରିଚି ଯେ, ଆଜି ଦେ' ବୋଲି ଦାବି କରିବ ନା, ନ ଦେଲେ ରୁଷିବ?

– "ମୋ' ପେଟକୁ କାଟି ପକା ଦିଦି। ତା' ଭିତରେ ଜୀବନମରା ଢାଉକ ବଢ଼ିଚି। ନହେଲେ ସିଏ ମୋ' ଜୀବନ ନେଇ ଛାଡ଼ିବ। କାଢ଼ି ବଢ଼ି ପାଣିକି ଫୋପାଡ଼ି ଦିଅ ସେଇଟାକୁ। ଜଲଦି ଦାଆ ଆଣ। ନହେଲେ କୋଦାଳରେ ହାଣି ପକା ଚେକା ହାଣିଲା ପରି।"

ଉଲ ଦିଦି କହିଲା, "ପାଟି ବନ୍ଦ କରି ଟିକେ ଯଦି କୁନ୍ଥାନ୍ତୋ...."

କୁମ କହିଲା, "ହେ ମା ଜୟଚଣ୍ଡୀ...."

ଉଦ କାନକୁ ଏସବୁ କିଛି ଶୁଭୁ ନ ଥିଲା। ତାକୁ ଲାଗୁଥିଲା, କଂସେଇ ତଣ୍ଟି ଅଧା କାଟି ମଜା ଦେଖୁଚି। ଭିତରକୁ ପବନ ଟାଣି ନ ପାରି ଗଁଗଁ ହେଉଛି ଛେଳିଟା।

ଏଥର ଆଉ ପାଟିତୁଣ୍ଡ ଶୁଭୁନି। ଖାଲି ଧଇଁସଇଁ ହୋଇଯାଉଚି ରେବା। ଅଣନିଶ୍ୱାସୀ ହୋଇ ପଡୁଛି। ଅଣଚାଶ ବୋହୁଚି। ଅସମ୍ଭାଳ ଅବସ୍ଥା।

କୁଆଡେ ଦୋଉଡ଼ି ପଳେଇ ଯିବ କି ଉଦ! ଖୋଜିବ ଜାଗାଟାଏ, ଯୋଉଠିକି

ଶୁଭୁ ନଥିବ ଛେଳିର ଗଁଗଁ କି ଘୋ'ଘୋ' ଅଣଚାଶ ପବନ! କୋଉଠି ଅଛି ସେ ଜାଗା ? କେତେ ଦୂରରେ ? କୋଉଠି ଗନ୍ଧମାର୍ଦ୍ଦନ ପର୍ବତ ?

- ଉଦିଆଇ ?' ଆଖି ମଳିମଳି କହିଲା ଶୁକୁଟା। ଠିଆ ହୋଇ ଅଳସ ଭାଙ୍ଗିଲା। କହିଲା, "ଜାଇଁଲ ଉଦିଆଇ...."

ଉଦ କିଛି ଜବାବ ନଦେବାରୁ ପଚାରିଲା, "ଶୋଇପଡ଼ିଲ କି ?"

ଯୁଝେଷ୍ଟି ମାଷ୍ଟ୍ରେ ପଚାରିଲେ, "କ'ଣ ହେଲା କିରେ ?"

ଶୁକୁଟା କହିଲା, "ଅଫୁଟା ତେନ୍ତୁଳି ଗଛ ପରା ଉଦିଆଇ ବାଡ଼ିରେ ଅଛି। ଆମେ ଏତେ ଆଡ଼େ ଧନ୍ଦି ହେଉଥିଲେ କାଇଁକି ?"

- "କୋଉଠି ?", ଚମକି ଉଠିଲା ପରି ପଚାରିଲା ଉଦ।'

ଯୁଝେଷ୍ଟି ମାଷ୍ଟ୍ରେ କହିଲେ, "ସେ ଶଳା ଗଞ୍ଜଡ଼ କଥାରୁ ତମେ କ'ଣ ପାଇବ ମ ସାହୁପୁଅ ? ଢୋଳୋଉ ଢୋଳୋଉ ସପନ ଦେଖି ବଳିବିଳୋଉଛି।"

- "ତମେ ଆପଣ ମୁଁ ସପନ ଦେଖିଲି ବୋଲି କେମିତି ଜାଣିଲ ମାଷ୍ଟ୍ରେ ? କାଲି ରାତିରେ କଦଳୀ ପତର କାଟିବାକୁ ବାଡ଼ି ପଟକୁ ଯାଇ ନଥିଲି ? ସେ ବନ୍ତଳ କଦଳୀବୁଦା ଚାରିପଟେ ପରା ମେଞ୍ଚାଏ ହେବ ତେନ୍ତୁଳି ଗଛ ଦେଖିଥିଲି। ପତର ଫିଟିନି। ସେଇ କଥା ସପନ ଦେଖିଲି କି କାନରେ କିଏ କହିଦେଲା କେଜାଣି ? ହୁଦସ୍ତ ତ ମନେ ପଡ଼ିଗଲା।"

- "ଆଗରୁ କହୁ ନ ଥିଲୁ ?"

- "ତମେ ମୋ' ବାଗ ଜାଣିନା ମାଷ୍ଟ୍ରେ। ମୁଁ ଆଡ଼ବାଇଆଟା। ମୋର କଅଣ ତମ ଭଳିଆ ସବୁ କଥା ଠିକ୍ ବେଳାରେ ମନ ପଡ଼େ ?"

ସାଙ୍ଗରେ ଟର୍ଚ୍ଚ କି ଲଣ୍ଠଣ ନ ନେଇ କଣ୍ଟାଝଟା, ରାତି ଅନ୍ଧାର ନ ମାନି ଉଦ ସେତେବେଳକୁ ବାଡ଼ିପଟେ। ....

ଖୋଲି ଯାଇଛି ବନ୍ଦ ଘରର କବାଟ। ଶୁଖି ଯାଇଛି ଯମୁନା ନଈ। କୃଷ୍ଣଙ୍କ କୁଆଁକୁଆଁ ଶୁଭିବାକୁ ଆଉ ବେଶୀ ଡେରି ହେବନି ଏଥର। ଉଲ ଦିଦି ମୁହଁରେ ଫୁଟି ଉଠିଥବା ଧାରେ ହସକୁ ଦେଖି ଉଦ ଅନୁମାନ କରିବାକୁ ଲାଗିଲା।

ଘର ଭିତରୁ ଶୁଭିଲା କୁଆଁକୁଆଁ।

ହଜାରେ ଶଙ୍ଖ ବାଜି ଉଠିଲେ କାନ ପାଖରେ।

କାନ ଆଉଥରେ ବଧୀରା ହୋଇ ଯିବା ଆଗରୁ କାଞ୍ଚିବୋଉ ହାତଅଙ୍କା ଜଗନ୍ନାଥଙ୍କୁ ଚାହିଁ ଉଦ ପଚାରିଲା, "ଏତେ ପାଖରେ ଗନ୍ଧମାର୍ଦ୍ଦନ ?" ■

BLACK EAGLE BOOKS

www.blackeaglebooks.org
info@blackeaglebooks.org

Black Eagle Books, an independent publisher, was founded as a nonprofit organization in April, 2019. It is our mission to connect and engage the Indian diaspora and the world at large with the best of works of world literature published on a collaborative platform, with special emphasis on foregrounding Contemporary Classics and New Writing.

www.ingramcontent.com/pod-product-compliance
Lightning Source LLC
Chambersburg PA
CBHW050421110726
47899CB00008B/2794
* 9 7 8 1 6 4 5 6 0 2 9 3 4 *